Lisa Kleypas

Elle est née en 1964 aux États-Unis. Après des études de sciences politiques, elle publie son premier roman à 21 ans. Elle a reçu les plus hautes récompenses, et notamment le prix de la meilleure romance historique pour *L'amant de lady Sophia*. Ses livres sont traduits en quatorze langues.
Son ton, la légèreté de son style, ses héros souvent issus d'un milieu social défavorisé caractérisent son œuvre.
Depuis peu, elle s'est lancée dans la romance contemporaine avec *La saga des Travis*.

Un jour tu me reviendras

Du même auteur
aux Éditions J'ai lu

Dans la collection :
Aventure et Passions

PAR PURE PROVOCATION
N° 3945
L'ANGE DE MINUIT
N° 4062
PRINCE DE L'ÉTERNITÉ
N° 4426
LA LOTERIE DE L'AMOUR
N° 4915
UN JOUR TU ME REVIENDRAS
N° 5263
PARCE QUE TU M'APPARTIENS
N° 5337
L'IMPOSTEUR
N° 5524
COURTISANE D'UN SOIR
N° 5808
FRISSONS INTERDITS
N° 6085
SOUS L'EMPRISE DU DÉSIR
N° 6330
L'AMANT DE LADY SOPHIA
N° 6702
LIBRE À TOUT PRIX
N° 6990

La ronde des saisons

1 – SECRETS D'UNE NUIT D'ÉTÉ
N° 9055
2 – PARFUM D'AUTOMNE
N° 9186
3 – UN DIABLE EN HIVER
N° 9186
4 – SCANDALE AU PRINTEMPS
N° 9277

Dans la collection :
Promesses

La saga des Travis

1 – MON NOM EST LIBERTY
N° 9248
2 – BAD BOY
N° 9307
(juillet 2010)

LISA
KLEYPAS

Un jour tu me reviendras

ROMAN

Traduit de l'américain
par Catherine Plasait

J'AI LU

Titre original
SOMEWHERE I'LL FIND YOU

Éditeur original
Published by Avon Books, a division of the hearst Corporation, N.Y.

PROLOGUE

Warwickshire, 1824

En ce 1er mai, la musique de la fête parvenait jusqu'au château. David, marquis de Savage, attiré par les accords joyeux, se dirigeait lentement vers le bourg. Il n'aimait pas particulièrement les réjouissances collectives, mais, depuis deux ans, il consacrait tout son temps à son jeune frère et à son père malade, et il aspirait, en ce soir de liesse, à un peu de détente. Avec toutes ces responsabilités qu'il avait dû assumer pour restaurer la fortune familiale, il n'avait guère eu le temps de se distraire. Pourtant, ce soir-là, il était poussé par un besoin de compagnie et il respirait avec délices l'air caressant du printemps.

Un groupe de jeunes filles en robes blanches, auréolées par la lumière du couchant, dansaient autour d'un arbre décoré de rubans et de guirlandes. Les villageois s'étaient réunis pour célébrer ce premier jour de mai, et les libations se prolongeraient tard dans la nuit au milieu des rires et des chants.

David, un peu à l'écart de la foule, regardait le soir tomber. On alluma enfin des torches et des lampes qui jetaient des ombres mouvantes sur l'herbe. Il était charmé par la grâce des jeunes filles qui enroulaient des banderoles autour du mât de cocagne, puis faisaient la ronde, couronnées de fleurs, leurs larges jupes découvrant dans une envolée des jambes gainées de blanc.

Comme les autres hommes de l'assistance, David cherchait des yeux les plus jolies. Il y avait si longtemps qu'il n'avait goûté aux plaisirs de l'amour ! Plus tard, se promit-il, il prendrait une maîtresse, mais, pour l'instant, il avait trop de soucis. Cependant il commençait à ressentir cruellement l'absence de femme dans sa vie. Il aspirait à goûter les caresses d'une amante, la douceur de deux bras nus autour de son cou ! La journée, il était trop occupé pour y penser, mais la nuit, un sentiment de solitude l'accablait.

Son attention fut attirée par une bande de comédiens ambulants qui venaient se joindre à la fête et se mêlaient aux spectateurs en frappant dans leurs mains. On les encouragea à aller danser avec les villageoises, et deux des femmes acceptèrent sans se faire prier, mais la troisième, une jeune fille blonde et mince aux nattes relevées, secoua vigoureusement la tête. Malgré sa réticence, elle fut poussée vers les danseuses, on lui posa une guirlande de fleurs sur les cheveux, et elle obtempéra, visiblement à contrecœur.

David la contemplait, fasciné. Elle se distinguait aisément des autres, avec sa robe bleu sombre et son extraordinaire légèreté. On aurait cru un elfe, surgi par miracle de la forêt, et qui risquait de s'évanouir à tout instant. Elle éveillait en lui un désir irrépressible, et tous ses sens étaient concentrés sur elle, sur sa présence magnétique.

« C'est une jeune fille, se dit-il en essayant en vain de se secouer. Une jeune fille comme les autres. » Mais la violence de sa réaction l'étonnait : soudain, il aurait tout donné pour une nuit avec elle. Ce n'était pas un homme impulsif, il ne se laissait guider que par la logique et la raison ; or, en cet instant, il avait l'impression que tous ses désirs refoulés le submergeaient brusquement.

David s'approcha de la ronde d'un pas souple de prédateur. Dans quel but ? Il l'ignorait, mais il fallait qu'il soit près d'elle. Elle dansait avec plus de fougue, à présent, entraînée par la musique et les autres jeunes filles. Enfin, dans un rire, à bout de souffle, elle parvint à se dégager de la ronde. Comme elle titubait légèrement, sa couronne de fleurs bascula et vint atterrir aux pieds de David, qui se pencha pour la ramasser.

L'inconnue s'éloigna en s'essuyant le visage de sa manche. David la suivit, le cœur battant. Bien qu'il ne fît aucun bruit, elle dut sentir sa présence, car elle se retourna. Il s'arrêta.

— Je crois que ceci vous appartient, dit-il d'une voix étranglée.

Elle leva les yeux vers lui, un imperceptible sourire aux lèvres.

— Merci, dit-elle.

Lorsqu'elle prit la couronne, leurs doigts s'effleurèrent et David en ressentit une violente émotion.

— Qui êtes-vous ? demanda-t-il.

La jeune fille se mit à rire, sans doute embarrassée par une question aussi directe.

— Je suis une comédienne. Nous sommes en tournée dans la région.

Elle marqua une légère hésitation.

— Et vous ?

Il demeura muet, grisé par l'odeur des fleurs, étourdi par le sang qui bouillonnait dans ses veines. Il mourait d'envie de la prendre dans ses bras et de l'allonger sur l'herbe… Il caresserait sa peau si fine, dénouerait ses tresses soyeuses et prendrait son visage entre ses mains.

La jeune fille l'observait, la tête légèrement penchée.

— Vous devez venir du château, dit-elle avec une soudaine retenue dans la voix. Etes-vous de la famille des Savage ?

David secoua la tête négativement.

— Non, je suis de passage, répondit-il. Comme vous.

Elle semblait sceptique.

— Et vous, d'où venez-vous ? reprit-il.

Les dents si blanches de la jeune fille brillèrent un instant dans l'ombre. David n'avait jamais vu plus ravissant sourire.

— Je préfère oublier le passé, dit-elle en repoussant quelques petites mèches de son front. Pourquoi êtes-vous là, monsieur ? Pour regarder les danseurs ou pour prendre l'air ?

— Pour vous rencontrer.

Elle eut un rire léger, mais elle avait l'air d'un oiseau prêt à s'envoler. La sentant sur le point de fuir, David, sans réfléchir, posa les mains sur son visage, malgré son petit cri de protestation.

— Chut, murmura-t-il.

Quand il prit ses lèvres, elle s'immobilisa. Son souffle était chaud contre la bouche de David. Elle répondit à son baiser. Puis, rapidement, elle se détourna. David était intensément conscient de la douceur de sa joue contre la sienne, de la chaleur de son corps si proche. Ils restèrent ainsi un long moment, sans bouger, goûtant seulement le plaisir du moment.

— Bonne nuit, souffla-t-elle.

— Non, ne partez pas !

Mais déjà elle se perdait dans la foule.

David aurait pu la suivre, mais il voulait garder le souvenir d'une rencontre irréelle. Il fallait qu'elle demeure un rêve, une image au fond de son cœur. Pourtant, il ne pouvait s'empêcher de penser qu'il la retrouverait un jour…

1

Londres, 1825

Julia était en retard. Elle accéléra le pas, tout en essayant de relever sa robe pour éviter les flaques de boue. En même temps, elle s'abritait le visage du crachin glacé de l'automne. Si elle n'arrivait pas très vite au Capital Theatre, elle serait complètement trempée.

— Mon audition, murmura-t-elle, désespérée, en se frayant un chemin parmi les passants sur le trottoir mouillé.

Une plume de son petit chapeau lui tomba devant les yeux, et elle la repoussa d'un geste impatient. C'était une journée déterminante. Si tout allait comme elle le souhaitait, elle deviendrait membre de la troupe la plus célèbre d'Angleterre. Mais si elle ne parvenait pas à convaincre Logan Scott de son talent, elle n'aurait plus qu'à retourner dans le sinistre théâtre du Strand. Son directeur, M. Bickerston, considérait les actrices ni plus ni moins comme des prostituées et il leur arrangeait des rendez-vous avec des hommes aisés. Or, il était furieux après Julia parce qu'elle refusait les avances d'un vieux baron richissime, lequel était prêt à payer une petite fortune pour avoir le privilège de l'emmener jusque chez lui.

— Tu dois m'obéir, avait crié Bickerston, sinon tu ne fais plus partie de la troupe ! La prochaine fois que je te présente quelqu'un, soit tu acceptes ses avances, soit tu vas au diable !

Pour tout arranger, Bickerston était un joueur invétéré et, bien souvent, il n'était plus en mesure de rémunérer ses comédiens. Si ça continuait ainsi, Julia n'aurait bientôt plus de quoi payer le loyer de sa chambre. Or, elle refusait absolument de monnayer ses charmes, comme certaines de ses camarades. Plutôt mourir de faim !

A l'idée de retourner là-bas, Julia eut la chair de poule. Il fallait absolument qu'elle réussisse ! Elle serra contre elle la liasse de papiers détrempés, baissa la tête et hâta encore le pas. Tout à coup, elle heurta de plein fouet une espèce de colosse qui faillit la faire tomber en arrière. Les feuilles lui échappèrent, et elle se serait retrouvée dans la boue si l'homme ne l'avait rattrapée par les épaules.

— Ça va, mademoiselle ? lui demanda-t-il.

Julia se pencha pour ramasser ses documents, et s'aperçut que le bas de sa robe traînait dans une flaque.

— Vous pourriez regarder où vous allez ! s'écria-t-elle.

— Je pourrais vous faire le même reproche, mademoiselle.

La voix de l'inconnu était profonde et mélodieuse. Il l'aida à récupérer ses feuilles et, en même temps, il y jeta un rapide coup d'œil.

Julia lui arracha les feuillets avec irritation.

— Je me rends à une audition, dit-elle. Et je suis affreusement en retard.

Elle allait poursuivre son chemin quand il la retint par le bras.

— A quel théâtre vous rendez-vous ?

Elle leva enfin le visage vers lui en clignant des yeux à cause des rafales de vent chargées de pluie. Il était grand, bien bâti et, à travers les gouttes qui dégoulinaient de son chapeau, elle distingua des traits énergiques, un regard d'un bleu intense.

— Le Capital Theatre, répondit-elle.

— Vous y êtes, déclara-t-il en désignant une porte toute proche. C'est l'entrée du foyer des artistes, où ont généralement lieu les auditions.

— Comment le savez-vous ? demanda-t-elle, un peu méfiante.

Il sourit.

— Je fais partie de cette troupe.

— Oh...

Elle resta interloquée. Il la contemplait sans cesser de sourire.

— Si vous voulez, je vous montre le chemin.

Julia acquiesça et, un instant plus tard, elle pénétrait devant lui dans un couloir silencieux. Une fois à l'abri, elle rectifia sa toilette, et son compagnon attendit poliment qu'elle ait ôté son chapeau dégoulinant et son manteau pour les lui prendre des mains.

— Nous allons les laisser au vestiaire, dit-il avant d'aller les accrocher aux patères de cuivre.

Il se débarrassa aussi de sa pelisse et, d'un geste de la main, il tenta de discipliner son épaisse chevelure auburn.

Julia aurait bien aimé disposer d'un miroir pour vérifier l'état de sa coiffure.

— Ça va à peu près, dit-il comme s'il avait deviné ses pensées.

Pour la première fois, Julia esquissa un sourire.

— J'aurais espéré mieux...

Il haussa les épaules.

— Ce n'est pas votre apparence qui compte, mais votre talent.

— Oui, bien sûr.

Elle le suivit le long du corridor et ils passèrent devant des loges, des bureaux, les salles des costumières. Le Capital Theatre était un endroit immense, composé d'un corps de bâtiment principal flanqué de quatre annexes. Depuis que Logan Scott en avait pris la direction, ce théâtre s'était haussé au même rang que le Royal Theatre et était devenu l'un des plus brillants de la ville.

Logan Scott, qui n'avait pas encore trente ans, s'était déjà acquis une solide réputation dans l'univers théâtral, et Julia avait un trac fou à l'idée de le rencontrer. S'il décrétait qu'elle n'était bonne à rien, sa carrière était définitivement ruinée.

— Depuis combien de temps faites-vous partie de la compagnie ? demanda-t-elle au jeune homme.

Elle était de plus en plus nerveuse. Ils entendirent enfin les voix des acteurs qui répétaient.

— Depuis sa création, il y a quatre ans, répondit-il.

— Vous avez de la chance de travailler avec M. Scott.

— Vous croyez ? Il a un sacré caractère, pourtant !

— On peut le lui pardonner. C'est le plus grand acteur d'Angleterre. Tout le monde dit que c'est le nouveau David Garrick.

Il eut un petit rire ironique.

— C'est plutôt excessif !

— Vous ne faites pas partie de ses admirateurs ? s'étonna Julia.

— Si, parfois. Mais je ne pense pas qu'on puisse le comparer à Garrick. Pas encore, en tout cas.

— Comme je n'ai jamais eu l'occasion de le voir sur scène, je suis bien incapable de donner une opinion personnelle, dit-elle.

Ils arrivaient enfin au foyer, une vaste pièce encombrée par un bric-à-brac de sièges plus ou moins défoncés et de tables branlantes. Sur des tréteaux se trouvait un buffet rudimentaire composé de pain, de jambon et de fromage. Deux femmes étaient assises dans un coin, tandis qu'une fille et un garçon répétaient une scène à l'autre bout de la salle. Un homme d'un certain âge s'était isolé pour lire un manuscrit.

A leur arrivée, tout le monde leva les yeux, et on vint se masser autour du compagnon de Julia, obligeant la jeune femme à reculer. Il interrompit le torrent de questions qui s'abattait sur lui d'un geste de la main.

— Plus tard, dit-il. Pour l'instant, j'ai du travail : une audition.

Julia ouvrit de grands yeux. Maintenant qu'ils se trouvaient dans une pièce bien éclairée, elle remarquait certains détails qui lui avaient échappé jusque-là. L'inconnu était fort élégamment vêtu d'un pantalon de couleur sombre, d'une veste émeraude à la coupe parfaite, d'une cravate de soie noire. Jamais elle n'avait vu une chevelure d'un châtain si riche, aux reflets d'acajou. Une vraie tentation pour une main féminine ! D'autre part, il se dégageait de lui une indéniable impression d'autorité. Avec son timbre de voix profond et l'éclat de ses yeux bleus, Julia ne pouvait plus se tromper, et elle se sentit pâlir.

— Vous êtes Logan Scott, murmura-t-elle. Vous auriez dû me le dire.

— Vous ne me l'avez pas demandé, rétorqua-t-il, une lueur espiègle dans le regard.

Elle se demandait si elle avait ruiné toutes ses chances de lui faire bonne impression...

— Et comment vous appelez-vous ? insista-t-il.

— Mme Jessica Wentworth, répondit Julia en se servant de son pseudonyme.

Tout le monde l'observait comme une bête curieuse, et elle avait envie de rentrer sous terre.

— Très bien, madame Wentworth. Voyons de quoi vous êtes capable.

Elle lui remit les textes qu'elle avait apportés, et il les feuilleta rapidement.

— Ah, vous avez travaillé une scène de *Mathilda*. Parfait ! Nous avons donné cette pièce la saison dernière, et Charles la connaît par cœur.

Il fit signe à un jeune homme blond.

— Voulez-vous jouer le rôle de lord Aversley, s'il vous plaît, Charles ?

Le jeune acteur accepta avec empressement.

Scott s'installa dans un fauteuil.

— Si cela ne vous ennuie pas, madame Wentworth, les autres membres de la troupe assisteront à l'audition.

Cette proposition embarrassa Julia. Ces gens étaient des comédiens, le public le plus critique qui soit. Ils allaient se moquer d'elle, ils verraient immédiatement qu'elle manquait d'expérience ! Mais au point où elle en était, elle ne pouvait pas faire marche arrière, aussi s'obligea-t-elle à sourire quand elle rejoignit le jeune homme blond au centre de la pièce.

Apparemment, il était trop charmant, trop beau pour jouer le rôle d'un horrible traître, néanmoins il possédait une aisance qui impressionna Julia.

Il était sûrement capable d'interpréter n'importe quel personnage.

— Il est curieux de choisir le rôle de Mathilda pour une audition, dit Logan Scott sans que Julia sache s'il s'adressait à elle ou aux autres. En général, les monologues de cette héroïne qui croule sous les malheurs sont plutôt ennuyeux.

Julia hocha la tête.

— Je ferai de mon mieux, monsieur.

Il esquissa un sourire amusé.

— Quand vous voudrez, madame Wentworth.

Julia se concentra, les yeux fixés sur le plancher. L'histoire de Mathilda avait apporté la gloire à son auteur deux ans auparavant, d'abord sous la forme d'un roman, puis grâce au succès retentissant de son adaptation théâtrale. Le public était fasciné par cette ambitieuse provinciale qui tombait dans la prostitution avant de trouver sa rédemption. La scène choisie par Julia était capitale : Mathilda, encore vierge, se laissait séduire par le diabolique lord Aversley.

Julia se tourna enfin vers Charles et entama la scène avec un fort accent campagnard. Il répondait sur le ton distingué qui convenait à son rang et, à mesure que la pièce avançait, Julia s'identifiait de plus en plus au personnage. Elle se fit mi-aguicheuse, mi-inquiète, elle se lançait, puis battait en retraite, tandis qu'Aversley la poursuivait sans relâche.

Logan ne regardait qu'elle. Bien qu'elle fût d'une taille un peu au-dessous de la moyenne, elle était si mince qu'elle paraissait plus grande. Avec ses cheveux cendrés, ses lumineux yeux pers et la délicate structure de son visage, elle était presque trop jolie. Il était rare de trouver des femmes aussi indiscutablement belles qui fussent des actrices accomplies.

En général, elles n'avaient pas assez de tempérament pour interpréter autre chose que des ingénues.

Et pourtant... Logan reconnut tout de suite que Jessica Wentworth avait une présence exceptionnelle. Elle avait le don de s'identifier totalement à son personnage. C'était une qualité dont il se targuait, lui aussi, sans la moindre fatuité. Un talent rare chez une personne aussi jeune.

Jessica Wentworth interprétait le rôle de Mathilda sans effort apparent. Elle était étrangement émouvante, avec un mélange de curiosité enfantine et de fascination pour l'homme qui allait la mener à sa perte. Et puis on sentait une ombre de calcul dans son attitude, l'ambition d'avoir un homme influent en son pouvoir. Logan secoua la tête, impressionné par la subtilité de son jeu. Les autres acteurs étaient eux aussi fascinés par la performance de Julia.

Elle se détendit, goûtant pleinement le plaisir de jouer avec un comédien de qualité. Sarcastique, il la pourchassait d'un bout de la pièce à l'autre, il *était* Aversley. Cependant, elle s'arrêta, déconcertée, quand Logan Scott les interrompit en plein dialogue.

— Je vais finir la scène avec elle, Charles!

Julia le vit se lever, faire signe au jeune homme de prendre son siège. Un instant, elle resta pétrifiée par ce changement d'acteur. Une tension nouvelle fut immédiatement perceptible dans la pièce. Il la fixa de ses yeux bleus et lui sourit avant de prendre la réplique suivante.

L'instant se révéla fabuleux! Julia avait envie de s'asseoir et d'écouter. Il donnait au personnage d'Aversley un aspect félin, une fatuité mêlée d'un soupçon inattendu d'amertume.

Calquant son jeu sur le sien, Julia lui donna la réplique, et il lui fut facile de se couler de nouveau dans la peau du personnage. Aversley jouait avec Mathilda, il attaquait, promettant joie et douleur de sa voix de velours, de son regard ardent. Quand il la saisit par les bras, elle eut véritablement l'impression d'être prise au piège, et elle tenta de se dégager, mais il la serra davantage, lui parla près de sa bouche au point qu'elle sentit son souffle sur sa peau.

Ils en étaient à la fin de la scène, quand Aversley embrasse Mathilda avant de la porter dans les coulisses, laissant les spectateurs imaginer la suite. Julia se raidit. Un bref instant elle pensa que Logan Scott allait l'embrasser, mais il la lâcha doucement. La représentation était terminée.

Le plus grand silence régnait dans la salle. Tout le monde regardait Julia tandis qu'elle reculait en se frottant les bras là où Scott l'avait agrippée. Il s'en rendit compte.

— Je vous ai fait mal ? demanda-t-il, un peu surpris.

Elle secoua vivement la tête. Non, ce n'était pas douloureux, mais elle sentait encore le contact de ses mains.

Logan Scott continuait à l'observer d'un air songeur. Etait-il content d'elle ? Déçu ? Pensait-il qu'elle avait un peu de talent ?

— Voulez-vous que je prenne une autre scène ? murmura-t-elle. Dans un registre différent ?

— Ce ne sera pas nécessaire.

Il paraissait nerveux et, d'un geste, il lui fit signe de le suivre.

— Venez, madame Wentworth. Je vais vous faire visiter le théâtre.

Les autres n'en furent pas autrement surpris. Le vieux comédien lui adressa un sourire encourageant, tandis qu'une jeune fille aux yeux d'un vert profond s'approchait d'elle.

— Vous êtes la meilleure Mathilda que j'aie jamais vue, dit-elle.

Julia sourit, le cœur réchauffé par le compliment. Mais c'était l'opinion de Logan Scott qui avait de l'importance, or, il n'avait pas prononcé son verdict.

— Vous n'avez pas pris beaucoup de cours, voire pas du tout, fit-il remarquer en l'entraînant à sa suite.

— En effet.

— Et vous manquez d'expérience.

— J'ai fait quelques tournées en province avec une troupe itinérante. Et récemment, j'ai travaillé au Daly Theatre, sur le Strand.

— Le Daly, répéta-t-il sans paraître le moins du monde impressionné. Vous méritez mieux!

— Je l'espère, monsieur.

Il s'arrêta à la bibliothèque pour lui montrer des étagères couvertes d'ouvrages. D'après les titres, les textes portaient sur les costumes, la mise en scène, les décors. Il y avait aussi de nombreuses pièces de théâtre. Il sélectionna un vieil exemplaire de *Beaucoup de bruit pour rien*, qu'il lui tendit.

— Je demande à mes comédiens de jouer le plus naturellement possible, expliqua Scott. Je ne suis pas du tout d'accord avec les effets dramatiques chers à mes confrères. Ils confondent cris et gesticulations avec le jeu véritable.

Julia, pleine de respect et d'admiration, acquiesça.

— On dit que vous avez révolutionné la direction d'acteurs, non seulement en Angleterre mais dans toute l'Europe... commença-t-elle.

Il l'interrompit, sarcastique.

— Je déteste les flatteries, madame Wentworth.

Cela ne fait que renforcer l'opinion que j'ai de moi-même, ce qui est fort dangereux. Je suis déjà bien trop prétentieux !

Elle eut un petit rire surpris.

— Je suis certaine du contraire !

— Vous verrez quand vous me connaîtrez mieux.

— Je verrai ? répéta-t-elle, le cœur soudain gonflé d'espoir.

Il sourit. Pourtant, malgré son sourire chaleureux, il conservait en lui quelque chose d'inaccessible.

— Peut-être. Vous avez de grandes possibilités, madame Wentworth. Vous ne dépareriez pas dans la compagnie.

Ils arrivaient sur scène par les coulisses, et Julia suivit Scott jusqu'à la rampe. La salle était dans l'ombre, mais elle put constater qu'elle devait contenir environ mille cinq cents personnes, avec des loges jusqu'au plafond. C'était un endroit magnifique, aux murs saumon et vert forêt, aux colonnes dorées incrustées de verre de couleur. La scène elle-même était légèrement inclinée, de façon que les comédiens du fond se trouvent quelques centimètres plus haut que ceux du premier plan. Là, Julia rêva un instant qu'elle jouait devant des centaines de spectateurs.

— Nous devons mettre certains détails au point, déclara brusquement Scott. Votre salaire, le nombre de représentations prévues, ce que j'attends de mes comédiens… Les répétitions, par exemple. J'insiste pour que tous les acteurs assistent à chaque répétition, même s'ils connaissent leur rôle par cœur. Ils font ce qu'ils veulent de leur vie privée, mais s'ils manquent une répétition, ils sont mis à l'amende, voire renvoyés. Il en va de même pour l'ivresse, les retards, les grossesses, les aventures avec d'autres acteurs, enfin tout ce qui peut nuire au bon fonctionnement de la troupe.

— Je comprends, dit Julia en rougissant légèrement.

— Je dirige mon théâtre comme je l'entends, poursuivit-il. Si vous avez des doléances à formuler, il y a une filière à suivre : vous apprendrez comment cela se passe plus tard. Je ne traite jamais chez moi les affaires du théâtre, et j'entends qu'on respecte ma vie privée.

— Bien sûr !

Le cœur de Julia battait follement. Il semblait décidé à l'engager !

— Autre chose encore ! Au-delà de ses qualités artistiques, le Capital Theatre est une entreprise, et je tiens à ce qu'il dégage des bénéfices, je ne m'en cache pas. Si je décide de vous prendre dans la troupe, c'est parce que j'imagine que vous nous serez utile sur ce plan-là. Tous les comédiens, moi compris, sont ici pour rapporter de l'argent.

Julia vit ses espoirs s'écrouler. Souhaitait-il qu'elle se prostitue afin de gagner de l'argent pour son théâtre ?

— Je n'ai toutefois aucun penchant pour le métier de proxénète, ajouta-t-il, un peu amusé. J'entendais seulement préciser que l'une de vos responsabilités — c'est vrai aussi pour moi et pour le reste de la troupe — est d'attirer des mécènes à chaque nouvelle saison. Pour cela, vous devez vous servir de votre talent ainsi que de votre charme. Inutile cependant de dormir avec qui que ce soit... sauf si vous en avez envie, naturellement.

— Je ne recherche pas ce genre de situation ! affirma Julia avec véhémence.

— Comme vous voulez.

Soudain il l'observa plus attentivement, les sourcils froncés.

— Au fait... Je n'ai pas le souvenir d'un rendez-vous pour une audition, aujourd'hui.

La remarque la prit de court.

— Le rendez-vous a sans doute été arrangé avec l'un de vos collaborateurs, répondit-elle vivement.

— Personne ne prend de décision de ce genre sans m'en parler !

Julia devint écarlate.

— J'ai menti, avoua-t-elle. Sinon, je ne serais jamais arrivée à vous rencontrer.

Il eut un petit rire vaguement contrarié.

— Dites-moi, madame Wentworth, êtes-vous vraiment mariée ?

Julia avait beau s'être préparée à cette question, elle fut quand même embarrassée. Elle ne pouvait lui dire la vérité, cependant il était trop fin pour accepter facilement un mensonge. Elle s'éloigna un peu, les bras croisés sur la poitrine.

— Pas vraiment, répondit-elle sans le regarder. J'ai pensé que ce statut me protégerait contre... certaines avances importunes.

— Très bien.

Comme il n'insistait pas, Julia se retourna vers lui.

— Vous n'avez pas l'intention de m'interroger sur ma situation familiale ou sur mon passé ?

Il secoua la tête.

— Je suppose que, comme la plupart des membres de la troupe, vous essayez d'échapper à votre passé.

— Même vous ? risqua-t-elle avec impertinence.

— Il y a certains éléments de mon passé avec lesquels j'ai rompu depuis longtemps, c'est vrai.

Il jeta autour de lui un coup d'œil circulaire et se détendit visiblement.

— Je ne me sens jamais aussi bien qu'au Capital Theatre. C'est mon foyer... et j'espère que cela deviendra le vôtre, madame Wentworth.

Elle eut un grand sourire.

— Oui, murmura-t-elle.

Elle commençait à comprendre pourquoi il aimait tant cet endroit. Elle imaginait les intrigues qui avaient pris vie sur la scène, les comédiens qui y avaient joué, la musique, le bruit des voix, le public réceptif aux émotions des acteurs... Au théâtre, on laissait de côté son identité. Les comédiens se transformaient à volonté, et c'était ce qu'elle souhaitait : devenir Jessica Wentworth, oublier Julia Hargate... et le secret qui hantait sa vie.

— Je vous l'avais dit, déclara Nell Florence dont le visage ridé s'éclaira d'un sourire radieux. Vous avez eu raison de contacter directement Logan Scott. J'admire son travail. Malgré sa jeunesse, c'est un directeur émérite, et vous en apprendrez bien plus chez lui qu'à Drury Lane.

Un frisson de dégoût parcourut ses frêles épaules.

— Drury Lane est gâché par cet imprésario américain, Stephen Price, et son goût immodéré du grand spectacle. Vous auriez dû naître cinquante ans plus tôt et travailler pour David Garrick... Lui, il aurait su exactement comment exploiter vos qualités. Quand j'imagine la façon dont vous lui auriez donné la réplique dans *La Magie*...

— Ainsi vous appréciez M. Scott ? l'interrompit gentiment Julia afin de l'empêcher de se lancer dans ses interminables évocations du passé.

— Oh, oui ! Ses productions sont d'une grande qualité et c'est un acteur remarquable.

Elles prenaient le thé chez Mme Florence, dans son boudoir aux murs tendus de soie vieux rose. Julia avait rencontré la comédienne quelques mois auparavant, quand celle-ci avait accepté un petit rôle au Daly Theatre. Une actrice de sa qualité aurait dû refuser, elle qui avait joué durant trente ans dans la troupe de Drury Lane, cependant M. Bickerston lui avait offert une petite fortune, sachant que son nom sur l'affiche attirerait le public. Après un mois de représentations triomphales, Mme Florence avait quitté la troupe, non sans avoir pris Julia à part afin de lui donner quelques conseils judicieux.

— Vous perdez votre temps, ici, mon petit. Il faut que vous trouviez un théâtre de meilleure réputation, que vous preniez des cours dignes de ce nom.

Julia en avait été flattée au-delà de toute expression. Elle admirait énormément la vieille dame et sa réussite. Née dans une famille pauvre des faubourgs de Londres, Nell Florence avait su tirer parti de son immense talent, ainsi que de quelques discrètes aventures avec des hommes riches et influents. Bien que sa légendaire beauté eût un peu souffert des ravages du temps, c'était encore une femme fort agréable. Elle s'était retirée plusieurs années auparavant dans une petite propriété, en compagnie de quelques domestiques, et elle donnait parfois des leçons aux jeunes comédiens qui lui plaisaient. Elle avait pris Julia sous son aile, même si la jeune fille n'avait pas les moyens de payer ses cours.

— Je peux m'offrir le luxe d'enseigner pour le plaisir, avait-elle dit, et je suis persuadée que cette association nous sera profitable à toutes les deux.

Je vous aiderai à obtenir le succès que vous méritez, et vos visites ensoleilleront mes journées. Les personnes âgées devraient toujours s'entourer de jeunes... et puis vous ressemblez tellement à ce que j'étais à votre âge !

Une fois par semaine, Julia se rendait donc chez Mme Florence, et elles prenaient le thé tout en devisant librement. La jeune femme ne se lassait pas d'entendre les propos de son aînée sur le théâtre. Ce jour-là, Nell Florence semblait aussi enchantée que son élève par l'heureuse issue de l'entretien avec Logan Scott.

— J'étais sûre qu'il n'hésiterait pas à vous engager dès qu'il vous aurait vue jouer. Vous avez une qualité qui ne pouvait lui échapper, mon enfant. Vous paraissez vous donner entièrement, sur scène, et pourtant vous retenez juste ce qu'il faut pour que l'on en désire davantage. Ne donnez jamais tout, Jessica, sinon on finira par trouver ça normal.

Appuyée au dossier d'un confortable fauteuil, la comédienne fixait Julia de son regard brillant.

— Maintenant, dites-moi, qu'avez-vous ressenti en donnant la réplique à un acteur aussi prestigieux ?

— Ce fut un grand moment ! répondit Julia avec enthousiasme. Il m'a presque fait croire que tout cela se passait pour de bon. Je n'ai jamais rencontré quelqu'un capable à ce point d'exprimer toute la force d'un texte.

— C'est l'apanage des plus grands. Mais attention, Jessica... Après avoir atteint le sommet au théâtre, la véritable vie semble parfois décevante. Et vous vous réveillerez peut-être un jour en vous disant que votre métier vous a volé de précieuses années. Alors, vous deviendrez, comme moi, une vieille dame entourée de portraits anciens, avec vos souvenirs pour seuls amis.

— Ne soyez pas mélancolique ! Votre vie est un modèle pour nous tous ! s'écria Julia. Vous avez laissé votre empreinte au théâtre, vous êtes respectée, vous vivez dans le confort, vous êtes indépendante... Je ne souhaiterais rien de plus.

Le regard de Mme Florence se voila de tristesse.

— Je n'ai pas toujours fait les bons choix, petite, et j'en ai longtemps supporté les conséquences.

— Vous voulez dire... Vous regrettez de ne pas vous être mariée ?

— Il y a un seul homme que j'aurais voulu épouser, expliqua la vieille dame avec un sourire amer. Hélas, il n'appréciait pas le théâtre. Il exigeait que je quitte ce travail. Alors...

Elle eut un petit geste d'impuissance.

— Je l'ai laissé partir. Combien j'ai pu envier les femmes qui ignoraient ce genre de dilemme !

Elle considérait Julia avec une ombre de pitié, certaine que sa jeune amie connaîtrait un jour les mêmes déchirements. Julia aurait aimé pouvoir lui dire la vérité : elle n'aurait jamais à choisir entre son amour et sa profession... Elle était déjà mariée, et son mari ne représentait en rien un obstacle à sa vocation.

Julia se dirigeait vers la chambre de sa mère, située dans l'aile est de Hargate Hall. La robuste et luxueuse demeure était toujours aussi sinistre, avec ses hautes cheminées, ses étroites fenêtres. Plantée au milieu des collines du Buckinghamshire, elle était reliée au bourg par deux kilomètres de chemins défoncés qui n'avaient pas été empierrés depuis des années. C'était un bâtiment triste, silencieux, avec de lourds meubles en acajou et des plafonds voûtés.

Se retrouver ainsi dans la maison qu'elle avait quittée deux ans auparavant donna à Julia une impression de claustrophobie. Elle monta pourtant résolument l'une des volées de marches qui menaient à l'étage, redoutant à chaque instant d'entendre la voix coupante de son père. Hormis les saluts discrets de quelques serviteurs qu'elle connaissait depuis l'enfance, personne ne prit le risque de lui parler. Tout le monde savait qu'elle n'était pas la bienvenue à Hargate Hall... Son père lui avait même interdit d'y remettre les pieds. Pourtant personne n'aurait osé l'empêcher de rendre visite à sa mère.

Une fois dans la chambre de la malade, Julia plissa le nez, suffoquée par l'odeur de renfermé. Elle s'empressa de tirer les rideaux et ouvrit la fenêtre en grand. Un air frais et bienfaisant entra dans la pièce. Il y eut un vague mouvement sous le couvre-pieds.

— Qui est là ? demanda faiblement Eva.

— Votre fille prodigue, répondit Julia d'un ton enjoué avant de venir baiser le front pâle de sa mère.

Eva cligna des yeux, se redressa un peu et présenta son visage aux traits tirés. C'était une petite femme menue aux cheveux blonds striés de gris et aux grands yeux bruns. Elle avait beaucoup vieilli en deux ans, sa peau translucide était griffée de rides et elle avait les pommettes plus saillantes que jamais.

— Tout va bien, affirma Julia. Vous m'avez écrit que père s'absentait aujourd'hui. Vous vous rappelez ?

— Oh, c'est vrai...

Eva se passa la main sur les yeux.

— J'oublie tout, en ce moment. J'ai été malade, Julia...

— Je sais.

Julia était bouleversée par l'aspect fragile de sa mère : elle ressemblait à un oiseau tombé du nid.

— Vous ne devriez pas vous confiner dans cette chambre, mère. Vous avez besoin de soleil, de grand air...

— Il ne faut pas que tu t'attardes, s'inquiéta Eva. Si ton père rentrait à l'improviste...

— Il me jetterait dehors, souffla Julia avec amertume. Ne vous tracassez pas, maman, je n'ai plus peur de lui. Rien de ce qu'il fait ou dit n'a d'importance pour moi, désormais.

Elle fut touchée cependant par la détresse de sa mère et s'assit avec précaution au bord du lit pour lui prendre la main.

— J'ai une nouvelle vie, maintenant. Je suis une actrice pleine d'avenir !

Elle ne put retenir un sourire devant l'air scandalisé d'Eva.

— J'ai dit « actrice », pas « prostituée », bien que, je l'avoue, la plupart des gens aient du mal à faire la différence. Je suis engagée pour la saison au Capital Theatre, je vais travailler avec Logan Scott en personne. J'aurai un salaire confortable, une calèche, une maison... et je me suis trouvé un pseudonyme. Jessica Wentworth. Vous l'aimez ?

Eva secoua la tête.

— Tu n'es pas faite pour cette vie. Ce n'est pas ta place.

— Mais alors où est ma place, maman ? demanda doucement Julia, qui connaissait pourtant la réponse.

— Tu es la marquise de Savage.

Julia bondit sur ses pieds, incapable de supporter ce nom.

— Je suis mariée à un homme que je ne connais pas, simplement au nom des ambitions sociales de père. C'est absurde ! Je n'ai jamais vu lord Savage, nous n'avons même pas échangé de correspondance. Parfois j'en arrive à me demander s'il existe vraiment !

— Il semblerait que lord Savage n'ait pas plus envie que toi d'entériner ce mariage, avoua sa mère. Ni ton père ni le duc de Leeds n'auraient pu imaginer que cette union vous contrarierait à ce point tous les deux !

— Notre révolte est légitime !

Julia arpenta la chambre tout en poursuivant :

— J'ai été vendue contre un titre, et lord Savage contre une fortune. Père m'a assuré un nom, les Savage ont été sauvés de la ruine, et pour cela, ils n'ont eu qu'à sacrifier leurs enfants.

— Mais pourquoi en veux-tu tellement à ton père ? protesta tristement Eva. Il ne s'est pas comporté différemment des autres parents dans notre situation. Les mariages arrangés sont monnaie courante !

— C'est différent. J'avais seulement quatre ans, et mon prétendu mari, guère plus.

Elle s'approcha de la fenêtre et joua un instant avec les franges des lourdes tentures.

— Je l'ai appris alors que j'avais douze ans et que je me croyais amoureuse d'un gamin du village... C'est alors que père m'a prise à part pour m'expliquer que je n'aurais jamais le droit d'aimer qui que ce soit, parce que j'étais déjà mariée.

Elle eut un rire sans joie.

— Je ne pouvais le croire ! Et je ne l'admets toujours pas. Pendant des années, j'ai été obsédée par l'existence de ce « mari ». Qui était-il ? Un simplet, un aventurier, un séducteur ?...

— D'après ce que nous en savons, lord Savage a la réputation d'être un homme fort posé et respectable.

— Je ne veux pas le savoir ! rétorqua Julia.

Sa mère devait sans doute considérer cette réponse comme une manifestation d'entêtement... et peut-être était-ce le cas. Mais Julia redoutait, en acceptant la vie que son père avait choisie pour elle, de devenir une petite créature falote, docile et malheureuse, comme sa mère.

— Je me moque de savoir qui est lord Savage ! Je n'ai jamais eu l'intention de devenir duchesse de Leeds. Je n'accepterai pas de me soumettre aux projets de père. Il a dirigé chaque jour, chaque heure, chaque minute de ma vie jusqu'à ce que je trouve enfin le courage de m'enfuir d'ici.

— Il voulait te protéger...

— Père me gardait prisonnière dans ce domaine, il ne me permettait jamais de sortir, de rencontrer des gens. Dès le jour de ma naissance il avait décidé de me marier à un aristocrate de haut rang. Lui est-il venu une seule fois à l'esprit que j'aurais pu un jour épouser un comte ou un duc sans qu'il ait à s'en mêler ? Je suppose qu'il se moquait bien de savoir si je serais heureuse ou non !

Julia s'interrompit en s'apercevant que ses doigts s'étaient crispés sur le velours. Elle prit une longue inspiration afin de se calmer. Elle souffrait de constater que sa mère était toujours restée sous la domination de son époux. Elle n'avait d'autre refuge que la maladie, et elle s'enfonçait lentement dans une vie végétative. C'était son unique défense contre un mari autoritaire qui manipulait les siens comme des pions. Edward, lord Hargate, détestait la maladie, sous toutes ses formes. C'était un homme doté d'une robuste constitution et toute faiblesse était une source d'agacement pour lui. Il pouvait aussi être cruel, refusant aux siens tout ce qu'ils désiraient simplement pour prouver qu'il était le maître incontesté. Le reste de la famille — cousins, frères, oncles et tantes — l'évitait autant que possible. Et pourtant, même quand il se montrait le plus désagréable, Eva le défendait, comme son devoir d'épouse l'exigeait.

— Tu pourrais sûrement faire autre chose que du théâtre, murmurait Eva. L'idée que tu puisses vivre parmi ces gens, que tu t'exhibes sur scène... m'afflige au plus haut point.

— Je serai heureuse au Capital Theatre ! déclara fermement Julia. C'est une troupe fort respectable, et j'aime jouer la comédie. Je suis tellement restée enfermée, petite, que le fait de m'exprimer sur une scène est une réelle libération.

— Je me souviens... Personne ne te comprenait ! Tu semblais vivre dans un monde à part, tu faisais toujours semblant d'être quelqu'un d'autre, tu t'inventais des personnages.

Julia revint vers le lit, souriant gentiment à sa mère.

— Maintenant, on me paie pour ça !

— Et lord Savage ?

Julia haussa les épaules.

— Pour l'instant, il ne semble guère avoir envie de régulariser ce mariage, et je n'ai pas d'autre choix que de vivre ma propre vie.

Elle eut une petite grimace.

— C'est étrange... Penser que j'appartiens à un inconnu qui a légalement plus de droits sur mon existence que moi-même... A cette idée, j'ai envie de partir à l'autre bout de la Terre ! J'avoue que j'ai peur de découvrir quel genre d'homme il est. Je ne suis pas prête... je ne le serai peut-être jamais.

— Tu ne pourras pas cacher indéfiniment la vérité, souffla Eva. Un jour ou l'autre, lord Savage découvrira que sa femme a travaillé dans un théâtre. Alors, à ton avis, comment réagira-t-il ?

Un sourire espiègle se dessina sur le visage de Julia.

— Il demandera l'annulation, c'est évident ! Et je la lui accorderai avec joie. Je suis faite pour être comédienne, pas duchesse !

2

1827

A peine le détective eut-il quitté la pièce que David perdit son sang-froid. Cette fois, c'en était trop ! Il avait besoin de crier, de frapper quelqu'un, de casser quelque chose !

Le verre qu'il tenait à la main alla se fracasser à grand bruit dans la cheminée.

— Bon Dieu, où peut-elle bien être ?

Un instant plus tard, la porte s'ouvrit et son frère William passa prudemment la tête par l'entrebâillement.

— On dirait que ce type n'est pas parvenu à retrouver notre mystérieuse marquise !

David se taisait, mais son visage anormalement congestionné trahissait une violente émotion.

Si les deux frères présentaient une ressemblance physique frappante, ils n'auraient pu avoir des tempéraments plus opposés. Ils avaient les cheveux noirs et les traits aigus du clan Savage, mais les yeux gris fumé de David révélaient rarement ses sentiments alors que ceux de William pétillaient sans cesse de malice. Il se dégageait de William une insouciance dont David, l'aîné, n'était pas doté. Durant ses vingt années de vie, William s'était toujours arrangé pour se mettre dans des situations invraisemblables. Il se conduisait comme un grand gamin désinvolte. Pourtant David le réprimandait rarement, car il savait que son frère, au fond, n'était pas un mauvais garçon. Alors, quelle importance s'il se laissait un peu aller à sa pétulance naturelle ? David tenait à ce que William jouisse de la liberté dont lui-même avait été privé, et il souhaitait lui épargner, autant que possible, les rudes réalités de la vie.

— Qu'a-t-il dit ? insista William.

— Je n'ai pas envie d'en parler maintenant.

William se dirigea vers la desserte en acajou où étaient disposées quelques carafes en cristal.

— Tu sais, fit-il remarquer, il n'est pas indispensable que tu retrouves Julia Hargate pour être débarrassé d'elle. Tu la cherches en vain depuis trois ans. De toute évidence, les Hargate ne tiennent pas à ce que tu la retrouves. Ses amis comme sa famille refusent, ou sont incapables, de fournir le moindre indice. A mon avis, tu n'aurais aucun mal à obtenir l'annulation de votre engagement.

— Il n'en est pas question sans l'accord de Julia.

— Mais enfin, pourquoi ? Tu ne lui dois rien !

— Si, je lui dois la fortune acquise grâce à cette union ! rétorqua David.

William secoua la tête en tendant à son frère un autre verre de cognac.

— Toi et ton satané sens des responsabilités ! A

ta place, n'importe quel homme aurait oublié cette Julia. Tu ne la connais même pas.

David se leva pour arpenter la bibliothèque.

— Il faut que je la trouve. Elle est victime autant que moi de cette histoire. L'engagement a été pris sans notre consentement, mais nous pouvons au moins y mettre un terme ensemble. En outre, je ne veux pas avancer dans ce sens sans lui avoir assuré une sorte de rente.

— Avec la fortune de sa famille, elle n'en a certainement pas besoin !

— Peut-être a-t-elle rompu avec les siens, et je ne le saurai que quand je lui aurai parlé.

— Je ne pense pas qu'elle soit déshéritée. Elle est selon toute probabilité en train de s'amuser sur une plage de la Riviera italienne où elle dépense joyeusement l'argent de son papa.

— Si c'était le cas, nous l'aurions trouvée.

David, pensif, alla à la fenêtre. La vue était magnifique, comme partout dans ce château médiéval superbement rénové. Construit au bord d'un lac, il offrait au regard de beaux arcs de pierre qui semblaient jaillir de l'eau. Beaucoup d'ouvertures avaient été percées dans les murs épais couleur de miel, et par les vitres à losanges on pouvait admirer la riche campagne du Warwickshire, les prairies, les jardins. Autrefois destinée à assurer une protection contre les envahisseurs, l'austère demeure était à présent devenue une résidence pleine de charme.

La famille Savage avait failli perdre ce fief ancestral — ainsi que tout le reste — à cause de mauvais investissements réalisés par le duc, à cause aussi de son goût immodéré pour le jeu. Seul le mariage de David avec Julia Hargate, et la dot versée pour l'occasion, les avait sauvés de la ruine. Donc ils lui devaient à présent le titre de duchesse, qui ne tarderait pas à lui échoir à en juger par la santé déclinante de Frederick, le père des jeunes gens.

— Je remercie le ciel de ne pas être l'aîné! déclara William du fond du cœur. C'est un bien curieux marché que père a conclu. Marier son fils de sept ans pour payer ses dettes de jeu! Et il est plus étrange encore que tu n'aies jamais rencontré ta fiancée.

— Je n'en ai pas eu envie; je préférais oublier son existence. Je ne m'habituais pas à l'idée qu'elle faisait partie de ma vie.

— Ce mariage est-il légal? demanda William.

— Non... mais ce n'est pas le problème. Père a fait une promesse dans laquelle j'étais impliqué. Maintenant, il est de mon devoir de la respecter, ou au moins de rembourser les Hargate de l'argent que nous avons accepté.

— Honneur... responsabilité...

William frissonna.

— Des mots que je déteste! dit-il dans une grimace.

Morose, David fixait le liquide ambré dans son verre. Julia n'y était pour rien, pourtant elle symbolisait le lien invisible qui l'enchaînait, et il ne connaîtrait pas de paix avant d'avoir résolu l'affaire.

— Je pense souvent à elle, reprit-il. Je ne peux m'empêcher de me demander à quoi elle ressemble, et pourquoi elle a disparu ainsi. Dieu, que j'aimerais être libéré d'elle!

— Si tu la retrouves, Julia exigera peut-être que tu respectes l'engagement de père. L'as-tu envisagé? Tu as triplé la fortune de la famille, depuis que tu as pris en main les finances des Savage. Et, ajouta William, une lueur malicieuse dans les yeux, les femmes semblent te trouver plutôt séduisant, malgré ton caractère difficile. Pourquoi Julia serait-elle différente ? Comme toutes les autres, elle a certainement envie d'un mari titré et riche.

— J'ignore ce qu'elle attend de moi, dit David avec un petit rire amer. Rien, apparemment, sinon elle ne se cacherait pas.

— Eh bien, tu ferais mieux de régler la situation au plus vite, sinon Pauline ne tardera pas à faire de toi un bigame.

— Je n'épouserai pas Pauline.

— C'est pourtant ce qu'elle crie sur tous les toits. Bon sang, David, tu ne crois pas qu'il vaudrait mieux lui avouer que les rumeurs sont fondées, que tu es bel et bien marié ?

A l'évocation de Pauline, David se renfrogna. Lady Ashton, une voluptueuse jeune veuve, le poursuivait de ses assiduités depuis plus d'un an : elle le pourchassait jusque chez lui, le traquait à toutes les soirées mondaines auxquelles il assistait. Belle, délurée, Pauline savait comment plaire à un homme. En outre, elle possédait un humour cynique qui amusait David. Contre toute raison, il avait cédé six mois auparavant aux avances de la jeune femme. Après tout, son corps avait quelques exigences, et il n'avait pas de goût pour les prostituées. Les troupeaux de jeunes vierges en mal d'époux que l'on exhibait chaque année au début de la saison mondaine ne l'intéressaient pas non plus car elles lui étaient interdites, bien que personne ne fût absolument certain que les bruits qui couraient sur son mariage fussent fondés.

Cependant, depuis peu, Pauline était entrée en campagne dans le but de devenir la prochaine marquise de Savage. Elle avait eu toutefois la sagesse de ne pas bousculer David, de ne pas le questionner directement. En fait, elle n'avait pas encore osé lui demander s'il avait réellement une épouse.

— J'ai dit cent fois à Pauline qu'elle ne pouvait espérer aucun avenir avec moi, bougonna David. Et ne la plains pas, elle est plus que largement récompensée du temps qu'elle me consacre.

— Oh, je n'ai pas pitié d'elle ! J'ai une petite idée de ce qu'elle te coûte en cadeaux, robes, bijoux. Elle doit être bien charmante pour mériter tous ces présents, ajouta William avec un clin d'œil malicieux.

— Elle est jolie, charmante, intelligente. A vrai dire, elle ne serait pas une mauvaise épouse.

William fronça les sourcils.

— Tu m'inquiètes, David, reprit-il. Pauline a de l'affection pour toi, c'est sûr, mais à mon avis, elle est incapable d'amour.

— C'est peut-être aussi mon cas, murmura David.

Il y eut un bref silence que William brisa d'un petit rire.

— Eh bien... je ne me souviens pas de t'avoir vu tomber amoureux fou, mais il est certain qu'avoir une épouse dès l'âge de sept ans représente un sérieux handicap. Tu t'es interdit tout penchant sentimental à cause d'une fille que tu n'as jamais vue. Ecoute mon conseil : débarrasse-toi de Julia... et tu verras à quelle vitesse ton cœur se réveillera.

— Bel optimisme ! déclara David. J'y songerai, Will. Mais pour l'instant, sois gentil, laisse-moi, j'ai du travail.

Julia réprima un bâillement d'ennui. La soirée était pourtant somptueuse, avec un orchestre de qualité, de délicieux rafraîchissements, une assemblée d'invités prestigieux. Mais il faisait trop chaud, bien que les fenêtres fussent grandes ouvertes sur la brise. Les gens s'essuyaient discrètement le front et buvaient beaucoup de punch entre chaque danse.

Malgré les protestations de Julia, Logan Scott avait insisté pour qu'elle l'accompagne en week-end chez lord et lady Brandon dans le Warwickshire. La jeune femme savait parfaitement que ce n'était pas tant sa compagnie que Logan recherchait, même si leur amitié s'était consolidée au cours des deux dernières années, mais bien plutôt sa capacité à séduire d'éventuels mécènes.

Pour l'instant, tous deux bavardaient discrètement dans un coin de la salle de bal avant de se séparer pour aller se mêler aux autres invités. Distraitement, Julia rectifia sa tenue, une robe très simple en soie bleue dont le décolleté bateau dégageait presque ses épaules, avec pour seuls ornements une triple bande de satin à la taille et une ganse d'un bleu plus soutenu dans le bas.

Logan lui parlait à l'oreille,

— Lord Harrington adore le théâtre... et les jolies femmes. Plus important encore, il jouit d'une rente de dix mille livres... Pourquoi n'iriez-vous pas parler avec lui de la prochaine saison théâtrale et lui dire que nous sommes à la recherche de généreux donateurs ?

Julia eut un petit sourire contrit en regardant le vieux monsieur trapu aux joues couperosées. Elle observa Logan, très élégant en veste noire, gilet de soie émeraude et pantalon beige. Sa chevelure flamboyait à la lumière des lustres. Tout le monde était là pour se distraire, pourtant Logan considérait cette soirée comme une occasion idéale pour mener ses affaires. Il se servirait de son charme et de sa beauté pour solliciter des fonds... et comme toujours, il réussirait. Qui n'aurait souhaité s'associer à l'un des plus célèbres comédiens de Londres ?

A sa grande surprise, Julia s'était rapidement acquis une renommée certaine, de son côté, et elle en retirait un statut social fort important pour une actrice. Elle recevait à présent un salaire élevé qui lui avait permis d'acheter sur Somerset Street une maison toute proche de celle de son ancien professeur, Mme Florence. La vieille dame tirait un orgueil personnel du succès de son élève et attendait toujours avec impatience les visites de la jeune femme. Au cœur de cette brillante assemblée, Julia se prit à songer avec nostalgie à sa chère amie. Comme elle aurait préféré être en sa compagnie devant une tasse de thé !

— Je n'aime guère ces grandes manifestations, murmura-t-elle, plus pour elle que pour son compagnon.

— Ça ne se voit pas. Vous évoluez dans ce milieu comme si vous y étiez née !

Logan retira une poussière imaginaire de sa manche.

— Vous devriez contacter lord Lansdale, reprit-il, le petit bonhomme près du buffet... Et lord Russel, qui vient de toucher un confortable héritage. Un joli sourire et un peu d'encouragement pourraient le décider à nous aider.

— Je vous saurais gré de m'épargner ce genre de corvées ! Je suis lasse de flatter de vieux messieurs dans l'espoir de leur soutirer de l'argent, même si c'est dans l'intérêt du théâtre. La prochaine fois, vous pourriez emmener Arlyss avec vous, ou bien une autre actrice ?

— Ce n'est pas elles que je veux. Vous êtes aussi talentueuse dans ces réceptions que sur scène. En deux ans, vous êtes devenue le plus bel atout du Capital Theatre... à part moi, naturellement.

Julia eut un sourire malicieux.

— Si vous continuez sur ce ton, monsieur Scott, je vais vous demander une augmentation.

— Vous n'obtiendrez pas un shilling de plus! Vous êtes déjà la comédienne la mieux payée en ce moment.

Il était sérieux, et elle éclata de rire.

— Si les gens pouvaient imaginer que l'homme qui me courtise si passionnément sur scène — et qui m'a séduite un bon millier de fois sous la forme de Romeo, de Benedict ou de Mark Antony —, s'ils savaient que cet homme, en coulisses, ne pense qu'à l'argent... Vous incarnez sans doute le parangon du romantisme pour les belles dames de Londres, mais vous avez l'âme d'un banquier, pas d'un amant.

— Dieu merci! Maintenant, allez vite ensorceler les hommes que je vous ai désignés. Oh, et n'oubliez pas cet homme-là!

Logan montrait de la tête un homme brun qui discutait avec d'autres messieurs à quelques mètres de là.

— Il s'occupe des affaires de sa famille depuis plusieurs années et, au train où il progresse, il ne tardera pas à devenir l'un des hommes les plus riches du pays. Ce serait bien de l'intéresser à l'avenir du Capital Theatre.

— Qui est-ce?

— Lord Savage, le marquis de Savage.

Logan adressa à Julia un bref sourire avant de se perdre dans la foule.

« Lord Savage. Le marquis de Savage! » Julia restait pétrifiée. Avait-elle rêvé? Il était si étrange d'entendre ce nom dans la bouche de Logan Scott! Si étrange, après toutes ces années d'angoisse, de s'apercevoir que l'objet de son ressentiment était un homme en chair et en os! Son passé entrait enfin en collision avec le présent. Elle aurait aimé disparaître sur-le-champ ou s'enfuir à toutes jambes, comme un renard traqué par la meute. Curieusement, elle n'avait pas imaginé que son mari pût être si beau, si élégant. Elle le voyait sombre et mystérieux, comme un prince étranger, grand, jouissant d'une extraordinaire présence, d'une sorte de puissance tranquille. Sous la veste de soirée et le gilet de satin, on ne pouvait ignorer la largeur de ses épaules, l'étroitesse de sa taille et de ses hanches. Les traits de son visage étaient réguliers, un peu austères, son regard indéchiffrable. Quel contraste avec Logan et les autres acteurs, dont le métier avait rendu les traits si mobiles, les expressions du visage si variées! Cet homme avait un côté inaccessible.

Comme s'il était soudain conscient de sa présence, il se tourna vers elle, puis il fronça les sourcils, pencha légèrement la tête, concentré. Julia essaya de se dérober, mais il la tenait prisonnière de son regard. Prise de panique, elle s'éloigna enfin. Trop tard, car il se mit en travers de son chemin, l'obligeant à s'arrêter. Son cœur battait à tout rompre quand elle leva la tête pour scruter d'un air traqué ses beaux yeux gris, frangés de cils noirs très longs.

— J'ai l'impression de vous connaître.

Sa voix n'avait pas la profondeur de celle de Logan Scott, mais elle était agréablement voilée.

— Vous croyez? parvint à articuler Julia. Peut-être m'avez-vous vue sur scène.

Il continuait à la contempler tandis qu'à l'intérieur d'elle-même elle se répétait: « C'est mon mari... Mon mari. »

David était déconcerté. La musique et l'agitation du bal passaient à l'arrière-plan. Il savait qu'il n'avait jamais été présenté officiellement à cette jeune femme — il ne l'aurait certes pas oubliée —, pourtant elle avait quelque chose de familier. Mince et fraîche dans sa robe bleue, elle possédait un port royal, et son visage évoquait ces peintures de la Renaissance italienne. Mais le plus étonnant était ses yeux bleu-vert... Les yeux d'un ange, un ange triste, probablement blessé par une souffrance secrète. « Peut-être m'avez-vous vue sur scène », avait-elle suggéré.

— Vous êtes sans doute Mme Wentworth, dit-il enfin.

Elle était bien plus jeune qu'il ne l'aurait imaginé pour une actrice jouissant d'une telle célébrité. Le public était fou d'elle, les critiques ne tarissaient pas d'éloges, non seulement sur son indéniable talent mais aussi sur sa chaleureuse présence qui séduisait les spectateurs instantanément. Cette créature, qui était déjà devenue une légende vivante, était bien différente de la jeune femme un peu immatérielle qui se tenait devant David. Son cou était presque trop frêle pour la lourde chevelure qu'elle avait coiffée en chignon sur sa nuque. David ne se rendit pas compte qu'il prenait sa main. Comme il la portait à ses lèvres, il s'aperçut qu'elle tremblait. Avait-elle peur de lui ? Inconsciemment il adoucit sa voix comme s'il craignait de l'effrayer davantage.

— Puis-je vous être de quelque utilité, madame ? Je suis...

— Je sais, vous êtes le marquis de Savage.

Brusquement, un sourire mondain lui était venu aux lèvres, et elle dégagea sa main.

— Mon directeur, M. Scott, désirait que je fasse votre connaissance. Il semble persuadé que je pourrais vous transformer en mécène.

Surpris par cette approche directe, David répliqua :

— Essayez toujours, madame Wentworth, mais sachez que je ne gaspille jamais mon argent en frivolités.

— Frivolités ? Vous ne pensez pas que les gens ont de temps à autre besoin de s'évader de la vie quotidienne ? Une pièce de théâtre permet au public d'éprouver des émotions nouvelles. Parfois leurs opinions, leurs sentiments s'en trouvent modifiés, et ils voient leur existence d'un œil nouveau... Ce n'est guère frivole, il me semble.

— Je n'ai aucun besoin de m'évader, dit-il en haussant les épaules.

— Vraiment ? Je n'en crois pas un mot, monsieur.

— Et pourquoi donc ?

Aucune femme ne lui avait parlé de cette façon hardie. Tout à l'heure, elle tremblait, à présent, elle le provoquait. Si elle voulait de l'argent pour le théâtre, c'était une curieuse manière de s'y prendre !

Elle rougit, comme en proie à une vive émotion.

— Je n'ai jamais rencontré une seule personne qui soit à l'aise vis-à-vis de son passé. Il y a toujours quelque chose que l'on aimerait changer ou oublier.

David, immobile, incliné vers elle, ne la quittait pas des yeux. Elle semblait prête à fuir au moindre geste, et il eut du mal à ne pas la prendre dans ses bras pour la garder près de lui. L'air vibrait entre eux...

— Et vous ? murmura-t-il. Que voulez-vous oublier ?

Il y eut un long silence.

— Un mari, souffla-t-elle enfin.

Elle ignorait ce qui l'avait poussée à parler ainsi

et, horrifiée, elle esquissa une révérence avant de se glisser parmi les danseurs sans lui donner le temps de réagir.

— Attendez... crut-elle entendre.

Mais déjà elle avait quitté la salle de bal.

Brusquement, David la reconnaissait. Il se rappelait cette soirée de 1er mai, la jeune fille ensorcelante qui dansait à la lumière des torches. Une actrice de passage, à laquelle il avait volé un baiser... C'était elle, et il ne s'était pas trompé en pensant qu'il la reverrait un jour.

— Mon Dieu...

Bouleversé par sa chance, il était cloué sur place quand lady Ashton, s'approchant de lui, posa une main possessive sur son bras.

— Cher ami, roucoula-t-elle, apparemment, vous vous êtes fait une nouvelle relation. Elle s'est sauvée avant que j'aie pu vous rejoindre. Mais racontez-moi ce que vous vous êtes dit, avec Mme Wentworth. Oh, non! ne froncez pas les sourcils, vous savez bien que je suis au courant de tout ce qui vous concerne. Vous n'avez pas de secrets pour moi...

— Peut-être un ou deux quand même, marmonna-t-il.

Pauline eut une moue charmante.

— Vous a-t-elle offert une jolie scène de séduction?

— Elle m'a demandé si je voulais subventionner le Capital Theatre pour la prochaine saison.

— Et vous avez refusé, bien sûr.

— Qu'est-ce qui vous le fait penser?

— Vous détestez vous séparer d'un shilling quand ce n'est pas absolument indispensable.

— Je me montre assez généreux avec vous, précisa David.

— Ce qui est absolument nécessaire pour jouir de mes faveurs.

Il éclata de rire.

— C'est bien mérité ! répliqua-t-il.

La jeune femme portait une robe vert pâle dont le décolleté révélait une tendre poitrine, et ses hanches voluptueuses étaient soulignées par un motif de perles et de fleurs de soie.

— Parlez-moi de Mme Wentworth, insista-t-elle, câline, en caressant les cheveux de David d'un geste intime que tout le monde dut remarquer autour d'eux.

Il voulut articuler quelques mots pour décrire la jeune comédienne, mais il n'en trouva rien à dire et haussa les épaules.

Pauline pinça les lèvres avant de partir d'un rire de gorge.

— Eh bien, je suis certaine qu'elle est comme toutes les actrices, prête à relever sa jupe quand on le lui demande.

David songea méchamment que, dans ce cas, Jessica Wentworth n'était guère différente de Pauline, sauf que cette dernière se croyait supérieure par la naissance !

— Elle ne m'a pas donné cette impression.

— Tout Londres raconte qu'elle a une liaison avec Logan Scott. D'ailleurs, il suffit de les voir ensemble sur scène... L'atmosphère crépite littéralement entre eux. Mais M. Scott produit certainement cet effet sur toutes les femmes.

David connaissait peu le monde du théâtre, pourtant les exploits de Scott étaient parvenus jusqu'à lui. Il jouait avec un naturel tout à fait nouveau, son *Hamlet* était devenu une légende, toutefois il excellait aussi dans les rôles plus légers, voire comiques, comme dans *Le Mari trompé*. Bien que David ne se considérât pas comme un spécialiste, il devait bien reconnaître que Scott faisait montre d'un talent inouï.

Il était impressionné plus encore par les dons de gestionnaire de Scott qui avait fait du Capital Theatre un rival de poids pour Drury Lane. Il savait gérer le personnel et les bénéfices. Un homme de cette qualité était certainement courtisé par l'élite de la société et, en effet, Scott semblait avoir de nombreux amis influents. Cependant il ne serait jamais totalement accepté par l'aristocratie, car il s'était fait lui-même, et les comédiens appartenaient à un univers à part, un monde d'art et d'illusion.

Le joli visage de Jessica Wentworth s'imposa de nouveau à David. Que deviendrait-elle lorsqu'elle ne serait plus capable de gagner sa vie sur les planches ? Une actrice n'avait guère le choix... Devenir la maîtresse d'un homme riche ou, avec un peu de chance, épouser un veuf vieillissant, un nobliau de province. Mais Mme Wentworth était déjà mariée. « Et vous, que voulez-vous oublier ? — Pourquoi s'était-elle mariée ? Un mari. » — Quel genre d'homme avait-elle épousé ? Qui était-il ?...

— Où êtes-vous, chéri ? demanda Pauline en tirant impérativement sur son bras. Je n'ai pas l'habitude qu'un homme pense à autre chose quand je suis près de lui !

David s'ébroua.

— Alors, donnez-moi matière à m'occuper de vous, murmura-t-il.

Il sourit quand elle se mit sur la pointe des pieds pour lui chuchoter quelques mots provocants à l'oreille.

Julia atteignit l'escalier de marbre, la gorge serrée, les yeux brûlants. Elle s'arrêta au premier palier, les doigts crispés sur la rampe.

— Jessica !

La voix de Logan Scott retentit en même temps que le bruit de ses pas sur les marches. Elle attendit sans se retourner, afin qu'il ne voie pas son visage.

— Que s'est-il passé ? demanda-t-il, un peu contrarié. Je vous ai vue quitter la salle de bal comme si vous aviez le diable aux trousses.

— Je suis fatiguée. Je ne veux pas y retourner ce soir.

— On vous a dit quelque chose de désagréable ? insista Scott en l'obligeant à lui faire face.

Il sursauta en voyant ses larmes.

— Dites-moi tout ! exigea-t-il. Si quelqu'un a osé vous manquer de respect, je l'obligerai à vous présenter des excuses.

— Non, murmura-t-elle. On ne m'a rien dit, et je vais bien.

Logan cueillit une larme du bout du doigt avant de sortir un mouchoir de sa poche. Julia l'accepta et s'essuya les yeux en tentant de se dominer. Elle se sentait... effrayée, en colère, triste, peut-être aussi soulagée. Elle avait enfin rencontré son époux, elle lui avait parlé. Savage paraissait être un homme froid, sans émotion, un homme avec qui elle ne voulait avoir aucun rapport. Et il réagissait de la même manière. Il la rejetait, il l'avait toujours rejetée, il ne lui avait jamais écrit, il ne l'avait pas cherchée. En fait, il préférait ignorer son existence. C'était absurde, mais elle se sentait un peu trahie.

— Je peux vous aider ? proposa Logan.

Elle eut un petit sourire amer.

— Vous ne l'avez jamais fait. Pourquoi maintenant ?

— Parce que je ne vous avais jamais vue pleurer auparavant.

— Oh, si, des centaines de fois !

— Jamais pour de vrai. Je tiens à savoir ce qui s'est passé ce soir.

— C'est en relation avec mon passé, c'est tout ce que je peux vous dire.

— Vous êtes sûre ? Je n'ai en général ni le temps ni la patience de m'intéresser aux énigmes, mais vous m'intriguez, madame Wentworth, dit-il d'un ton chaleureux.

Depuis deux ans qu'ils se connaissaient, Logan ne s'était jamais montré aussi proche. En temps normal, il ne s'occupait pas plus d'elle que des autres comédiens, sauf dans le cadre du travail. Julia s'était habituée à ses éclats de voix, ses brusques sautes d'humeur. Mais, qu'il s'intéresse tout à coup à elle... ça ne lui ressemblait pas !

— Mes secrets n'ont rien de passionnant, dit-elle.

— Je me le demande... murmura Logan en la suivant des yeux jusqu'à ce qu'elle ait disparu.

A son grand soulagement, Julia ne revit pas lord Savage durant la journée du lendemain. Les invités, profitant d'un temps magnifique, s'occupèrent à diverses activités de plein air. Les dames se promenèrent dans le jardin si soigneusement entretenu ; certaines s'exercèrent au tir à l'arc, d'autres allèrent visiter les curiosités des environs. Les hommes préférèrent la chasse, la pêche, ou tout simplement les discussions autour d'un verre.

Malgré sa nervosité, Julia fit de son mieux pour se montrer aimable. Elle n'eut d'ailleurs aucun mal à passionner lady Brandon et ses amies avec ses anecdotes sur le théâtre. Ces dames étaient fascinées par un univers si différent du leur, et la moindre allusion à Logan Scott captivait toute leur attention.

— M. Scott joue si bien les amoureux sur scène, susurra l'une d'entre elles, mielleuse, que l'on ne peut s'empêcher de se demander s'il possède les mêmes qualités à la ville. Pourriez-vous nous éclairer à ce sujet, madame Wentworth ?

Il y eut quelques sursauts scandalisés devant l'indiscrétion de la question, puis toutes les femmes se penchèrent en avant pour écouter la réponse. Julia sourit à la jolie dame brune qu'on lui avait présentée un peu plus tôt sous le nom de lady Ashton.

— Je pense que M. Scott aime beaucoup les femmes... Mais il s'interdit toute liaison avec une actrice de sa troupe.

— Je vous ai vus tous les deux dans *Roméo et Juliette* ! s'exclama une autre. Vous sembliez éprouver de réels sentiments réciproques. N'y avait-il rien de sincère là-dedans ?

— Pas exactement, avoua franchement Julia. Sauf par moments, quand le jeu me paraît si proche de la réalité que je m'identifie complètement à mon rôle.

— Et dans ces instants-là, vous tombez amoureuse de votre partenaire ?

Julia se mit à rire.

— Oui, mais seulement jusqu'à ce qu'on baisse le rideau.

Après le thé, les dames allèrent se changer pour la soirée. Elles reparurent dans de ravissantes toilettes de soie ou de tulle, tandis que les hommes avaient revêtu des chemises empesées, des gilets brodés et des pantalons étroits. Julia avait choisi une robe couleur champagne au corsage décolleté formé de petits plis plats. Une modestie de dentelle masquait partiellement la naissance de ses seins, rappelant les incrustations de ses manches ballon.

Le dîner fut remarquable. Rôtis et gibiers, différentes gelées aux couleurs ambrées, innombrables plats de légumes en sauce, puddings... Un véritable ballet de serviteurs s'affairait pour servir les quelque deux cents invités installés à table dans l'immense salle à manger. Enfin, on apporta les desserts, les crèmes, les pâtisseries, puis des corbeilles de fruits furent servies avec des baies de saison. Julia mangea peu. Elle savait qu'on demanderait à Logan d'offrir un échantillon de son talent et qu'elle devrait lui donner la réplique, or, elle ne jouait jamais bien après un repas copieux. Et elle souhaitait, particulièrement ce soir, être au mieux de sa forme.

Julia aperçut lord Savage à la table voisine. Il était entouré de deux dames qui rivalisaient de coquetterie pour le séduire. Toutes les femmes réagissaient-elles ainsi en sa présence ? Quel que fût son caractère, il était indiscutablement fort bel homme. Et puis son air réservé provoquait certainement le désir de retenir son attention. Julia fut soulagée qu'il ne regarde pas dans sa direction. Il semblait avoir oublié jusqu'à son existence et se concentrait sur des proies moins farouches.

Après le repas, les femmes se retrouvèrent autour d'une tasse de thé tandis que les hommes fumaient des cigares en savourant un vieux porto. Plus tard, elles les rejoignirent dans le grand salon. Comme elle y pénétrait au bras de Logan, Julia ne fut pas surprise de voir leur hôtesse s'approcher, un air gourmand sur son visage rond. On n'avait pas tous les jours l'occasion d'offrir un divertissement de cette qualité à ses invités !

— Monsieur Scott, murmura-t-elle, un peu rougissante, nous feriez-vous l'honneur d'interpréter quelque chose pour nous ?

Galamment, Logan s'inclina sur la main dodue de lady Brandon. Il savait si bien s'y prendre avec les dames qu'elles se pâmaient toutes.

— Avec plaisir, madame, et ce sera un bien piètre remerciement en regard de cette superbe réception. Avez-vous une préférence ?

Lady Brandon, fascinée par les yeux bleus de l'acteur, en perdait presque le souffle.

— Oh… Ce que vous choisirez sera parfait, monsieur Scott. Mais… peut-être une scène romantique ?

— Romantique, répéta Logan en lui souriant comme si elle était la plus divine créature du monde.

Il se tourna vers Julia.

— Si nous prenions un passage de ma dernière pièce, madame Wentworth ?

Julia acquiesça d'un sourire. Elle s'y attendait. Une ou deux fois par an, Logan lançait une pièce qu'il avait écrite lui-même, toujours une satire sociale pleine de charme et de vivacité. Sans être génial, Logan était un écrivain intelligent qui connaissait bien son public. Sa dernière création, *Une ravissante tricheuse*, racontait l'histoire d'un aristocrate et d'une dame de la bonne société qui, après un certain nombre de péripéties, se retrouvaient dans le rôle de leurs propres serviteurs, lui valet de pied, elle caméristе. Bien sûr, ils tombaient amoureux l'un de l'autre et leurs efforts pour ne pas dévoiler leur véritable identité donnaient le ressort comique à l'intrigue. L'ensemble raillait gentiment l'aristocratie, tout en peignant avec délices la rencontre de deux êtres évoluant en dehors de leur milieu social.

Ce n'était pas d'une folle originalité, mais Logan en avait fait un divertissement frais et léger. Il n'avait pas encore décidé à qui il donnerait le rôle principal, et il était clair qu'il hésitait entre Julia et Arlyss Barry. Préférerait-il l'approche intimiste de la première ou celle, plus franchement comique, de la seconde ? Peut-être, si elle était convaincante ce soir, Logan se prononcerait-il en faveur de Julia.

Quand tout le monde fut installé en demi-cercle, Logan se plaça au milieu de l'espace dégagé pour se présenter, ainsi que sa compagne. Il situa brièvement la scène qu'ils allaient interpréter et précisa que la pièce se donnerait au Capital Theatre dans quelques mois.

Tandis que Logan parlait, Julia se remémorait le texte, mais elle était en proie à une grande nervosité et avait du mal à se concentrer. Elle ne put s'empêcher de tourner ses regards vers la table où lord Savage était assis en compagnie de lady Ashton. Détendu, ses longues jambes croisées, il semblait écouter la conversation de la jeune femme, mais il ne quittait pas Julia des yeux. Le cœur battant, elle sentit l'attirance qu'il éprouvait pour elle, la même qu'elle ressentait pour lui. Peut-être, par une étrange alchimie, percevait-il confusément le lien qui existait entre eux depuis l'enfance.

Julia n'avait jamais imaginé qu'elle jouerait un jour devant *lui*. Elle avait déjà donné ce genre de représentation de salon, soit avec Logan, soit avec d'autres comédiens, et elle y prenait plaisir car, n'ayant pas besoin de forcer la voix, elle pouvait interpréter ses personnages avec plus de finesse et utiliser des mimiques moins appuyées. Mais ce soir, le plaisir n'y était pas... Elle avait l'impression que tout son talent s'était envolé, elle avait même oublié son texte !

Logan lui fit enfin signe de venir le rejoindre. Pour la première fois de sa vie, elle fut paralysée. Ses pieds refusaient de lui obéir, son cœur battait follement. Elle ne pouvait pas. Elle était incapable de jouer. Logan vit que le sang s'était retiré de son visage, pourtant il se contenta de l'encourager d'un sourire. Comme elle ne bougeait toujours pas, il vint à elle et prit sa main en une étreinte douloureuse qui l'obligea à se ressaisir.

— Vous voulez un verre de vin ? murmura-t-il.

Elle dut faire appel à toute sa volonté pour répondre sur le même ton :

— Je... je ne sais pas.

Logan continua de lui parler à voix basse, comme s'il lui donnait des instructions, mais ses paroles n'étaient certes pas réconfortantes !

— Ecoutez-moi bien. Je me moque totalement de ce que vous ressentez, de ce qui se passe dans votre fichue tête en ce moment. Ce qui m'intéresse, c'est la pièce et mon théâtre. Si vous tenez à votre carrière, vous allez jouer cette scène comme nous l'avons répétée. Vous êtes une actrice, faites votre métier !

Julia acquiesça et elle sentit son sang circuler de nouveau. Elle jouerait, que son mari fût ou non parmi les spectateurs. L'admonestation de Logan lui rappelait les épreuves qu'elle avait traversées avant de devenir Jessica Wentworth. Elle ne pouvait tout gâcher maintenant.

— Rappelez-moi ma première phrase, demanda-t-elle d'une toute petite voix.

Logan jura entre ses dents.

— Bon sang!... D'accord, je commence, mais essayez d'enchaîner.

Julia s'éloigna de Logan de quelques mètres et se concentra intensément en attendant ses premiers mots. La scène se situait au moment où les deux amants découvrent leur véritable identité. L'expression de Logan se modifia subtilement et il se mit à parler comme un homme amoureux. Julia se glissa tout naturellement dans son rôle, sans y penser. Si elle sentit vaguement le frisson d'enthousiasme qui parcourait l'auditoire, elle n'y prêta guère attention tant elle était absorbée par son personnage.

Les émotions se succédaient à la vitesse de l'éclair. Incrédulité, indignation, attitude de défense, soulagement, brûlante passion. Les mimiques de Logan déclenchèrent des éclats de rire, mais ce fut seulement avec la tendresse de Julia que la scène atteignit sa véritable profondeur.

David assistait à la représentation sans cligner des yeux, presque sans respirer. Il lui semblait que chaque mot était spontané, que les acteurs vivaient la situation au lieu de jouer un texte répété plusieurs fois. Leur art paraissait naturel et, de toute évidence, Jessica Wentworth était une comédienne de grand talent.

— Mon Dieu, ils sont extraordinaires ! murmura Pauline qui, d'habitude, était plutôt avare de compliments.

David ne répondit pas. Malgré toute son admiration, un sentiment fort désagréable venait gâcher son plaisir. Le courant qui passait entre les deux acteurs était-il réel ? Une telle intensité pouvait-elle n'être qu'illusion ? Il se demandait si Logan Scott avait déjà tenu Jessica dans ses bras. Et il l'imagina offerte, frémissante de passion sous les caresses de son amant.

David respira de toutes ses forces. Il lui semblait que ses poumons allaient éclater, et il avait envie de se précipiter au milieu de cette scène improvisée pour séparer les deux acteurs. Il était cependant étonné par le désir qu'il ressentait tout à coup pour cette femme, lui d'habitude si maître de ses sentiments. Jamais il n'avait laissé personne prendre de l'ascendant sur lui... Surtout depuis le jour où il avait appris, bien longtemps auparavant, qu'il avait été sacrifié au nom de sa famille. Jamais il n'avait désiré une femme à ce point, de façon totale et irraisonnée, corps et âme.

La scène se terminait par un baiser passionné. David serra les poings, mal à l'aise, tandis que les applaudissements éclataient. Avec un sourire, Logan Scott refusa aimablement de jouer une autre scène, d'interpréter un monologue ou n'importe quoi d'autre, et rapidement les deux comédiens furent entourés par leurs admirateurs.

— Joli couple ! apprécia Pauline en s'éventant avec grâce. Cet après-midi, Mme Wentworth déclarait que leurs relations étaient strictement professionnelles... mais il faudrait être bien naïf pour le croire !

Le jeune frère de David venait de s'approcher et baisait docilement la main que lui tendait Pauline.

— Vous êtes ravissante, ce soir, lady Ashton, dit-il. Comme toujours.

Pauline sourit, aguicheuse.

— Quel flatteur vous faites, lord William !

William tourna vers David un regard brillant d'enthousiasme.

— Jolie performance, n'est-ce pas ? Je n'aurais pas cru qu'il pouvait exister un Logan Scott au féminin, mais Mme Wentworth est aussi magnifique que lui. J'aimerais beaucoup faire sa connaissance.

— Elle est mariée, rétorqua sèchement David.

— Peu importe !

Pauline eut un petit rire indulgent pour le ton passionné du jeune homme.

— Pour quelqu'un comme vous, mon cher, ça ne devrait présenter aucune difficulté. C'est une comédienne, après tout. Mais attention, elle va sûrement exiger une fortune en compensation de ses faveurs.

— Il faudra que ce soit une fortune pour surpasser le prix de vos charmes, ma chère, susurra David.

Pauline lui lança un regard courroucé tandis que William réprimait un sourire.

— Excusez-moi, poursuivit David en se levant, je vais dire un mot à M. Scott.

— Pourquoi ? demanda vivement Pauline.

Mais déjà David se dirigeait vers le comédien. Il aurait voulu que la salle se vidât pour se retrouver seul avec Jessica Wentworth. Bien qu'il fût très sollicité, Logan remarqua David, et il le reconnut aussitôt. Habilement, il se dégagea de deux ou trois conversations simultanées pour s'approcher de lui. Un peu moins grand que David, avec les épaules larges, Scott offrait un aspect prospère, cultivé, qui faisait mettre en doute les rumeurs prétendant qu'il était le fils d'un simple marchand de poisson de la banlieue londonienne.

— Lord Savage, dit-il en prenant son verre dans la main gauche afin de saluer le nouveau venu. Je suis désolé que nous n'ayons jamais eu l'occasion d'être présentés jusqu'à maintenant.

— Monsieur Scott, répondit David en lui serrant la main, je vous admire depuis longtemps.

— Je vous remercie...

Logan avait pris une expression un peu interrogative.

— J'espère que vous avez apprécié notre petite représentation, un échantillon des pièces de qualité que nous donnerons au Capital Theatre cette saison.

— Enormément. Tellement, à vrai dire, que je me sens obligé d'apporter ma contribution à votre théâtre.

— Ah !

Une lueur de satisfaction s'alluma dans le regard de Logan, qui but une gorgée de champagne.

— J'en suis enchanté, monseigneur.

— J'espère que cinq mille livres...

Logan faillit s'étrangler, puis il reprit contenance sans toutefois parvenir à dissimuler tout à fait sa surprise.

— Vous savez certainement, lord Savage, que c'est une donation d'un montant tout à fait exceptionnel. Je vous en suis infiniment reconnaissant, ainsi que les membres de ma troupe. Cependant... je suppose que vous désirez quelque chose en échange de cette somme.

— Juste une petite requête.

— C'est bien ce que je pensais.

— J'aimerais que Mme Wentworth vienne souper chez moi un soir.

Scott ne sembla pas autrement troublé par cette déclaration. Cela ne devait pas être la première fois que cela se produisait.

— Et si elle refuse ?

— Cela ne changera rien pour la donation.

— J'en suis soulagé, lord Savage, parce que Mme Wentworth n'est pas le genre de femme qu'on achète, ni qui se laisse facilement convaincre. De nombreux gentlemen se sont trouvés éconduits. Elle ne se soucie guère de fortune ou de position sociale et, autant que je sache, elle ne tient pas à avoir un protecteur. Très franchement, je serais surpris qu'elle accepte votre invitation.

— Je suis sûr que vous avez de l'influence sur elle, risqua David. Et que vous vous en servirez au mieux de nos intérêts.

Leurs regards s'affrontèrent, et David aurait été incapable de dire si Scott éprouvait un sentiment fraternel pour Jessica Wentworth, ou s'il était tout simplement jaloux.

— Je refuse de pousser Mme Wentworth à se conduire d'une façon qui pourrait devenir compromettante pour elle ou simplement délicate, dit Logan d'une voix neutre.

— Je veux seulement passer quelques heures avec elle, le rassura David, et je vous donne ma parole qu'elle ne sera aucunement offensée. J'aimerais que vous l'y encouragiez, cependant je vous assure que, si elle refuse, je ne retirerai pas ma donation au Capital Theatre.

Scott hésita un bon moment, but une gorgée de champagne. Il comprenait qu'il était nécessaire de faire quelques concessions, malgré ce que prétendait Savage. Après tout, un dîner était peu de chose, au regard de cinq mille livres.

— Entendu, je lui parlerai.

— Merci.

David respirait enfin. Scott la persuaderait d'accepter son invitation, et il la verrait seule à seul. Il était devenu fou ! Jamais il n'agissait sur un coup de tête, il avait l'habitude de raisonner, de calculer tous ses actes… Tant pis, il allait devoir se résigner à ce changement ; de toute façon, il n'y pouvait rien.

Comme il prenait congé de Scott, il aperçut Jessica, non loin, entourée de ses admirateurs. Elle lui jeta un regard de reproche, comme si elle avait deviné le sujet de leur conversation.

— Que lui avez-vous dit ? demanda Pauline lorsqu'il revint vers elle et William.

Elle était mortifiée qu'il l'eût abandonnée même quelques minutes.

— J'ai décidé de subventionner le Capital Theatre.

— Vous ?

Elle était visiblement sceptique.

— Tu ne vas jamais au théâtre sauf si on t'y traîne de force, intervint William. Pourquoi ce soudain intérêt à l'égard du Capital Theatre ?

— Oui, pourquoi ? insista Pauline, soupçonneuse.

— J'ai décidé d'élargir mes centres d'intérêt, décréta David d'un ton sans réplique.

— Que vous a-t-il dit ? demanda de son côté Julia dès qu'elle put prendre Logan Scott à part.

L'acteur arbora un air innocent.

— Qui ?

— Lord Savage, grinça-t-elle. De quoi avez-vous parlé tous les deux ? J'ai bien vu votre expression, celle que vous avez quand on vous offre de l'argent.

— Vous y êtes ! déclara-t-il dans un grand sourire. Il va faire une somptueuse donation au théâtre. C'est un homme généreux, charmant...

— Cessez de chanter ses louanges, et dites-moi ce qu'il demande en contrepartie.

— Nous en discuterons plus tard.

Il allait s'éloigner mais Julia le retint par la manche.

— A-t-il fait allusion à moi ?

— Eh bien, oui. Que se passe-t-il entre vous ?

— Rien, répondit vivement Julia. Et il ne se passera rien. Il ne m'intéresse absolument pas.

— Dommage, parce que je lui ai fait une sorte de promesse.

— Vous n'avez pas le droit de vous engager en ce qui me concerne ! s'indigna Julia.

— Chut ! murmura Logan, qui craignait qu'on ne les entende. Personne ne vous force à quoi que ce soit. Nous en parlerons plus tard, quand vous serez un peu calmée.

Julia respira profondément et lui lâcha le bras.

— Dites-moi tout de suite, je veux être fixée.

— Savage souhaite dîner avec vous.

— Non !

— Avant de refuser, laissez-moi vous rappeler quelques détails. Vous êtes la comédienne la mieux rémunérée de la troupe. Vos costumes sont confectionnés sur mesure, dans les meilleurs tissus, je vous entoure de comédiens de qualité, je choisis des rôles destinés à vous mettre en valeur. Je ne pense pas qu'un simple souper avec lord Savage soit une épreuve insurmontable. Sachez qu'il offre cinq mille livres au théâtre.

— Un simple souper ? s'insurgea-t-elle. Si vous avez décidé de devenir entremetteur, monsieur Scott, vous feriez mieux de me le dire nettement. Je ne suis pas naïve à ce point.

— Seulement ingrate, rétorqua-t-il doucement.

— Je travaille avec conscience depuis deux ans. Mon contrat n'exigeait rien de plus.

— N'importe quelle actrice de la troupe accepterait l'invitation de lord Savage avec joie.

— Alors envoyez quelqu'un d'autre à ma place, envoyez-les toutes !

— Quelle entêtée ! Refusez le souper avec lord

Savage si vous voulez, mais il vous faudra en payer le prix. Vous avez prouvé ce soir que vous méritiez le rôle principal dans *Une ravissante tricheuse*, pourtant vous ne l'aurez pas, ni aucun autre d'importance, si vous n'allez pas dîner chez Savage. Et avant de crier à l'injustice, rappelez-vous que, sans moi, vous seriez sans doute en train de courir la campagne avec une minable troupe itinérante.

Julia lui jeta un regard noir de colère et s'éloigna à grands pas, fendant la foule des hommes qui se bousculaient pour lui être présentés.

En arrêt devant l'une des portes de l'étage, Julia leva la main pour frapper, hésita, laissa retomber son bras. Il était tard, tout le monde s'était retiré pour la nuit. On entendait des bruits de tiroirs, d'armoires, les chuchotements des domestiques qui aidaient les invités à se changer.

Après avoir soudoyé une camériste pour qu'elle lui indique la chambre du marquis de Savage, Julia s'était décidée à venir. Elle ne s'était jamais trouvée dans les appartements d'un homme, cependant c'était la seule manière de le voir seul. Il fallait qu'elle lui explique clairement que, quelles que soient ses intentions, il n'obtiendrait rien d'elle. Peut-être alors renoncerait-il à cette invitation à souper.

Elle était affreusement nerveuse, au bord de la panique. Elle prit une profonde inspiration et trouva enfin le courage de frapper. Quand il ouvrit, elle fut incapable de prononcer un mot. Elle se contenta de rester plantée là, le cœur battant, les oreilles bourdonnantes. Elle avait déjà vu des acteurs en petite tenue, au théâtre, quand les rapides changements de costumes rendaient toute intimité impossible, mais c'était bien différent de se trouver confrontée à lord Savage simplement vêtu d'un peignoir de soie bordeaux. Il lui sembla plus grand encore que dans la vaste salle de bal du rez-de-chaussée, ses épaules étaient plus larges, son cou plus robuste.

Il pencha légèrement la tête sans la quitter des yeux, surpris de la voir sur le seuil de sa chambre à une heure si tardive. Elle s'efforça d'avoir l'air calme.

— Puis-je entrer? demanda-t-elle d'une voix assurée.

Sans répondre, il ouvrit en grand et lui fit signe de pénétrer dans la chambre. Un valet préparait son lit.

— Ça sera tout, merci, murmura lord Savage.

Le domestique se retira aussitôt et referma doucement la porte derrière lui.

Ils se retrouvèrent seuls dans une chambre où tout le mobilier était en acajou. Les murs étaient décorés de nombreux tableaux représentant des scènes pastorales... L'éclairage doux et tamisé les enveloppait dans une chaude ambiance.

Lord Savage ne pouvait savoir qui elle était, et Julia se sentait écrasée par le poids du secret.

3

Savage continuait à la fixer, au point qu'elle se demanda s'il y avait dans sa tenue quelque chose d'anormal. Elle se passa la main dans les cheveux, respira profondément. Quelle importance si elle était complètement hirsute ? Elle se moquait bien de l'opinion qu'il pouvait avoir d'elle !

David jeta un coup d'œil à sa propre tenue et resserra la ceinture de sa robe de chambre.

— Je n'attendais pas de visite, s'excusa-t-il.

Elle croisa les bras, à la fois pour se donner du courage et pour se protéger.

— Je ne serai pas longue.

Le silence s'installa de nouveau, embarrassant. Julia ne savait par quelle phrase commencer. Elle essayait en vain de deviner ses pensées. Quel genre d'homme était-il ? En général, elle se montrait plutôt intuitive, elle savait juger les gens sur la mine, mais Savage lui paraissait indéchiffrable.

Il avait un beau visage un peu sévère, le nez droit, les pommettes hautes, la mâchoire énergique. Il y avait cependant une certaine douceur dans l'arc de sa bouche, dans ses yeux bordés de longs cils. Combien de femmes souhaitaient le faire sourire, voir le désir s'allumer dans son regard, éveiller une émotion sur ces traits énigmatiques ? Même Julia s'imaginait gagnant sa confiance, tenant la tête brune entre ses mains, caressant l'épaisse chevelure soyeuse...

— Qu'êtes-vous venue faire, madame Wentworth ? demanda-t-il enfin.

Julia fronça légèrement les sourcils et répondit, d'une voix un peu sèche :

— Je pense que vous le savez, monsieur.

— Scott vous a parlé.

— Oui. Et je suis venue mettre une chose au point : vous semblez croire que l'argent peut tout acheter...

— C'est souvent le cas.

— Eh bien, vous ne pouvez pas m'acheter, moi.

Elle avait été vendue une fois dans sa vie, contre

un titre qu'elle n'avait jamais désiré, cela ne se produirait plus.

— C'est un malentendu, dit-il calmement. Si l'idée de ce dîner vous déplaît, vous êtes libre de refuser.

— Non. Si je n'accepte pas, je perdrai tous les rôles principaux du Capital Theatre pour cette saison. Tout cela par votre faute !

Il eut l'air contrarié.

— Voulez-vous que j'en discute avec M. Scott ?

— Oh, non ! Vous ne feriez qu'envenimer la situation.

Savage haussa les épaules.

— Alors je suppose qu'il faudra vous en accommoder, dit-il.

Furieuse qu'il prenne sa situation à la légère, elle attaqua :

— Et la femme qui vous accompagnait ce soir, lady Ashton ? Elle vous semble très attachée.

— Lady Ashton n'a aucun droit sur moi. Nous avons passé un accord.

— Comme c'est pratique ! ironisa-t-elle. Laissez-moi vous poser une question, lord Savage. Si vous étiez marié, souhaiteriez-vous quand même souper avec moi ?

— Comme je suis célibataire, répondit-il, c'est hors de propos.

« Célibataire » ! Il avait décidé d'ignorer leur mariage, de faire comme si Julia avait disparu de la surface de la Terre, et elle en fut courroucée... Même si, à sa place, elle eût agi de la même façon. Mais sa situation à elle était différente ! Après tout, elle s'était battue pour se construire une nouvelle vie, pendant que lui s'amusait à jouer les grands seigneurs avec *sa* dot !

— Et cela ne vous gêne pas une minute que j'aie un mari, que j'appartienne à un autre homme ?

Il hésita un peu.

— Non, répondit-il enfin.

Julia secoua la tête, dégoûtée.

— Je sais ce que vous pensez de moi, monsieur... Ce que tous les hommes de votre rang pensent des comédiennes. Mais laissez-moi vous dire que je ne suis pas une prostituée, que l'on ne peut obtenir mes faveurs avec un souper et quelques vagues promesses....

— Ce n'est pas du tout ce que j'imagine ! coupa lord Savage.

Il était à présent si proche d'elle qu'elle sentait presque son souffle sur sa peau. Elle était consciente de la force qui émanait de lui, pourtant sa voix était douce.

— Je n'ai aucune intention d'abuser de vous, madame Wentworth. Je souhaite simplement passer une soirée en votre compagnie. Et si vous vous ennuyez, vous pourrez vous en aller... mais vous n'en aurez pas envie.

Elle eut un petit rire incertain devant son arrogance.

— Vous êtes plutôt sûr de vous !

— Je vous attendrai devant le théâtre, vendredi, après la représentation. J'espère que vous viendrez.

Elle l'observait, les lèvres serrées. Savage était astucieux. S'il avait essayé de s'imposer à elle, elle aurait lutté, et maintenant il lui donnait la possibilité de refuser. Il attendait la réponse avec l'attention d'un chat qui guette sa proie, et d'une certaine manière, elle fut touchée par sa patience. Peut-être en secret redoutait-il et désirait-il les mêmes choses qu'elle. L'un et l'autre avaient été manipulés... et sans doute s'était-il insurgé, lui aussi, contre cet état de fait.

Comment ne pas être curieuse, ne pas avoir envie d'en apprendre davantage sur cet inconnu auquel elle avait été mariée ? Il ne savait absolument pas qui elle était, ce qui rendait la situation bien savoureuse. Pourquoi ne pas s'accorder quelques heures avec lui ? D'habitude, après les représentations, elle rentrait directement chez elle, prenait un livre, ou bien regardait les bûches flamber dans la cheminée. Pour une fois, cela lui fournirait une distraction. Et il ne saurait pas pour autant qu'elle était Julia Hargate.

Elle faillit sourire en songeant à l'ironie de la situation. Si son père pouvait deviner qu'après toutes ces années de rébellion elle allait enfin dîner avec son mari !

— D'accord, s'entendit-elle répondre d'un petit ton sérieux. A vendredi.

— Merci, madame Wentworth, dit-il, une étincelle de satisfaction dans le regard. Je vous promets que vous ne le regretterez pas.

— Il a l'air époustouflant ! s'écria Arlyss, lovée dans un vieux fauteuil du foyer des artistes.

— Non, répondit Julia, songeuse. Cela voudrait dire un peu insouciant, tête brûlée, or, il n'est rien de tout ça. Il a un comportement très contrôlé, très... sage.

— Fascinant !

Les deux jeunes femmes buvaient une tasse de thé en attendant l'heure de la répétition. Logan Scott, Charles et deux autres comédiens étaient occupés à régler un problème de mise en scène dans *La Mégère apprivoisée*. Julia se réjouissait d'avoir été choisie pour jouer Catherine, tandis qu'Arlyss interpréterait le rôle de la sœur cadette, Bianca. Bien que les deux jeunes femmes se fussent souvent trouvées en compétition pour les mêmes rôles, elles étaient devenues amies et reconnaissaient volontiers leurs talents respectifs. Arlyss était plus douée pour les personnages comiques, tandis que Julia possédait à son registre un éventail d'émotions plus varié. Entre les répétitions et les soirées, elles se racontaient leur vie, leurs ambitions, leurs angoisses, sans que Julia en révèle trop sur son passé.

— Pourquoi cela ne m'arrive jamais, à moi? gémissait Arlyss en ajoutant un sucre dans son thé. J'adorerais être courtisée par un jeune aristocrate, beau et fortuné! Au lieu de ça, je ne trouve que de gros bonshommes qui souhaitent seulement m'attirer dans leur lit et qui sont fiers de me montrer à leurs camarades quand je suis sur scène.

— Tu laisses les hommes profiter de toi, Arlyss, lui dit gentiment Julia. Et je n'en comprends pas la raison. Tu es belle, tu as du talent, tu es l'une des actrices les plus célèbres de Londres! Pourquoi accorder tes faveurs si facilement?

— Tu as raison, soupira Arlyss en jouant avec une boucle de ses cheveux bruns. Je ne suis pas comme toi, Jessica, je n'ai pas un caractère aussi fort. Mais, dis-moi, tu ne te sens jamais seule? N'as-tu pas envie, parfois, d'avoir un homme à tes côtés? Ne serait-ce que pour te rappeler que tu es une femme?

— Parfois, avoua Julia. Mais en général je garde ces sentiments au fond de moi. Je ne m'exprime que sur scène.

— Je devrais essayer, peut-être. Après tout, les hommes avec qui je sors n'ont rien à voir avec celui que j'attends vraiment.

Julia lui jeta un coup d'œil mi-compatissant, mi-amusé.

— Tu connais pourtant par cœur les principes de M. Scott. En plus, je ne comprends pas ce penchant que tu as pour lui.

— C'est plus qu'un penchant, c'est une véritable passion ! Ce que je ne comprends pas, moi, c'est que toutes les femmes ne soient pas folles de lui !

— M. Scott n'est pas un parangon de vertu, rétorqua Julia, amère. Pour l'amour du Ciel, je viens juste de te raconter comment il m'a obligée à dîner avec lord Savage ! Il a beau défendre de grandes théories, au fond ce n'est qu'un grippe-sou !

Arlyss repoussa l'argument d'un geste de la main.

— Personne n'est parfait ! D'ailleurs il avait raison... cinq mille livres, ça ne se refuse pas.

Elle grignota pensivement quelques biscuits avant de reprendre :

— J'ai entendu dire qu'une femme vivait chez lui, en ce moment. Sa dernière conquête. Elle ne durera pas plus de six mois, comme les autres. M. Scott doit bien avoir une raison pour être tellement hostile au mariage. Il lui est sûrement arrivé quelque chose autrefois... Une aventure douloureuse, dramatique, même.

— Tu es vraiment une incorrigible romantique, Arlyss ! la tança gentiment Julia. Tant d'années passées dans le milieu du théâtre auraient pourtant dû t'en guérir !

— Au contraire, c'est pire ! Quand tu interprètes sans cesse des rôles de jeune première, tu finis par y croire.

— Pas moi.

— Tu es taillée dans le roc. Et je ne sais pas si je t'envie ou si je te plains.

Elle se pencha en avant, ses yeux verts pétillant d'intérêt.

— Dis-moi, que vas-tu porter pour dîner avec Sa Seigneurie ?

— Une tenue simple et peu seyante.

— Non, non, non... Au contraire, une toilette qui va l'affoler, lui faire tourner la tête... Tiens ! Ta robe rose et noir. Je ne t'autorise rien d'autre !

— J'y songerai.

Un employé du théâtre arriva à cet instant pour informer les jeunes femmes que M. Scott les réclamait sur scène, et elles se levèrent aussitôt.

Après de longues journées d'épuisantes répétitions, la première de *La Mégère apprivoisée*, le vendredi, fut un triomphe. Encouragée par Logan, Julia donna le meilleur d'elle-même. Les précédentes adaptations avaient fait de la pièce une sorte de comédie de salon et l'humour gaillard en avait été largement gommé. Logan Scott lui avait restitué ses qualités d'origine et avait même donné aux scènes un côté très physique qui avait étonné et séduit le public.

A la fin de la représentation, Julia était épuisée, rompue. Il y avait des moments presque acrobatiques dans cette pièce ; quand, par exemple, Catherine se jette sur Petrucchio qui la soulève de terre pour la secouer comme une poupée de chiffon. Malgré les précautions de Logan, Julia se retrouvait avec des bleus sur les bras, sur les jambes, partout.

Ignorant ses nombreux admirateurs, elle s'enferma dans sa loge pour se démaquiller. Après s'être rafraîchie et parfumée, elle enfila la fameuse tenue conseillée par Arlyss. Il s'agissait d'une robe de soie noire ornée d'une rose au bas des manches courtes. Les plis de la jupe s'ouvraient à chaque pas sur des bandes de soie rose. Avant de la fermer dans le dos, Julia se regarda dans le miroir et elle sourit à son image, satisfaite. Le noir rehaussait son teint délicat et sa blondeur cendrée, tandis que le rose lui donnait de l'éclat, comme un fard léger.

— Madame Wentworth ? appela son habilleuse de l'autre côté de la porte. Je peux venir prendre vos affaires ?

Julia ouvrit à la jeune fille. Betsy était une servante efficace, qui s'occupait de ses costumes, mettait de l'ordre dans la loge et l'aidait à d'innombrables menues tâches.

— Voudriez-vous attacher ma robe, je vous prie ?

— Certainement, madame Wentworth. J'ai apporté encore une gerbe de fleurs.

— Gardez-la, si ça vous fait plaisir.

La loge était déjà pleine de corbeilles au parfum presque entêtant.

— Mais celles-ci sont si belles ! Regardez !

Julia ne put retenir un cri de plaisir devant la profusion de roses allant du jaune le plus pâle au rouge vif ; l'ensemble étant gracieusement mêlé à des orchidées et à des delphiniums.

— Qui les a envoyées ?

Betsy sortit la carte de l'enveloppe.

— Il y a écrit « Savage ».

Sans mot dire, Julia préleva une rose dans le bouquet et joua un instant avec les pétales veloutés. Pendant que Betsy boutonnait sa robe, elle releva ses cheveux en chignon, prenant soin de laisser glisser quelques boucles libres sur ses tempes et le long de son cou. Puis, après un instant d'hésitation, elle coupa la rose et la fixa dans sa chevelure.

— C'est ravissant ! s'écria Betsy avant de raccourcir une autre rose qu'elle fixa au réticule de soie noire de Julia. Ce doit être quelqu'un d'important pour que vous preniez toute cette peine, madame Wentworth.

Julia enfila de longs gants noirs.

— On peut dire que je l'ai attendu toute ma vie.

— Comme il...

Betsy s'interrompit, son visage rond tout contrarié quand elle vit les marques bleuâtres sur les bras de Julia.

— Mon Dieu, ça ne va pas du tout, ça !

— Malheureusement, je crains de n'y rien pouvoir, dit Julia avec une grimace. Je suis même étonnée qu'il n'y en ait pas davantage !

Betsy s'empara d'un bâton de fond de teint, s'humecta les mains et entreprit de maquiller les bleus. Julia sourit, ravie.

— On ne voit presque plus rien. Merci, Betsy.

— Voulez-vous autre chose, avant que j'emporte vos costumes ?

— Oui... J'aimerais que vous alliez voir si une voiture m'attend devant le théâtre.

Betsy ne tarda pas à revenir pour confirmer qu'il y avait bien un carrosse noir et argent, avec deux piqueurs et deux valets de pied en livrée bordeaux.

Julia sentit son cœur s'accélérer. Elle posa la main sur sa gorge et respira profondément.

— Madame Wentworth ? Ça ne va pas ?

Julia ne répondit pas. Que lui avait-il pris d'accepter l'invitation de lord Savage ? Quelle folle impulsion l'avait menée là ? Rassemblant son courage, elle s'efforça de garder son calme, tandis que Betsy lui posait sur les épaules une cape noire à capuche. Après avoir murmuré au revoir, Julia sortit de sa loge pour se diriger vers la porte des artistes.

Quelques admirateurs l'attendaient dehors et ils s'enhardirent jusqu'à toucher sa cape ou ses mains gantées. L'un des valets dut venir lui frayer un passage jusqu'à la voiture. Il déplia le marchepied et l'aida à monter avant de refermer la portière. Elle se retrouva dans le luxueux véhicule, en face de lord Savage dont la moitié du visage était éclairée par une lanterne, l'autre restant dans l'ombre. Il souriait, dangereux comme le diable, lui sembla-t-il, et Julia baissa les yeux, les mains sagement croisées sur ses genoux, parfaitement immobile malgré sa nervosité.

Lord Savage appartenait à un univers qu'elle avait fui des années auparavant. Elle avait le droit d'assumer le titre que ses parents lui avaient procuré, bien qu'elle eût résisté de toutes ses forces — sans doute par rancune, mais surtout par peur — au désir de découvrir à quel genre d'homme son père l'avait donnée. Elle voulait continuer à entretenir en elle ce sentiment de révolte... Et pourtant la curiosité l'avait poussée jusque-là. La curiosité et une si étrange, si troublante attirance.

— Vous étiez magnifique, ce soir, dit Savage.

Julia cligna des yeux, surprise.

— Vous étiez là ? Je ne vous ai pas vu.

— Vous vous surpassez, dans cette pièce.

— Oui, c'est assez éprouvant.

Elle se demandait ce qu'il avait pensé des scènes un peu lestes entre Logan et elle. Avait-il ri, avec l'ensemble du public, ou désapprouvait-il ? Il dut deviner qu'elle se posait des questions, car il se pencha en avant, le regard intense.

— Qu'y a-t-il ?

Décidant qu'elle n'avait rien à perdre, Julia lui fit part de ses pensées. Il prit son temps pour répondre, pesant ses mots.

— Je n'ai pas à me prononcer sur ce que vous faites sur scène. C'est le métier que vous avez choisi.

— Et vous n'avez pas d'opinion personnelle ?

insista-t-elle. Quand M. Scott m'embrasse, ou quand il me pourchasse et...

— Je n'ai pas aimé ces scènes ! coupa-t-il comme s'il n'avait pu s'en empêcher.

Il eut un petit sourire d'autodérision.

— Vous et Scott êtes un peu trop convaincants, dans vos rôles !

Julia eut l'impression qu'il s'étonnait lui-même de prononcer un aveu aussi empreint de jalousie. A la fois inquiète et flattée, elle s'enfonça davantage contre la banquette.

— Ce n'est que du théâtre.

— J'ai déjà vu des acteurs sur les planches. Vous deux, c'est... différent.

Julia se rembrunit. Elle savait que tout le monde les prenait pour des amants, et elle savait aussi pourquoi. Logan et elle créaient une sorte d'alchimie, en scène, ils avaient le don extraordinaire d'illusionner complètement le public, lequel, dès les premières répliques, confondait réalité et fiction.

Cependant cette belle harmonie ne dépassait pas le cadre de la scène. Julia se tournait tout naturellement vers Logan, au même titre que les autres comédiens, quand il s'agissait de mise en scène, de conseils, de critiques... Mais cette dépendance professionnelle se limitait au théâtre. D'ailleurs, Logan n'invitait pas à la confidence, il n'y avait rien de chaleureux en lui sur le plan personnel. De toute évidence, il lui était impossible d'aimer une femme comme il aimait son théâtre. Il était incapable de sacrifier à un être vivant ses dieux suprêmes, qui s'appelaient art et ambition.

Peut-être était-ce la raison de cette entente parfaite sur scène entre Julia et lui. Ils savaient qu'entre eux il n'y aurait jamais ni amour, ni chagrin, ni désillusion. La passion qu'ils feignaient sur scène s'évanouissait à chaque tomber de rideau.

Depuis qu'elle était adulte, Julia s'efforçait de trouver son bonheur dans l'indépendance totale. Même si elle aspirait secrètement à rencontrer quelqu'un qui l'aime, la chérisse, un homme auquel elle pourrait se donner tout entière, sans crainte, sans doutes, elle refusait de toutes ses forces ce type de sujétion. Parfois, elle avait l'impression d'être affligée d'une double personnalité. L'une souhaitait s'isoler du reste du monde, tandis que l'autre ne demandait qu'à aimer, être aimée, un sentiment très doux qui lui avait toujours manqué. Son père était trop dominateur pour donner de l'amour, sa mère trop timide, trop dans l'ombre de son mari pour offrir à sa fille l'attention dont tout enfant a besoin. D'autre part, les domestiques changeaient souvent à Hargate, et Julia n'avait pas le temps de s'attacher vraiment à eux. Ainsi avait-elle appris à se défier de l'amour.

Julia s'aperçut qu'elle était restée longtemps silencieuse, et elle eut peur que lord Savage ait lu sur son visage plus qu'elle ne voulait montrer.

— Nous sommes bientôt arrivés, dit-il quand elle leva les yeux vers lui.

Ils remonteraient Upper Brook Street avant de s'engager dans la longue allée cavalière qui menait à une vaste demeure blanche aux deux ailes parfaitement symétriques. Des colonnes grecques entouraient un grand portique; le corps principal, aux lignes très pures, aux fenêtres palladiennes, était bien différent du sombre bâtiment gothique dans lequel Julia avait grandi.

Lord Savage descendit le premier pour l'aider à mettre pied à terre, puis il lui offrit son bras. En montant avec lui les marches de marbre, Julia remarqua la façon avec laquelle le marquis s'obligeait à accorder son pas au sien. Un majordome vint aussitôt les débarrasser de leurs manteaux, tandis que Julia admirait l'immense hall d'entrée avec son haut plafond, ses colonnes majestueuses et son sol carrelé de vert, de bleu et d'ocre.

— C'est superbe ! s'écria-t-elle.

— Oui.

C'était elle que lord Savage regardait.

— Faites-moi visiter ! demanda-t-elle.

De bonne grâce, Savage l'emmena dans différentes pièces, s'arrêtant pour raconter l'histoire de certaines fresques, lui présenter quelques meubles rares. La famille Savage avait un goût très prononcé pour l'art, de toute évidence. La plupart des plafonds à caissons étaient décorés d'angelots, de nuages, de personnages mythologiques ; il y avait partout de ravissantes statues, ainsi que des portraits de Van Dyck et Rembrandt, des paysages de Gainsborough, Marlow, Lambert.

— Je pourrais rester là à les admirer pendant des heures ! s'exclama Julia, extasiée.

— Moi, je n'en ai guère le temps.

— Qu'est-ce qui vous occupe à ce point ? Vos affaires, vos investissements ?

— J'ai en effet beaucoup de travail, reconnut David.

Ils regardaient un tableau de Van Dyck quand l'estomac de Julia se manifesta, à sa grande honte.

— Je suis désolée ! s'excusa-t-elle. Je n'ai rien avalé depuis ce matin.

David eut un petit sourire attendri.

— Si nous passions à table ?

— Avec plaisir, je meurs de faim !

Au bras de David, elle retraversa les pièces magnifiquement décorées. Il aurait certes été plus prudent de s'en tenir à des sujets généraux, pourtant elle ne put se retenir d'insister sur celui qui lui tenait à cœur.

— Pourquoi n'engagez-vous pas des gens qui effectueraient le travail à votre place ?

— Je préfère m'en occuper moi-même.

— Vous n'accordez pas aisément votre confiance ?

— Non, surtout quand les finances de ma famille sont en jeu.

Julia lui jeta un coup d'œil étonné. Pourquoi avouait-il cela, alors que tous les membres de l'aristocratie s'ingéniaient à faire croire que leur argent jaillissait spontanément de sources intarissables et qu'ils pouvaient le dépenser sans compter ?

— Mon père a tenu à gérer lui-même nos affaires jusqu'à ce qu'il tombe malade, il y a plusieurs années, expliqua Savage. Lorsque j'ai pris la relève, je me suis aperçu que nous étions gravement endettés. Le duc avait un goût immodéré pour le jeu, et s'il a effectué une seule fois un investissement intéressant, c'est le fruit du hasard.

— Vous semblez avoir bien redressé la situation, depuis. Votre père doit être fier de vous.

Savage haussa les épaules.

— Le duc ne reconnaît jamais ses erreurs, il refuse d'avoir tort.

— Je comprends, murmura Julia.

David ne pouvait savoir à quel point c'était vrai ! Comme Julia l'avait toujours pressenti, leurs deux pères étaient dotés d'un tempérament bien semblable. A l'instar de lord Hargate, le duc de Leeds avait dirigé sa famille d'une poigne de fer. Lorsqu'il était devenu évident qu'il était un piètre homme d'affaires, il avait sacrifié l'avenir de son fils en échange d'une forte somme. Et sans doute lord Savage avait-il décidé depuis longtemps qu'il ne laisserait plus personne contrôler sa vie. Julia en ressentit une certaine complicité, mêlée de compassion. Pourtant elle devinait qu'il serait un mari intransigeant, méfiant, secret... Pas du tout le partenaire idéal, en tout cas pour elle !

Julia prit place près de lord Savage à une grande table ornée d'orchidées et de capucines disposées dans des vases d'argent. Ils commencèrent par un consommé, suivi de rillettes de saumon à la crème fraîche, puis il y eut un faisan truffé, des escalopes de veau à la bordelaise. Julia se récria quand les serviteurs apportèrent encore d'autres plats.

— C'était délicieux, mais je n'en peux plus !

Gentiment, Savage la persuada de goûter les œufs de caille au homard. Julia, abandonnant pour une fois ses principes diététiques, se laissa aller au plaisir de la bonne chère et des vins de qualité. Savage se montrait un hôte fort agréable et la conversation était animée et variée.

— Pourquoi avez-vous décidé de devenir actrice ? demanda-t-il alors qu'on posait devant eux des plateaux de pâtisseries et des corbeilles de fruits.

— C'était mon rêve depuis l'enfance. J'ai quitté la demeure familiale à dix-huit ans pour partir avec une troupe de comédiens itinérants, puis j'ai joué dans un théâtre du Strand jusqu'à ce que j'aie la chance d'être engagée par M. Scott.

— Et votre famille approuve cette vocation ?

— Oh, non ! Ils voulaient que je reste à la maison... sous réserve de me plier à certaines conditions que j'ai jugées inacceptables.

— Quand vous êtes-vous mariée ? demanda David.

— Je ne parle jamais de mon mariage, répondit-elle sèchement.

Savage eut un demi-sourire.

— Je ne suis pas certain que cet époux existe réellement.

— Mais si, assura-t-elle en buvant une gorgée de bordeaux.

« Il existe autant que votre épouse », eut-elle envie d'ajouter.

— Il ne vous demandera jamais d'abandonner votre carrière ? insista Savage.

— Ce serait une belle hypocrisie, puisqu'il est lui-même comédien, rétorqua-t-elle.

Amusée, elle vit qu'il prenait ses paroles au pied de la lettre. Et, après tout, lord Savage était en effet fort doué pour masquer la vérité, présenter une façade bien différente de la réalité. C'était un acteur de talent, comme n'importe quel membre de la troupe du Capital Theatre !

Il ouvrait la bouche pour poser une nouvelle question quand il plissa soudain les yeux, fixant le bras de Julia. Il le tourna vers la lumière et Julia tenta de se dégager en balbutiant, confuse :

— Ce n'est rien... quelques bleus. La représentation est mouvementée...

— Chut !

Il appela un serviteur auquel il demanda d'aller chercher un flacon de baume. Gênée, Julia le vit mouiller un coin de sa serviette dans une carafe d'eau fraîche, puis la passer doucement sur le bleu masqué par le fond de teint. Il découvrit une autre marque, une autre encore près de l'épaule. Julia sentit un flot de sang lui monter au visage. Aucun homme ne l'avait touchée ainsi, et il était si proche d'elle qu'elle apercevait les tout petits points de barbe sur son visage rasé de près. Il sentait l'eau de toilette, le linge amidonné, son haleine était adoucie par le vin, et le cœur de Julia battit plus fort quand elle s'imagina passant la main dans ses cheveux, caressant sa joue, son front. Elle avait sûrement trop bu ! Elle se sentait étourdie, elle avait envie de s'enfuir en courant.

Le serviteur revint avec un petit flacon qu'il tendit à lord Savage, puis il se retira en fermant la porte derrière lui. Ils étaient seuls.

— Il est inutile…

La voix de Julia s'éteignit quand lord Savage déboucha le flacon d'où se dégagea une forte odeur d'herbes médicinales. Pour la première fois, elle remarqua que ses beaux yeux gris contenaient un soupçon de bleu et de vert…

— Scott devrait faire attention, dit-il d'une voix un peu plus basse que de coutume.

— Il n'est pas brutal, murmura-t-elle. J'ai la peau qui marque facilement.

Il ne la quitta pas du regard quand il prit de l'onguent et approcha la main de son bras, comme s'il s'attendait qu'elle proteste. Elle voulait le faire, mais elle était incapable de prononcer un mot, et elle sentit ses doigts sur sa peau. Il la traitait avec une douceur infinie ; son contact était léger, à peine perceptible, d'une étonnante délicatesse de la part d'un homme aussi robuste. Il remonta vers l'épaule tandis qu'elle demeurait parfaitement immobile… en proie aux pulsions les plus folles. Elle aurait aimé se laisser aller contre lui, sentir ses mains sur son corps… Elle retint son souffle, tenta d'oublier ces fantasmes, mais ils refusaient de disparaître, et malgré elle, ses seins se tendirent sous la soie de sa robe. Elle attendit, impuissante et bouleversée, qu'il en eût terminé.

— Il y en a encore ? demanda-t-il enfin.

— Pas que je puisse vous montrer, parvint-elle à répondre.

Il sourit, reboucha le flacon et le lui remit.

— Un cadeau, madame Wentworth. A mon avis, vous en aurez encore besoin avant la fin de la saison !

— Merci.

Julia prit ses gants sur la table et s'en éventa.

— Il fait terriblement chaud ! dit-elle.

— Voulez-vous venir prendre l'air dans le jardin ?

Elle accepta avec gratitude et ils sortirent par les portes-fenêtres. Au-dehors, il faisait frais, la brise agitait doucement les feuilles des arbres, murmurait à travers les haies. Ils marchèrent en silence jusqu'à une fontaine de pierre sculptée à laquelle Julia s'appuya pour admirer le paysage. Elle aperçut d'immenses rosiers qui bordaient l'allée.

— Des Gloires d'Eté, murmura-t-elle. Les fleurs favorites de ma mère. Elle passait des heures dans le jardin à les soigner. Les plus belles, et celles aussi qui ont le plus d'épines, me disait-elle.

Savage la vit se pencher pour humer le merveilleux parfum d'une fleur épanouie. Il précisa :

— Cette variété est fort rare, en Angleterre. Elle a été donnée à ma famille par...

Il s'interrompit un instant avant de reprendre :

— ... par une amie...

Les mots restèrent suspendus comme une question.

Julia était oppressée. Les Gloires d'Eté étaient en effet uniques. En vérité, elle n'en avait vu que chez ses parents, et elle fut soudain persuadée que c'était sa mère qui les avait données aux Savage. Avant de tomber malade, Eva cultivait des espèces rares, et elle faisait souvent cadeau de boutures à ses amis et relations. Elle se hâta de détourner la conversation afin de masquer son embarras. Elle passa devant le buisson avec une feinte indifférence.

— Lady Ashton sait-elle que nous sommes ensemble ce soir ? demanda-t-elle de but en blanc.

— Lady Ashton ? répéta David, étonné par cette question directe. Non, je ne lui en ai pas parlé.

— Et si elle l'apprend, cela vous posera-t-il un problème ?

— Elle n'a aucun droit sur moi.

— Oh, oui. Votre… « accord ».

Julia grimaça quand un gravier se glissa dans son soulier ; elle ôta celui-ci pour le secouer.

— Lady Ashton entretient-elle néanmoins l'espoir de vous épouser ?

— C'est là un sujet très personnel, madame Wentworth.

— Je suis sûre qu'elle le souhaite, répondit Julia à sa place. Vous êtes un fort beau parti, n'est-ce pas ?

Savage prit la chaussure de Julia et se pencha pour la lui remettre au pied.

— Je n'ai aucune intention d'épouser lady Ashton.

Julia sautilla sur un pied, puis elle s'accrocha à l'épaule de David afin de ne pas perdre l'équilibre. Elle sentit sous l'étoffe sa musculature puissante.

— Pourquoi ? demanda-t-elle en fixant la chevelure brune qui brillait sous la lune. Elle ne remplit pas les conditions requises ?

Elle retint son souffle quand il lui saisit doucement la cheville.

— J'ai l'intention de me marier par amour, dit-il d'une voix un peu voilée.

Un brin d'étonnement se mêla chez Julia à un sentiment de solidarité. Ainsi, sous son aspect froid, il nourrissait le même rêve qu'elle, un rêve qu'on leur avait interdit de réaliser.

— Je ne me serais pas attendue à une réaction aussi romantique de votre part.

— Ah bon ! et à quoi vous attendiez-vous ?

— Que vous contractiez un mariage d'intérêt et cherchiez l'amour ailleurs.

— C'est exactement ce qu'a fait mon père. Je suis certain que ma mère, une femme intelligente et lucide, n'espérait rien de plus de lui, mais je crois tout de même qu'elle en a souffert. Je me suis juré d'avoir une vie différente.

— Malheureusement, ce n'est pas toujours possible.

— Ça le sera pour moi.

Mais comment ? Il devait penser à une annulation, car il lui faudrait être débarrassé de Julia Hargate avant d'envisager d'épouser quelqu'un d'autre. A moins que la bigamie ne le dérange pas.

— Comment pouvez-vous en être certain ? On ne rencontre pas forcément l'âme sœur.

— Je n'ai pas de certitude, concéda-t-il. Seulement de l'espoir.

Il se redressa, la dominant de sa haute taille, le visage dans l'ombre. Julia aurait pu lâcher ses épaules, maintenant qu'elle était chaussée, mais elle se sentait encore mal assurée, comme si cet homme était à ce moment le seul élément solide de son univers.

— Nous nous sommes déjà rencontrés, vous savez, dit-il doucement.

Une sonnette d'alarme retentit dans la tête de Julia.

— Vous vous trompez.

— Je n'ai jamais oublié cette soirée, insista-t-il, les mains sur sa taille. C'était il y a trois ans, dans le Warwickshire. J'avais quitté le château pour me rendre à la fête villageoise du 1er mai, et je vous ai vue danser...

Il se tut, observant le changement d'expression de Julia tandis que le souvenir remontait en elle, lumineux.

— Oh... Je ne...

Elle avait d'abord cru qu'il faisait allusion à leur mariage. Mon Dieu, c'était lui, l'inconnu qui l'avait embrassée cette nuit-là! Elle baissa les yeux, se rappelant combien ce baiser l'avait hantée, durant des mois! Il était incroyable que le destin les eût à nouveau réunis.

— Je vous avais demandé si vous étiez de la famille Savage, et vous aviez nié. Pourquoi me cachiez-vous votre identité?

— J'ignorais quelle serait votre réaction. Vous auriez pu penser que j'allais tenter d'abuser de la situation.

— Et vous l'avez fait... Vous m'avez embrassée contre mon gré.

Il eut un petit sourire.

— Je n'ai pas pu résister. Vous étiez la plus ravissante créature que j'aie jamais rencontrée. Vous l'êtes toujours, d'ailleurs.

Julia tenta de se dégager, mais il la tenait solidement.

— Que... que voulez-vous de moi? demanda-t-elle d'une toute petite voix.

— Vous revoir.

Elle secoua la tête, véhémente.

— Il n'y aura pas d'autre soirée, même si vous achetez le Capital Theatre tout entier.

— Pourquoi? Votre mari en prendrait-il ombrage?

— Je vous l'ai dit, je refuse de parler de lui.

— Il n'est pas question que vous décliniez mon invitation sans me fournir une explication.

— Je ne veux tout simplement pas d'une aventure avec vous. Or, étant donné nos situations respectives, c'est la seule chose que vous puissiez m'offrir.

Le cœur de Julia battait à tout rompre. Elle sentait sa chaleur, son souffle sur elle, et elle était attirée vers lui comme un insecte par la flamme. Elle avait envie de se serrer contre cet homme, de sentir ses lèvres sur les siennes. Jamais elle n'avait connu une tentation si intense, la promesse du paradis, là, à portée de main. Mais elle ne devait pas céder.

— Je ne vous reverrai pas, dit-elle en parvenant enfin à se libérer. Je dois partir, maintenant.

Elle revint vivement vers la fontaine, s'arrêta à la croisée des chemins. Savage était juste derrière elle.

— C'est par là, dit-il.

Ils retournèrent vers la maison dans un silence tendu que ni l'un ni l'autre n'essaya de briser.

Tandis que la voiture s'éloignait avec sa jolie passagère, David arpentait le sol de marbre du hall, en proie à une extrême agitation. Il avait l'esprit plein de la jeune femme, il revivait les moments passés avec elle et il voulait de toutes ses forces la revoir. Il la désirait. Il la désirait avec une fougue déraisonnable, et il lui en voulait presque de cette passion dévastatrice. Il monta enfin lentement le grand escalier qui menait aux étages, s'arrêta au palier du premier, s'assit sur les marches, les bras posés sur les genoux, et fixa sans les voir les ravissantes tapisseries médiévales qui ornaient le mur.

Jessica Wentworth n'était pas libre, lui non plus.

Ils vivaient dans des univers différents. Elle avait raison, il ne pouvait lui offrir qu'une liaison. Et puis il y avait Pauline, qui ne méritait pas d'être trahie, abandonnée. Leur histoire était agréable, simple, et il s'en était volontiers contenté... jusqu'à ce qu'il rencontre Jessica Wentworth. Il devait chasser l'actrice de ses pensées. Tout de suite. C'était la seule solution. Pourtant quelque chose en lui se révoltait à cette idée. Il ne s'était jamais senti à ce point prisonnier, ligoté par un passé qui pesait à présent si lourd. Il était marié à une femme qu'il ne connaissait même pas. Si seulement il parvenait à retrouver Julia Hargate et à l'effacer de sa vie une bonne fois pour toutes !

4

Dès son entrée dans le foyer des artistes, Julia sentit une demi-douzaine de regards braqués sur elle. Les comédiens ne cachaient pas leur curiosité concernant sa soirée avec lord Savage. Seul Logan Scott semblait trop préoccupé par la répétition pour remarquer son arrivée.

— Vous êtes en retard, madame Wentworth, dit-il enfin sans lever les yeux vers elle.

— Excusez-moi, je ne me suis pas réveillée, murmura-t-elle en se dirigeant vers une chaise libre.

C'était la vérité. Une fois rentrée chez elle, la veille, elle était restée longtemps assise pensivement devant la cheminée, un verre de vin à la main. Puis elle était allée se coucher, sans toutefois trouver le sommeil. Et quand elle était parvenue à somnoler un peu, c'était pratiquement l'heure de se lever.

Elle ne pouvait cesser de penser à Savage, cet homme qui l'effrayait et l'intriguait depuis des années. A présent, il n'était plus question d'imagination, il était bien réel et plus dangereux encore qu'elle ne le redoutait. C'était un homme intelligent et puissant, tout à fait le genre de mari susceptible de dominer totalement sa femme, de l'obliger à vivre sous sa coupe. Il ressemblait fort au père de Julia sur ce plan, et elle ne voulait pas être l'épouse d'un homme dominateur... Elle avait travaillé trop dur pour devenir Jessica Wentworth.

Elle aurait pu l'ignorer purement et simplement, sans ce désarmant soupçon de vulnérabilité qu'elle avait perçu... la douceur de son contact, l'étonnant aveu qu'il se marierait un jour par amour. Qu'y avait-il encore à découvrir derrière cette façade ? Elle ne prendrait jamais le risque de le chercher, et cela l'attristait étrangement. Elle avait été claire : elle ne le reverrait pas, c'était la plus sage décision à prendre. Alors pourquoi avait-elle l'impression de renoncer à quelque chose d'infiniment précieux ?

— Tiens, murmura Arlyss en lui tendant une tasse de thé que Julia accepta avec reconnaissance. Il ne t'a pas laissée fermer l'œil de la nuit, n'est-ce pas ? enchaîna-t-elle, ravie. Je ne t'ai jamais vue si lasse. C'était bien, au moins ?

Julia lui lança un regard noir.

— Je n'étais pas avec lui... Pas comme tu l'entends.

— Bien sûr ! intervint M. Kerwin, un sexagénaire replet qui se considérait un peu comme le père protecteur de la troupe.

Il excellait dans les rôles de père dépassé par les événements, de mari harcelé, d'ivrogne et de bouffon, tout cela avec un jeu un peu baroque qui enchantait le public.

— N'avouez jamais, ma chère, reprit-il. Votre vie privée doit rester privée.

Il ponctua ce commentaire d'un clin d'œil amical.

Logan, ouvertement sarcastique, se mêla de la conversation.

— Nous feriez-vous l'honneur de nous accorder un peu d'attention, madame Wentworth ? J'ai rédigé quelques pages de notes sur vos erreurs d'hier soir, et je suis certain que vous brûlez de les écouter.

Julia acquiesça tout en se demandant ce qui rendait Logan si nerveux. Il aurait dû être enchanté, au contraire. La pièce avait été fort bien accueillie par l'assistance comme par la critique, et elle-même avait rempli son devoir envers le Capital Theatre en se rendant à l'invitation de lord Savage. Que voulait-il de plus ?

Avant qu'il pût se lancer dans ses commentaires, la porte du foyer s'ouvrit sur le visage d'un accessoiriste.

— Je vous demande pardon, s'excusa-t-il avant de s'adresser à Julia. On vient d'apporter un paquet pour vous, madame Wentworth. Le livreur a dit qu'il fallait vous le remettre sur-le-champ.

Etonnée, Julia lui fit signe d'approcher et il lui tendit une petite boîte soigneusement enveloppée. Sous le regard courroucé de Logan, l'employé disparut à la hâte. Julia avait affreusement envie d'ouvrir le paquet, cependant elle le mit de côté afin de ne pas contrarier davantage son directeur. Tout le monde fixait le cadeau en ignorant Logan, pourtant impatient de tenir conférence.

— Alors ? dit-il enfin avec un sourire sardonique. Ouvrez donc ce satané paquet, sinon personne ne daignera travailler aujourd'hui !

Arlyss se pencha vers son amie, les yeux brillants de curiosité.

— C'est de lui ?

Julia ôta le papier cadeau et découvrit une carte. Tous les acteurs la contemplaient comme s'ils s'attendaient qu'elle la lise à haute voix, mais elle la tint bien serrée contre elle et la parcourut en silence.

Madame,

On m'affirme que ceci a autrefois appartenu à la très talentueuse comédienne Mme Jordan. Ce bijou mérite grâce et beauté pour être mis en valeur. Je vous prie de l'accepter en hommage, sachant bien qu'aucune obligation ne l'accompagne, sauf celle de le porter avec plaisir.

Votre serviteur,
David, lord Savage.

Julia prit une petite poche de velours bleu et en fit tomber le contenu dans le creux de sa main. Arlyss poussa un cri extasié tandis que M. Kerwin appréciait d'un raclement de gorge. Incapables de résister, les autres acteurs vinrent se masser autour de Julia pour admirer le cadeau. Il s'agissait de la broche la plus exquise qui fût, un petit bouquet de roses aux pétales de rubis et feuilles d'émeraude. On imaginait volontiers Dora Jordan, favorite du frère du roi des années auparavant, portant ce splendide bijou. Bien que des prétendants eussent déjà offert de multiples cadeaux à Julia — qui les avait tous refusés —, aucun ne pouvait rivaliser avec celui-ci. Pétrifiée, elle contemplait le ravissant objet.

— Je... je vais le lui rendre, murmura-t-elle avec peine.

Il y eut un concert de protestations.

— Mais pourquoi ?

— Gardez-le, petite, pensez à votre avenir...

— Avec sa fortune, le marquis pourrait en acheter douze semblables sans que ça le gêne !

— Prends ton temps, lui suggéra Arlyss. Réfléchis un jour ou deux avant de te décider.

— Bon, ça suffit, maintenant ! s'impatienta Logan. Nous avons mieux à faire que de nous occuper de la dernière conquête de Mme Wentworth.

Les comédiens retournèrent sagement à leurs places tandis que Julia, le cœur battant, refermait les doigts sur son trésor. Bien sûr, elle allait le renvoyer... Jamais elle n'avait accepté de présent d'un homme. Et, malgré ce qu'il prétendait, elle était sûre que lord Savage espérait quelque faveur en retour. Puis une idée surprenante lui vint à l'esprit. Il était son époux, alors pourquoi n'accepterait-elle pas ce cadeau ? Leur mariage l'avait privée de tant de choses ! Elle méritait bien une petite compensation, après tout ! La broche était si belle et elle lui plaisait tant ! « La dernière conquête de Mme Wentworth »... Elle en rougit de confusion et de plaisir. Pourtant il n'y avait pas lieu de se réjouir que lord Savage s'intéressât à elle, mais bien plutôt de s'en inquiéter. Quel étonnant caprice du destin que son mari lui fît la cour ! Elle devait mettre un terme à cette histoire avant qu'elle ne tourne à la catastrophe.

Julia rangea la broche dans sa pochette et s'obligea à prêter attention aux paroles de Logan. Elle demeura toutefois silencieuse alors que ses collègues posaient des questions, émettaient des suggestions concernant la pièce. Quand la réunion fut terminée, elle se dirigea vers sa loge, à la recherche d'un peu de solitude.

— Madame Wentworth ! l'interpella Logan lorsqu'elle passa devant lui.

Elle s'arrêta.

— Oui, monsieur Scott ?

Logan arborait une expression neutre, pourtant son léger froncement de sourcils trahissait un trouble intérieur.

— Il semblerait que le souper avec lord Savage n'ait pas représenté une telle corvée, en fin de compte.

— En effet, répondit-elle d'un ton évasif. C'était même tout à fait charmant.

— Le reverrez-vous ?

Il esquissait un petit sourire de dérision, comme s'il se moquait de lui-même pour avoir posé cette question.

— Non, monsieur.

Julia eut l'impression qu'il était rasséréné par sa réponse. Craignait-il qu'une aventure avec lord Savage ne se répercutât sur la qualité de son travail ? A moins qu'il n'ait un motif plus personnel...

— Alors, c'est fini, conclut-il.

Julia serra dans sa main le sachet de velours.

— Tout à fait terminé, monsieur.

Lady Ashton était allongée sur la courtepointe de soie ivoire, vêtue d'un déshabillé en voile de mousseline. Elle accueillit David d'un roucoulement langoureux quand il pénétra dans la chambre de son élégante demeure londonienne. Ils ne s'étaient pas vus depuis deux jours, car elle s'était rendue chez sa sœur dans le Hertfordshire.

Dès son retour, elle avait fait porter à David une lettre parfumée, cachetée à la cire. D'après le ton péremptoire avec lequel elle le convoquait, il se doutait qu'elle avait eu vent de ses récentes activités. Mais comment s'arrangeait-elle pour le suivre ainsi à la trace ? On aurait pu croire qu'elle employait toute une armée de détectives privés !

— Bonjour, chéri, dit-elle en lui faisant signe de s'approcher.

Elle l'attira à elle, l'embrassa passionnément en le retenant avec une force surprenante. David se redressa néanmoins pour l'observer attentivement. Il n'aimait guère son expression d'excitation et de triomphe, la lueur d'anticipation qui brillait dans ses yeux bruns. Comme si elle se préparait à la bataille... et qu'elle disposât d'une arme secrète capable de lui assurer la victoire.

— Pauline, je voudrais vous dire...

— Je sais déjà, coupa-t-elle d'une voix calme. C'est plutôt humiliant, voyez-vous, de supporter les ricanements et la fausse pitié de mes amis quand ils essaient tous d'être le premier à me rapporter votre entichement pour une petite actrice aux mœurs légères.

— Je ne voulais pas vous mettre dans une situation embarrassante.

— Comme c'est astucieux de votre part d'avoir choisi le week-end où j'étais dans la famille de ma sœur ! Comment était-ce, chéri ? Sans doute très excitant, avec une gourgandine aussi célèbre dans votre lit !

— Il ne s'est rien passé.

Elle eut un petit rire sceptique.

— Vraiment ? Alors c'est à ce jeu-là qu'elle joue. Moi aussi, j'ai utilisé cette tactique. Vous vous souvenez ? Je vous ai fait attendre un mois entier avant de vous accorder mes faveurs. Cela rend la victoire plus douce encore, n'est-ce pas ?

Jusqu'à cet instant, David ne savait pas vraiment

ce qu'il attendait de Pauline, ni quelles étaient ses obligations envers elle. Elle avait été une charmante compagne pendant plusieurs mois, il ne lui avait jamais menti, n'avait jamais pris quoi que ce fût qu'elle ne lui eût offert de son plein gré... et il avait largement payé le privilège d'être invité à partager son lit. Bien qu'il ne fût pas venu dans l'intention de rompre, il se rendait compte à présent que leur liaison arrivait à son terme. Ils n'avaient connu ensemble qu'un plaisir physique. Aucune complicité, aucune intimité réelle ne s'était développée entre eux, au-delà de cette entente de leurs corps.

— Pourquoi m'avez-vous envoyé chercher ? demanda-t-il.

Elle se raidit en décelant, au ton de sa voix, une toute nouvelle indifférence, un manque d'intérêt.

— Je voulais savoir où vous en étiez, chéri. Avez-vous l'intention de faire de Jessica Wentworth votre prochaine maîtresse ?

— Cela ne vous regarde pas.

— Vous allez me quitter pour une créature comme elle ? Ce n'est qu'un nouveau jouet, un bibelot dont vous vous lasserez bien vite... Alors, vous me reviendrez.

L'arrogance de Pauline agaça David. Il n'avait pas l'habitude d'être critiqué pour ses faits et gestes, cela n'allait certes pas commencer maintenant !

— Si je décide de courtiser une autre femme, dit-il doucement, je ne vous demanderai sûrement pas la permission.

— Parfait. Puis-je au moins savoir ce que je vais devenir ?

Il la parcourut d'un regard appréciateur. Jolie et désirable comme elle l'était, Pauline ne mettrait pas une semaine à trouver un nouveau protecteur. David ne se faisait pas d'illusions, elle n'était pas vraiment amoureuse de lui, elle ne montrait d'ailleurs aucun symptôme de cette maladie. Leur rupture ne la laisserait pas inconsolable, le cœur brisé et sans ressources.

— Vous vous en sortirez fort bien, Pauline, assura-t-il. Je ne connais pas un homme qui ne vous trouve follement séduisante. J'ai beaucoup apprécié ces quelques mois, ajouta-t-il avec une sorte de tendresse, et j'aimerais que nous nous quittions sur une note agréable, sans gâcher nos souvenirs. Je paierai toutes vos factures, et je désire vous offrir un cadeau d'adieu. Une nouvelle voiture, des bijoux, une maison… Dites-moi ce qui vous ferait plaisir.

Elle le regarda droit dans les yeux.

— Vous m'avez déjà laissé un cadeau de rupture, dit-elle d'un ton ironique qui le déconcerta.

Elle posa la main sur son ventre, le caressa. David la regardait sans comprendre, ou sans vouloir comprendre, ce qu'elle essayait de lui dire.

— Que demanderais-je d'autre ? reprit-elle. Un peu plus d'argent, sans doute, ensuite je promets de ne plus vous ennuyer avec mon état. C'est en général ainsi que cela se passe, non ? Les hommes de votre condition ont des enfants illégitimes, et ils ne se sentent aucun devoir envers les mères de leurs bâtards. Mais je vous connais, chéri. Vous êtes différent des autres.

— Nous avons fait attention… dit-il d'une voix rauque.

— Ça ne marche pas toujours.

— Il faut que vous consultiez un médecin.

— C'est fait. Vous pouvez d'ailleurs le rencontrer et vous faire confirmer la nouvelle.

Elle s'interrompit avant d'ajouter, l'air brusquement vulnérable :

— Vous pouvez ne pas me croire ou prétendre que l'enfant n'est pas de vous, mais je vous ai dit la vérité.

Si elle bluffait, c'était une actrice incomparable ! Elle s'exprimait sans ciller, sans rougir, parfaitement maîtresse d'elle-même et de ses émotions. Un bébé... Un bébé de Pauline ! Tout en lui se révoltait à cette idée. Durant sa vie d'adulte, David ne s'était jamais laissé aller avec les femmes, il avait soigneusement choisi ses partenaires, et à sa connaissance il n'avait pas engendré d'enfants. Pauline avait raison, les hommes considéraient en général qu'ils ne devaient à leurs maîtresses enceintes qu'une pension alimentaire. Après tout, il ne s'agissait pas forcément d'un piège. Mais pour lui, c'en était un. Glacé, il se détourna afin que Pauline ne puisse voir à quel point il était contrarié. Impossible de l'abandonner, désormais ; il était lié à elle pour le reste de son existence. Pauline le connaissait assez bien pour savoir que jamais il ne les laisserait tomber, elle et son enfant. Leurs vies étaient intimement mêlées. Certes, Pauline s'attendait à l'épouser... et il aurait trouvé cela logique en temps normal. Avec un sourire amer, il s'entendit annoncer :

— Je ne peux pas me marier avec vous.

— Je comprends que vous hésitiez, chéri, cependant réfléchissez. Il vous faut un descendant, sinon votre frère héritera du titre après vous. Et puis, pour le bien de l'enfant...

— Je suis déjà marié.

C'était la première fois que David en parlait. Il crispa les poings tandis qu'une rage impuissante l'envahissait. Maudit soit son père pour avoir ainsi oblitéré son avenir ! Il y eut un silence si long qu'il finit par se retourner pour regarder Pauline. Elle était décomposée. De fureur ? Sous l'effet du choc ? Il n'aurait su le dire.

— Quoi ? souffla-t-elle. Les rumeurs étaient justifiées ? Je n'aurais jamais cru ça d'un homme comme vous...

— Cela s'est passé il y a bien longtemps. J'avais seulement sept ans, et c'est mon père qui a tout arrangé.

— S'il s'agit d'une ruse pour...

— C'est la stricte vérité.

Brusquement, un flot de sang monta aux joues de Pauline.

— Mon Dieu, mais pourquoi garder le secret ? Et où avez-vous caché votre f... femme pendant toutes ces années ?

— Je ne l'ai pas vue depuis le jour où cet engagement a été pris. Nos familles préféraient que nous soyons élevés chacun de notre côté, et présentés l'un à l'autre quand nous aurions l'âge... Mais ça ne s'est jamais produit. Je ne sais pas comment ses parents lui ont raconté l'affaire. Mon père, pour sa part, a déclaré que j'avais bien de la chance d'être lié à une famille si riche et de ne pas avoir à me soucier de chercher une épouse. Je l'ai détesté, quelles que soient ses raisons, et j'ai résisté aux tentatives des miens pour nous rapprocher. Quant à Julia...

— Julia ? répéta Pauline d'une voix blanche.

— ... Elle semblait tout aussi opposée au fait de me rencontrer. Quand j'ai enfin décidé de prendre les choses en main, d'aller la trouver, elle avait disparu. Cela fait trois ans, et depuis je suis incapable de découvrir où elle se cache.

— Comment cela, disparu ? Tout le monde ignore où elle se trouve ? Même ses parents ?

— S'ils le savent, ils se gardent bien de le dire.

J'ai engagé des détectives qui ont parcouru l'Europe sans trouver signe d'elle.

— Mais pourquoi s'évanouirait-elle ainsi dans la nature ? Il a dû lui arriver quelque chose, ajouta Pauline, une note d'espoir dans la voix. Elle est peut-être morte ! Oui, c'est ça, ou défigurée par un atroce accident... Ou encore réfugiée dans un couvent...

— Nous avons tout envisagé, mais nous ne détenons aucune preuve de l'une ou l'autre de ces éventualités.

— Si elle était en vie, elle se dépêcherait de venir prendre sa place de future duchesse de Leeds.

David haussa les épaules.

— Il est fort possible aussi qu'elle n'ait aucune envie d'être mon épouse, répliqua-t-il.

Pauline était complètement désarçonnée.

— Et Mme Wentworth ? demanda-t-elle d'un ton mal assuré. Vous la voulez, elle aussi ? Il vous faut tout un harem ?

— Elle n'a rien à voir avec Julia Hargate ni avec vous.

— Elle sera ma remplaçante, grinça Pauline. Malgré ce que vous m'avez fait, malgré ce que vous me devez !

Elle était défigurée par la jalousie, et David eut soudain devant les yeux l'image de Jessica Wentworth avec son regard clair, sa peau soyeuse sous la douce lumière de la lune. « Je ne veux tout simplement pas d'une aventure avec vous. Or, étant donné nos situations respectives, c'est la seule chose que vous puissiez m'offrir. »

— Je ne la verrai plus, dit-il calmement. Elle mérite bien mieux que ce que je suis en mesure de lui donner.

— Et moi ?

— Vous ne manquerez de rien, ni vous ni l'enfant. Mais rien ne sera plus pareil entre nous, Pauline.

Elle se détendit.

— Bien sûr, murmura-t-elle. Je sais que vous ne me laisseriez pas dans l'embarras, chéri.

Elle lui tendit les bras, les lèvres entrouvertes, mais David détourna la tête et se dirigea vers la porte. Il avait du mal à ne pas s'enfuir en courant de cette prison parfumée.

— David, il faut que nous parlions ! lui cria-t-elle.

— Une autre fois, marmonna-t-il.

Il n'avait pas envie de la toucher, ni de lui parler... Il voulait juste arrêter de penser, de souffrir, ne fût-ce qu'un moment.

La boutique de Mme Lefebvre sentait la teinture, le tissu neuf, le thé. Il y avait bien des couturières à Londres qui offraient de luxueux canapés, des miroirs dorés, mais aucune n'attirait la clientèle comme Mme Lefebvre. Julia aimait la simple élégance des modèles de la styliste française, ainsi que la qualité des tissus qu'elle utilisait : soies multicolores, mousselines légères, fins lainages.

Quand Julia arriva, Mme Lefebvre interrompit sa conversation avec une autre cliente pour venir l'accueillir en personne. Elle appréciait la jeune comédienne non pas seulement à cause de sa célébrité, mais parce que c'était un réel plaisir d'habiller une personne aussi ravissante et au goût si sûr.

— Vous êtes un peu en avance pour votre essayage, madame Wentworth ! s'écria-t-elle en conduisant Julia vers une table couverte de coupons et de poupées mannequins. Si vous voulez bien patienter quelques minutes…

— Très volontiers.

Elles se sourirent avec cette complicité des femmes actives et indépendantes. Julia s'assit, refusa une tasse de thé et se mit à feuilleter un catalogue de mode.

— Je reviens tout de suite ! dit la couturière en disparaissant derrière les rideaux légers qui masquaient l'arrière-boutique.

Julia s'absorbait dans la contemplation d'une robe d'après-midi particulièrement réussie lorsqu'elle s'aperçut que le fauteuil voisin du sien était occupé. La jolie femme brune s'empara d'une poupée et se mit à jouer avec son minuscule col volanté, tout en adressant un sourire à Julia. Celle-ci sentit son propre sourire se figer quand elle reconnut lady Ashton. Elle gémit intérieurement. Quelle malheureuse coïncidence ! Lady Ashton avait certainement eu vent de son souper avec lord Savage… Le sang lui monta au visage, mais elle tenta vaillamment de se raisonner. Elle n'avait rien fait de compromettant… et après tout, pensa-t-elle malicieusement, elle avait bien le droit de passer une soirée avec son « époux » !

— Madame Wentworth, dit lady Ashton avec une voix de velours, c'est un plaisir de vous rencontrer de nouveau !

Julia parvint à se composer un air aimable.

— Quel hasard ! commenta-t-elle.

— Pas du tout. J'ai insisté pour que Mme Lefebvre me donne un rendez-vous proche du vôtre, afin que nous ayons l'occasion de bavarder un peu.

Julia haussa un sourcil interrogateur.

— Tellement de gens vous adulent, madame Wentworth, continua lady Ashton en glissant un regard admiratif sur la mince silhouette de la jeune femme. Belle, talentueuse, désirée par la plupart des gentilshommes de Londres. Je vois des gravures vous représentant absolument partout... Vous êtes l'actrice la plus en vogue du moment. Quel homme serait capable de vous résister ?

Il y eut un silence tendu. Le ton de lady Ashton était si acerbe que Julia balbutia :

— Je ne comprends pas très bien...

Pauline haussa les épaules.

— J'essaie simplement de vous dire que n'importe quelle femme — moi, par exemple — ferait une bien piètre rivale face à une célébrité comme vous.

Julia la regarda bien en face.

— Je ne veux rivaliser avec personne.

Lady Ashton eut un rire léger que démentait l'expression de ses yeux sombres.

— Vous m'en voyez rassurée. J'espérais bien qu'une personne jouissant de tellement d'avantages n'essaierait jamais de séduire un homme déjà pris ailleurs.

Des messages silencieux étaient échangés. « Ne tentez pas de prendre ce qui m'appartient », disait lady Ashton, tandis que Julia répondait : « Vous n'avez rien à craindre de moi. » Enfin Pauline se détourna pour reporter son attention sur la poupée qu'elle déposa avec soin sur la table.

— C'est la première fois que je viens ici, dit-elle. Je crains d'avoir à m'acheter un grand nombre de toilettes.

— Je suis persuadée que tout ce que propose Mme Lefebvre vous ira à merveille, répliqua machinalement Julia.

Avec ses formes voluptueuses, Pauline aurait rendu élégant un sac de toile de jute.

— Pas pour longtemps.

Lady Ashton effleura son ventre d'une main tendre.

— Je vais changer de silhouette au cours des prochains mois.

Les feuilles se mirent à trembler entre les doigts de Julia, et elle les posa sur ses genoux. La nouvelle l'avait frappée comme la foudre, semant le chaos dans ses pensées. Dieu... Un bébé... L'enfant de lord Savage. Consciente d'être étroitement observée, elle feignit de s'absorber dans la contemplation d'un modèle. Lord Savage était-il au courant, le soir de leur dîner ? Il devait être furieux, se sentir piégé. Et responsable. Jamais il n'abandonnerait une femme qui portait son enfant. Pourtant il avait prétendu n'avoir aucune intention d'épouser lady Ashton. Il disait souhaiter se marier par amour. Un rêve devenu impossible. Pour un peu, Julia aurait eu pitié de lui. Pour un peu seulement, car cette situation était bien sa faute. Après tout, ils formeraient un couple superbe, lui et cette femme intrigante. Ils pourraient mettre en commun leur dévorante ambition. Eh bien, lord Savage n'aurait qu'à se débrouiller tout seul, et Julia était de plus en plus fermement décidée à ne plus le revoir. Qu'il résolve donc son problème avec lady Ashton, elle, elle avait les siens.

A son grand soulagement, Mme Lefebvre revint la prier de passer dans le salon d'essayage. Elle se leva, adressa un mince sourire à lady Ashton.

— Au revoir, murmura-t-elle. Et tous mes vœux.

La jeune femme hocha la tête, visiblement ravie de sa matinée !

Julia avait reçu une lettre de sa mère, et elle savait précisément quand lord Hargate s'absenterait. Il se rendait souvent à son club pour des réunions ou des rendez-vous avec des hommes d'affaires. Alors Julia en profitait pour rendre visite à Eva, bien qu'il lui en coûtât une heure de trajet à l'aller comme au retour. Elle était toujours inquiète, ne sachant dans quel état elle allait la trouver. Ce jour-là, elle eut le plaisir de la voir assise dans son boudoir, une couverture sur les genoux. Son teint était moins blême que d'habitude, et elle avait près d'elle un ouvrage de broderie. Elle ouvrit les bras à Julia qui s'y précipita.

— Tu m'étouffes! protesta Eva en riant devant l'enthousiasme de sa fille. Mon Dieu, on dirait qu'il s'est passé quelque chose, depuis ta dernière visite.

— Je vous ai apporté un cadeau.

Julia sortit de son réticule une petite poche de velours dont elle fit tomber la broche de rubis.

— Le présent d'un admirateur, dit-elle d'un ton insouciant. J'ai pensé qu'il vous irait mieux qu'à moi.

Malgré la splendeur de cette pièce unique de joaillerie, elle ne voulait garder aucun souvenir de lord Savage.

— Oh, Julia!

— Essayez-la! déclara Julia en l'épinglant au col de dentelle de sa mère. Voilà... Maintenant vous aurez toujours des roses près de vous, quelle que soit la saison.

— Je ne devrais pas accepter, murmura Eva en caressant le bijou délicat. C'est beaucoup trop beau, et si ton père le voyait...

— Il ne remarque jamais ce genre de chose, la rassura Julia dans un sourire. Et si c'était le cas, dites-lui que c'est une amie qui vous l'a offerte. Ne refusez pas cette broche, maman, elle vous va si bien.

— Entendu, céda Eva. Mais parle-moi donc de ce fameux admirateur. Est-ce grâce à lui que tu sembles tout excitée ? A moins que M. Scott ne t'ait donné le rôle que tu souhaitais dans sa nouvelle pièce ?

— Ni l'un ni l'autre. Je... Je l'ai rencontré, maman.

Eva fixa un instant sa fille avec un air interrogateur, puis la lumière se fit. Elle venait de comprendre de qui il s'agissait !

— A quelle occasion ?

— Par le plus grand des hasards. J'étais invitée à une partie de campagne, j'ai entendu prononcer son nom, je me suis retournée, et il était là. Mais il ignore qui je suis.

Eva secoua doucement la tête, une veine bleutée battant à sa tempe.

— Oh, Julia...

— Il m'a invitée à souper, poursuivait la jeune femme, incroyablement soulagée de pouvoir enfin se confier. « Obligée » à souper avec lui serait un terme plus juste. Il a promis à M. Scott une énorme donation en échange de ma compagnie. Alors j'ai accepté.

— Tu as dîné avec lord Savage ?

— Oui. Dans sa demeure de Londres, il y a une semaine.

— Et tu ne lui as pas dit...

— Je n'ai pas pu. Il ne se doute de rien, heureusement. Pour lui, je suis tout bêtement une comédienne qui lui plaît.

Julia serrait bien fort la main menue de sa mère.

— Il se prétend célibataire. On dirait qu'il refuse d'admettre notre mariage.

Eva semblait un peu gênée.

— Comment l'as-tu trouvé, Julia ? Séduisant ?

— Eh bien, je...

Julia, nerveuse, se mit à lisser les plis de sa robe.

— Je suppose que personne ne le prétendrait laid, il est même assez fascinant. Cependant, ajouta-t-elle avec un petit sourire, nous semblons être affligés des mêmes défauts. Il est méfiant et déterminé à contrôler tous les aspects de sa vie. On sent qu'il ne supporte pas que des décisions soient prises à sa place. Il a visiblement souffert par le passé de cette histoire de mariage arrangé.

Elle secoua la tête et laissa échapper un petit rire amer.

— Je ne suis pas surprise qu'il n'ait jamais essayé de me rencontrer ! Il n'accorde sans doute pas une seule pensée à Julia Hargate, sauf pour espérer qu'elle ait disparu de la surface de la Terre !

— C'est faux, rétorqua Eva, mal à l'aise. Il y a trois ans, reprit-elle, il est venu à Hargate en demandant où tu étais. Nous nous sommes contentés de lui répondre que tu te trouvais à l'étranger et que l'on ne pouvait te joindre. Depuis, nous avons de temps à autre reçu la visite de détectives qui travaillaient pour lui et posaient la même question. Lord Savage a bel et bien essayé de te retrouver, ma chérie.

Julia la fixait, éberluée.

— Pourquoi... pourquoi m'a-t-on caché qu'il me cherchait ?

— Je ne te croyais pas prête à le rencontrer. Je préférais que tu choisisses toi-même le bon moment. Si tu avais voulu le voir, tu aurais pu lui rendre visite de ta propre initiative. Quant à ton père, il ne tenait pas à ce que tu parles à lord Savage de peur que ton impétuosité ne te fasse perdre la position et le titre qu'il avait acquis pour toi.

Julia bondit sur ses pieds avec un petit cri contrarié.

— Vous ne cesserez donc jamais de me manipuler, tous les deux ? On aurait dû m'avertir ! Je ne savais pas que Savage souhaitait me voir !

— Qu'est-ce que cela aurait changé ? contra doucement Eva. Aurais-tu accepté de lui parler ?

— Je l'ignore, mais au moins j'aurais eu le choix !

— Tu l'as toujours eu, fit remarquer Eva. Tu aurais pu le rencontrer depuis longtemps, or, tu as toujours préféré l'éviter. Et l'autre soir, quand tu avais l'occasion de lui dire qui tu étais, tu as décidé de te taire. Comment pourrais-je deviner ce que tu désires, ma chérie, alors que tu n'en sais rien toi-même ?

Julia arpentait la pièce comme un fauve en cage.

— Je veux me libérer de ce mariage ! Cela devrait d'ailleurs être fait depuis longtemps, et je suis absolument certaine qu'il le désire autant que moi. Surtout après les révélations de lady Ashton.

— Qui est cette lady Ashton ? Que vient-elle faire là ?

— C'est sa maîtresse, et elle prétend être enceinte de lui.

— Enceinte ! répéta Eva, choquée, répugnant à utiliser des termes d'une telle trivialité. Mon Dieu, quelle horrible complication !

— Pas du tout. La situation est d'une simplicité biblique : je vais libérer lord Savage de tout lien.

— Julia, je t'en prie, n'agis pas inconsidérément.

— Inconsidérément ? Il m'a fallu des années pour en arriver à cette décision. On ne peut pas parler de précipitation !

— Tu as passé tellement de temps à éviter les conséquences de ton passé... à l'éviter, lui, insista Eva. Il faut que tu parles enfin à ton mari, que tu lui dises la vérité, que vous affrontiez la situation ensemble.

— Il n'est pas mon mari. Cette union n'est qu'une mascarade, et je trouverai aisément un notaire pour y mettre un terme et en informer lord Savage.

— Et ensuite ? Continuerons-nous à vivre ainsi le reste de nos jours ? Devrai-je à jamais te voir en cachette ? Ne parviendras-tu pas à faire la paix avec ton père, à lui pardonner ?

Julia se crispa à l'évocation de lord Hargate.

— Il ne veut pas de mon pardon.

— Tu dois quand même le lui accorder, si ce n'est pour lui, au moins pour ta tranquillité d'âme, supplia Eva. Tu n'es plus une adolescente révoltée, Julia, tu es une femme indépendante, forte, volontaire. Pourtant tu dois laisser parler la part de toi-même qui est tendre et compatissante. Si tu entretiens ton amertume, j'ignore ce qu'il adviendra de toi. Malgré tout le reste, je continue à former le rêve que forment toutes les mères pour leur fille : te voir mariée, avec un foyer, une famille...

— Pas avec lord Savage ! s'entêta Julia.

— Lui parleras-tu, au moins ?

— Je ne peux...

Julia fut interrompue par un timide coup frappé à la porte. C'était Polly, une femme de chambre employée chez les Hargate depuis presque vingt ans et que Julia avait toujours appréciée pour la dévotion qu'elle vouait à sa mère.

— Il y a un visiteur qui veut voir lord Hargate, annonça-t-elle. Je lui ai dit que Monsieur n'était pas à la maison, alors il a demandé si vous pouviez le recevoir.

Eva semblait perplexe. Sa santé fragile ne lui permettait guère les visites imprévues.

— Je préfère que l'on ne me dérange pas quand je suis avec ma fille, dit-elle. Priez-le de revenir à un autre moment.

— Oui, madame, mais... c'est lord Savage.

— Lord Savage... est ici ? balbutia Julia.

Comme Polly acquiesçait, elle laissa échapper un chapelet de jurons qui provoqua un haut-le-corps chez Eva.

— Il ne faut pas qu'il me voie ! déclara-t-elle en se dirigeant vers un autre petit salon de la suite d'Eva. Faites-le monter, maman, essayez de voir ce qu'il veut, mais surtout, ne lui parlez pas de moi.

— Que vas-tu faire ? demanda lady Hargate, un peu perdue.

— Me cacher à côté. Je vous en prie, maman, ne lui dites rien. Je ne suis pas encore prête à prendre une décision.

Julia baisa le front de sa mère avant de disparaître dans la pièce voisine.

David n'avait mis les pieds chez les Hargate que deux fois auparavant. La première, le jour de son mariage, alors qu'il était âgé de sept ans, la seconde, trois ans plus tôt, quand il était venu demander aux Hargate où était leur fille. Il avait trouvé lady Hargate calme, falote, et avait supposé que son mari devait être un homme froid, qui se considérait supérieur au commun des mortels. Depuis, David avait souvent essayé de deviner qui Julia préférait de sa mère timide ou de son père arrogant. Ni l'un ni l'autre n'étaient fort attirants.

David attendit patiemment dans le vaste hall

d'entrée. La demeure était luxueuse et intimidante, un peu comme l'intérieur d'une église, avec ses plafonds voûtés et son odeur de cire. Quelle enfance pouvait avoir eue une petite fille élevée dans un tel cadre ? Avait-elle fait retentir les murs austères de ses cris et de ses rires ? Non, elle avait plutôt joué dans un coin à s'inventer des histoires... L'enfance de David, malgré tout, avait été sans doute mille fois préférable à celle-ci. Où était Julia, à présent ? Où avait-on envie de s'enfuir, après avoir grandi dans une prison de ce genre ? S'évader... Il repensa fugitivement à Jessica Wentworth quand elle lui avait dit : « Je n'ai jamais rencontré une seule personne qui soit à l'aise vis-à-vis de son passé. Il y a toujours quelque chose que l'on aimerait changer, ou oublier... » Il fut interrompu dans ses réflexions par le retour de la femme de chambre.

— Lady Hargate va vous recevoir, monseigneur, mais, je vous en prie, ne restez pas trop longtemps, elle est très fatiguée.

— Je comprends.

Il suivit la domestique, grimpa un grand escalier, emprunta d'interminables couloirs aux épais tapis et aux murs lambrissés de bois sculpté. David ne savait pas exactement ce qu'il allait dire à lady Hargate. Il aurait préféré rencontrer le père de Julia et l'obliger à lui avouer où se trouvait la jeune fille. Evidemment, il ne pouvait menacer une pauvre femme malade... Une mère en mauvaise santé. Encore un point commun entre Julia Hargate et lui. Sa propre mère était morte de phtisie des années auparavant, sans avoir jamais cessé de se torturer au sujet de l'avenir de sa famille, car le père avait ruiné tout le monde à cause de son amour du jeu. Pour une personne comme sa mère, qui rêvait de stabilité, il était incroyablement injuste d'avoir épousé un joueur. Si seulement David avait pu la protéger, lui offrir la paix de l'esprit qu'elle méritait ! Il était hanté depuis par ce remords. Il n'était pas question qu'il abandonne Julia Hargate, pour qu'elle pèse, elle aussi, sur sa conscience ! Son sens de l'honneur exigeait qu'il l'aide dans toute la mesure de ses moyens. Il avait une responsabilité envers Pauline également, mais la situation était différente. Julia était une victime des circonstances, tandis que Pauline s'efforçait de piéger David, alors qu'il demeurait persuadé que sa grossesse n'avait rien d'accidentel.

Lady Hargate était assise sur un sofa dans un salon décoré en rose pâle et vert amande. Il y avait quelque chose d'étrangement familier dans sa façon de tenir sa tête haute, son dos droit, de lui tendre la main. Comme dans son souvenir, elle avait l'air d'un petit oiseau qui préfère sa cage dorée aux dangers du monde extérieur. Elle avait dû être ravissante, autrefois, se dit-il. David s'inclina respectueusement sur la main frêle.

— Venez vous asseoir, dit Eva en désignant un fauteuil tout proche du sien.

— Excusez-moi de me présenter ainsi sans m'être fait annoncer, lady Hargate...

— C'est un plaisir de vous voir, coupa-t-elle gentiment. Comment se porte votre famille ?

— Mon frère William va bien, mais malheureusement mon père a été victime d'une hémorragie cérébrale qui l'a laissé bien fatigué.

— J'en suis navrée, dit-elle sincèrement.

David se tut un instant. Comment aborder le sujet qui le tracassait ?

— Avez-vous reçu des nouvelles de votre fille ? demanda-t-il tout à trac. Depuis trois ans...

— Vous avez poursuivi vos recherches, lord Hargate ? répondit-elle, aimable mais évasive.

David acquiesça, sans la quitter des yeux.

— En vain. Il semblerait que Julia Hargate ait disparu de la surface de la Terre.

Dans la pièce voisine, Julia avait collé son oreille à la porte. C'était honteux, mais elle n'aurait pu s'en empêcher pour tout l'or du monde. Elle voulait absolument savoir ce que Savage allait dire à sa mère, comment il tenterait de découvrir la vérité.

— Et si vous finissez par la trouver, poursuivait Eva, qu'avez-vous l'intention de faire ?

— Apparemment, Julia a peur de prendre sa place en tant qu'épouse ou elle n'en a pas envie, ce dont je ne saurais la blâmer puisque nous sommes de parfaits étrangers l'un pour l'autre. J'aimerais seulement m'assurer qu'elle va bien et qu'elle ne manque de rien. Ensuite, je résoudrai le problème de la façon qui lui conviendra.

— Et si elle décide de rester votre épouse ? Peut-être a-t-elle envie de devenir duchesse un jour.

— Alors qu'elle me le dise elle-même, répliqua David, dont la tension montait, irrépressible. Laissez-moi le lire dans ses yeux, dans sa voix. Bon sang, je voudrais savoir ce qu'elle souhaite afin d'en terminer avec cette histoire !

Il s'interrompit brusquement, craignant d'avoir choqué la délicate vieille dame.

— Pardonnez-moi, marmonna-t-il.

Compréhensive, elle chassa cette excuse d'un geste de la main.

— Ma fille est quelqu'un d'indépendant, et elle s'est toujours révoltée contre le fait que l'un des choix les plus importants de sa vie lui ait été volé. J'imagine que vous nourrissez la même rancune.

Brusquement, les émotions de David menacèrent de rompre les digues. Il ne se confiait jamais à personne, même pas à William ; il avait toujours gardé pour lui ses problèmes comme ses sentiments. Or, soudain, il ressentait le besoin urgent de parler, de se soulager de son fardeau. Il posa les mains à plat sur ses genoux afin de se calmer.

— En effet, dit-il d'une voix un peu enrouée. Je comprends pourquoi Julia s'est rebellée, pourquoi elle est incapable d'affronter les conséquences des machinations de mon père et de lord Hargate. Ce n'est pas sa faute, pourtant je l'ai souvent blâmée, je l'ai détestée comme je détestais mon père pour sa prodigalité et son goût immodéré du jeu. Je voulais oublier jusqu'à l'existence de Julia. La mort de ma mère, la faible santé de mon père m'ont poussé à assumer de nouvelles responsabilités, pourtant Julia était toujours là, en arrière-plan. Je ne me suis jamais autorisé à aimer, je considérais que je n'en avais pas le droit, à cause d'elle. Or, le seul moyen de me libérer est de la rencontrer.

— Je ne pensais pas que ce mariage vous affecterait tous les deux à ce point, murmura Eva. Sur le moment, cela paraissait plutôt sensé. Deux familles bien nées qui assurent à chacun de leurs enfants un partenaire convenable pour la vie... J'étais soulagée que l'avenir de ma fille soit réglé, qu'elle jouisse un jour d'un titre respecté. Et peut-être cela aurait-il été une bonne chose pour quelqu'un d'autre que Julia. Hélas, je ne pensais pas que ma famille serait déchirée par une décision à laquelle j'avais souscrit. J'ignorais la force de sa volonté.

— Comment est-elle ? s'entendit demander David.

— Elle ne ressemble ni à son père ni à moi. Déjà petite, elle ne se fiait qu'à ses propres opinions, jamais aux nôtres. Je la préférerais moins indépendante. Je ne pense pas que l'autonomie soit une qualité bien utile pour une femme. Par ailleurs, elle est pleine d'imagination, passionnée, elle s'intéresse à tout. Mais elle est aussi vulnérable et absolument imprévisible…

David écoutait Eva Hargate quand son attention fut attirée par un scintillement au milieu des dentelles de son col. Elle continuait à parler, mais ses paroles échappaient à David, assourdies par les battements de son propre cœur. Il se détourna afin de ne pas trahir ses pensées, pourtant l'image le brûlait, la vérité lui explosait dans la tête. Elle portait la broche de rubis qu'il avait offerte à Jessica Wentworth ! C'était un bijou unique au monde, et lady Hargate ne pouvait l'avoir en sa possession, sauf si… c'était un cadeau de sa fille. Jessica Wentworth… Julia Hargate.

5

David ne pouvait s'empêcher de fixer la broche. Il l'avait achetée pour Jessica Wentworth, il avait pris plaisir à imaginer qu'elle porterait un bijou venant de lui. Tant de détails prenaient soudain un sens… Le côté insaisissable de Jessica, le mystérieux époux, la façon dont elle avait reconnu sans hésiter les roses si rares offertes par sa mère des années plus tôt. Les questions le torturaient, suivies de réponses qui lui faisaient serrer les dents. Pourquoi ne lui avait-elle pas dit qui elle était ? Quel jeu jouait-elle ? Il l'avait crue attirée par lui, mais sans doute n'était-ce qu'une illusion. Avec son immense talent de comédienne, elle s'était peut-être arrangée pour qu'il tombe amoureux d'elle tandis qu'elle se moquait de lui.

Il était fou de colère, d'orgueil blessé, il l'aurait étranglée pour ce qu'elle avait osé lui faire subir! Trois ans de vaines recherches alors qu'elle se cachait dans l'endroit le plus public qui soit: un théâtre! Il s'était représenté Julia Hargate comme une pauvre colombe qui ne pouvait affronter les conséquences d'un mariage non désiré, et au lieu de cela, c'était une actrice réputée qui trompait merveilleusement son monde! Pas étonnant que sa famille eût refusé d'avouer où elle était! On n'avait jamais entendu parler d'une jeune fille de ce rang qui finissait sur les planches, c'était horriblement malséant!

Toutefois, David ressentait une certaine admiration pour sa hardiesse, pour son courage, car il en fallait pour survivre — mieux, prospérer — grâce à son seul talent. Tous ces risques afin de contrarier son père, d'échapper à cette union qu'il avait concoctée... David aussi avait lutté, mais leurs réactions avaient été différentes, en fonction des circonstances. Julia avait renoncé à tout, à sa réputation, à la sécurité, même à son nom, tandis que lui avait pris la place de son père à la tête de la famille, déterminé à contrôler non seulement sa propre vie mais aussi celle des siens.

Il eut un élan de pitié envers lady Hargate, une femme douce, bien intentionnée, mais incapable de résister à son tout-puissant mari, à sa rebelle de fille. Comme elle avait senti un changement dans son attitude, elle l'interrogea du regard.

— Je me rends bien compte que Julia ne tient pas à ce qu'on la retrouve, dit-il en s'efforçant au calme, mais cette histoire n'a que trop duré. Je suis soumis à des obligations, j'ai d'importantes décisions à prendre rapidement. J'ai attendu des années que Julia reparaisse, maintenant, je n'en ai plus le temps.

Lady Hargate se troubla quelque peu.

— Oui, je comprends, lord Savage. Si... si je parviens à joindre Julia, je tâcherai de la convaincre de vous rencontrer.

Avant que David puisse répondre, une nouvelle voix se mêla à la conversation.

— Non !

Ils se tournèrent ensemble vers la porte... et David se trouva confronté à son beau-père, lord Hargate.

— Edward ! s'écria Eva, soudain toute pâle. Je... je ne vous attendais pas si tôt !

— Une chance, pourtant, rétorqua son mari, hautain. Vous n'auriez jamais dû recevoir lord Savage sans moi, ma chère.

— Je ne pouvais pas refuser d'accueillir le mari de Julia...

Edward, ignorant la faible protestation de son épouse, échangea un long regard avec David. Le père de Julia avait considérablement vieilli, en trois ans, mais le réseau de rides n'avait aucunement adouci ses traits acérés, au contraire. Le regard était toujours aussi dur sous les sourcils broussailleux, et le corps était celui d'un homme qui s'impose une stricte discipline de vie.

— A quoi devons-nous le plaisir inattendu de votre visite ? demanda-t-il, ouvertement ironique.

— Vous le savez fort bien, répondit sèchement David.

— Vous auriez pu vous épargner cette peine. Je crois avoir été clair : vous n'obtiendrez aucun renseignement de nous.

David avait bien du mal à garder son sang-froid,

alors qu'il mourait d'envie de répondre vertement à cet homme et d'effacer l'air arrogant de son visage. De toute évidence, Hargate ne connaissait pas le remords, quoi qu'il eût fait.

— Je ne suis pas responsable de cette situation, dit-il d'une voix basse. Et j'ai le droit de savoir ce qu'il est advenu de Julia.

Lord Hargate eut un mauvais rire.

— Vous n'aimeriez pas apprendre la honte qu'elle nous a infligée... sur elle, sur sa famille, et même sur vous, son époux. Faites ce que vous voulez d'elle... Mais ne vous risquez plus à prononcer son nom en ma présence.

— Edward, gémit Eva, je ne comprends pas pourquoi il faut que...

— C'est elle qui l'a voulu, pas moi, coupa-t-il, indifférent aux larmes qui noyaient les yeux de sa femme.

Dans la pièce attenante, Julia était pétrifiée, collée au mur près de la porte. Son instinct lui ordonnait de fuir. Elle se sentait affreusement fragilisée, comme si un seul mot de son père suffisait à la briser. Elle était terrorisée. Pourtant il fallait qu'elle le voie, qu'elle l'oblige à accepter sa présence, et, avant même de comprendre ce que son geste impliquerait, elle ouvrit la porte à la volée et pénétra dans le boudoir. Eva réprima un petit cri d'effroi, tandis que David serrait les dents et que lord Hargate semblait frappé par la foudre.

Julia vint poser une main sur l'épaule de sa mère, autant pour la réconforter que pour se donner du courage. En sentant sous ses doigts le corps frêle de la vieille dame qui avait tant souffert par la faute de son mari, elle sentit une formidable colère remonter en elle.

— Comment oses-tu te présenter ici ? s'écria son père.

— Croyez bien que je m'en passerais si j'avais un autre moyen de voir maman !

— Vous avez toutes les deux conspiré dans mon dos !

Julia ne pouvait s'empêcher de remarquer les marques du temps sur le visage de son père, les nouvelles rides, le blanchissement de ses cheveux, et elle se demanda s'il se rendait compte qu'elle aussi avait changé, qu'elle n'était plus une jeune fille, mais une femme. Pourquoi avait-il été incapable de lui donner l'affection dont elle avait tant besoin ? Quelques mots gentils, l'assurance qu'il était fier d'elle auraient changé le cours de son existence. Elle voulait se débarrasser de ce besoin d'amour, elle avait essayé depuis son départ de la maison familiale... mais quelque chose en elle refusait d'abandonner tout espoir. Elle sentit des larmes humiliantes lui piquer les yeux et elle s'efforça de les refouler.

— Je ne suis jamais parvenue à vous contenter, dit-elle. Est-il étonnant que j'aie fini par y renoncer ? D'ailleurs personne n'est à la hauteur de vos exigences.

— Tu prétends que j'en exigeais trop de toi, fit remarquer son père, sévère, mais je n'ai jamais attendu que ton obéissance. Ce n'était pas trop demander, je suppose. En échange, je t'ai fourni une bonne éducation, une vie de luxe et — Dieu me pardonne — un mari titré.

— Savez-vous pourquoi je suis devenue comédienne ? Parce que je passais mon temps à rêver que vous m'aimiez, que vous vous intéressiez à moi. Je m'imaginais dans une autre existence. J'ai tellement fait semblant d'être quelqu'un d'autre que c'est devenu une seconde nature.

— Ne me reproche pas tes erreurs !

Edward jeta un regard méprisant à David.

— Je trouve cocasse de voir à quel point vous allez bien ensemble — tous les deux révoltés et ingrats. Eh bien, je ne me mêlerai plus de votre vie, et vous n'interviendrez plus dans la mienne. Je vous interdis à l'un comme à l'autre de remettre les pieds dans cette demeure.

Instinctivement, David fit un pas en avant afin de clore cette odieuse discussion, mais comme il approchait de Julia, elle bondit en arrière avec un cri plaintif et lui lança un regard pathétique. A cet instant, il se rendit compte qu'il la comprenait mieux que personne. Elle était affligée du même mélange d'orgueil et de besoin d'affection qui l'avait aiguillonné lui-même sa vie durant. Elle avait envie d'être aimée mais elle était terrifiée à l'idée de s'abandonner corps et âme à quelqu'un d'autre. David serra les poings. Il aurait aimé l'entraîner sur-le-champ hors de cette maison, loin de cette scène insupportable. Des mots lui venaient aux lèvres, des mots qu'il n'avait jamais dits à une femme. « Venez avec moi... Je m'occuperai de tout... Je vous aimerai. »

Mais déjà Julia était sortie de la pièce, la tête haute, figée dans une attitude raide et blessée. Après son départ, il y eut un silence presque irréel. Lord Hargate ne manifestait aucune espèce d'émotion.

— Quels que soient mes péchés, dit-il enfin, je ne méritais pas une fille comme elle.

— Je suis tout à fait d'accord, rétorqua David. Elle est beaucoup trop bien pour vous.

Hargate ricana.

— Ayez l'amabilité de sortir de chez moi, Savage.

Sur un regard menaçant qu'il lança à sa femme

pour lui signifier que l'incident n'était pas clos et qu'il n'en avait pas terminé avec elle, il tourna les talons. David se précipita aux pieds de lady Hargate, qui semblait fort mal.

— Voulez-vous que j'appelle quelqu'un? Avez-vous besoin d'un remède?

Elle secoua faiblement la tête.

— Je vous en prie, murmura-t-elle. Il faut aider Julia. Elle semble forte, mais en réalité...

— Je sais, répondit-il sur le même ton. Je veillerai sur elle. Vous avez ma parole.

— Quel dommage d'en arriver là... J'ai toujours espéré qu'un jour vous iriez l'un vers l'autre, et alors...

— Et alors? demanda David.

Eva eut un pâle sourire.

— Et alors vous auriez pu découvrir que vous étiez faits l'un pour l'autre, finalement.

David eut un petit rire amer.

— Ç'eût été une bonne solution... Mais je crains que la situation ne soit pas aussi simple.

— En effet, souffla la vieille dame.

Julia se réfugia dans sa petite maison, partagée entre soulagement et panique. Elle mourait d'envie de se glisser sous ses couvertures et d'oublier la journée passée. Elle donna instruction à sa femme de chambre, Sarah, de n'accepter aucun visiteur pour le reste de la soirée.

— Absolument personne, même si ça vous paraît important.

— Bien, madame, répondit la servante qui était accoutumée à la vie solitaire de sa maîtresse. Avez-vous besoin d'aide?

— Non, merci, je me déshabillerai moi-même.

Julia prit une bouteille de vin et un verre à la cuisine avant de monter dans sa chambre.

— Mon Dieu, qu'ai-je fait ? marmonna-t-elle.

Elle avait eu tort d'affronter son père, cela n'avait servi à rien... Sauf à révéler à lord Savage qui elle était en réalité. Etait-il en colère ? Oui, certainement. Il devait penser qu'elle s'était moquée de lui. Et s'il décidait de se venger ? Elle allait laisser passer quelques jours avant de le rencontrer de nouveau. Sa fureur serait sans doute calmée, à ce moment-là, et ils pourraient discuter sereinement.

Comme une somnambule, elle pénétra dans sa chambre décorée de rose et de vert pâle, avec le lit à baldaquin, l'armoire de bois de rose, la coiffeuse, la bergère. Les murs s'ornaient de quelques gravures d'acteurs, ainsi que d'une page manuscrite d'une pièce de Logan, son cadeau après le premier triomphe de Julia au Capital Theatre. Elle erra un moment au milieu de ce décor familier. Aucun souvenir du passé n'apparaissait dans ces lieux, tout appartenait à Jessica Wentworth. Si seulement elle pouvait se débarrasser aussi facilement des moments qu'elle venait de vivre ! Quelle impulsion destructrice l'avait poussée à révéler son identité à lord Savage ? Elle se rappela la façon dont il la fixait alors qu'elle quittait Hargate Hall. Son regard la transperçait, comme s'il déchiffrait clairement toutes ses émotions, et elle s'était sentie mise à nu, impuissante, sans plus aucune barrière pour se protéger.

Elle s'assit à sa coiffeuse, but quelques gorgées de vin. Il ne fallait plus qu'elle pense à Savage. Elle avait besoin de dormir, de se préparer à la répétition du lendemain. Pas question de laisser ses problèmes personnels nuire à sa vie professionnelle ! Elle se déshabilla, revêtit un simple peignoir de mousseline bleue fermé par des rubans de satin.

Puis elle ôta les épingles de son chignon et passa ses doigts dans les mèches désordonnées.

Elle s'emparait d'un exemplaire de *Une ravissante tricheuse* et s'apprêtait à s'allonger sur son lit quand des sons inhabituels vinrent perturber le silence de la maison. Elle s'immobilisa, les sens en alerte. Des bruits de voix, une discussion, le cri étouffé de la bonne...

Julia se précipita sur le palier.

— Sarah ! appela-t-elle, anxieuse. Sarah, que se...

Elle s'arrêta en haut de la première marche en apercevant la servante au milieu du hall. La porte d'entrée était grande ouverte, lord Savage venait de forcer le passage. Il était là, inquiétant, les yeux plissés, le visage tendu.

— Madame, balbutia la femme de chambre, je... il s'est jeté à l'intérieur... je n'ai pas pu...

— Je suis venu parler à mon épouse ! lança David, sombre, sans quitter Julia des yeux.

— Votre...

La malheureuse domestique ne comprenait plus rien.

— Alors... vous êtes M. Wentworth ?

— Non ! Je ne suis pas M. Wentworth ! gronda Savage en détachant clairement les syllabes.

Julia intervint enfin, d'un ton ferme.

— Partez. Je ne suis pas disposée à parler ce soir.

— Dommage ! Parce que moi, j'y suis prêt depuis trois ans.

Déjà Savage montait l'escalier, et Julia s'entendit déclarer :

— Vous pouvez disposer, Sarah. Tout va bien.

Sarah regardait avec circonspection l'homme décidé qui grimpait les marches quatre à quatre, pourtant elle disparut dans sa chambre, jugeant plus sage de battre en retraite.

Quand il arriva à sa hauteur, Julia releva le menton.

— Comment osez-vous forcer ainsi ma porte? s'indigna-t-elle en serrant davantage le peignoir sur sa poitrine.

— Pourquoi tous ces mensonges? Pourquoi ne pas m'avoir avoué la vérité lors de notre première rencontre?

— Vous avez menti autant que moi, en vous prétendant célibataire...

— Je n'ai pas l'habitude de confier mes secrets à des inconnus.

— A propos de secrets... Lady Ashton sait-elle que vous êtes marié?

— Oui.

— Je suppose qu'elle souhaite vous voir débarrassé de cette union afin de pouvoir vous épouser, dans l'intérêt du bébé.

Julia eut l'immense satisfaction de le voir se décomposer.

— Comment êtes-vous au courant?

— Lady Ashton me l'a annoncé elle-même chez la couturière. Elle a essayé de me détourner de vous, mais j'aurais dû lui dire que c'était bien inutile. Vous êtes le dernier homme sur terre avec lequel je voudrais m'engager.

— Qui préférez-vous? lança-t-il. Logan Scott?

— N'importe qui sauf vous!

— Et pourquoi? demanda-t-il, tout proche, la tête penchée vers elle. Parce que je vous fais peur? Parce que vous ne pouvez vous empêcher de désirer la même chose que moi?

Julia fit un mouvement en arrière, mais il la retint par les épaules. Elle aurait pu se dégager, mais une force indépendante de sa volonté la clouait sur place.

— J'ignore de quoi vous parlez, dit-elle d'une voix un peu hésitante.

— Faux! Vous le savez depuis le premier jour. Nous le savons tous les deux.

— Je sais surtout que je veux que vous me laissiez tranquille, dit-elle avant de pousser un petit cri quand il la serra contre sa poitrine.

Les yeux gris avaient pris la couleur de l'argent.

— Vous me mentez encore, Julia.

Elle était intensément consciente de la chaleur de ses mains, de la violence de son désir. Tous deux respiraient avec peine... Quand Julia s'était retrouvée dans les bras d'un homme, c'était toujours sur une scène, et les gestes, les mots n'étaient pas les siens, tout était calculé pour le plaisir du public. A présent, dans la vie réelle, elle ne savait absolument pas comment réagir.

Les mains de Savage caressaient doucement ses bras à travers le fin tissu du déshabillé, et il parlait contre sa joue, ses lèvres dangereusement proches de celles de Julia.

— J'aurais donné une fortune pour vous tenir ainsi, le soir où vous êtes venue souper chez moi, pour être tout contre vous, et je me suis promis que rien ne m'empêcherait de le faire un jour.

— Rien, sauf une épouse et une maîtresse enceinte, rétorqua Julia dont le cœur battait à tout rompre.

Il recula légèrement la tête, les yeux mi-clos, ses longs cils masquant l'expression de son regard.

— Je ne suis pas certain que Pauline attende un enfant. J'ignore si elle ment, j'ignore aussi ce que je ferai si elle dit la vérité... Tout ce que je sais, ajouta-t-il après une brève hésitation, c'est que vous êtes mienne.

— Je n'appartiens à personne !

Elle parvint à se dégager, tituba légèrement.

— Je vous en prie, partez, maintenant, dit-elle avec l'accent du désespoir en se tournant vers la porte de sa chambre.

— Attendez !

David la rattrapa sur le seuil et l'obligea à lui faire face.

— Julia...

Tous les beaux discours qu'il avait préparés lui restaient au fond de la gorge. Il voulait lui expliquer qu'il n'était pas ce qu'elle pensait... Comment son existence si bien organisée avait-elle pu tomber brusquement dans un tel chaos ? Il prit une longue mèche de cheveux blonds qu'il fit jouer entre ses doigts, et elle demeurait immobile, muette, saisie par la gravité de l'instant. Il l'avait rejetée, rayée de sa vie... et elle se révélait être ce qu'il désirait le plus au monde. Il glissa la main sous sa chevelure, sentit sa nuque se raidir. Elle émit un petit gémissement de protestation quand il l'attira de nouveau à lui, doucement, progressivement.

— Il ne faut pas... souffla-t-elle.

— Je m'en moque.

Rien ne comptait plus pour lui en dehors de cette chambre, ni sa vie soigneusement réglée, ni ce pour quoi il se battait depuis des années... Rien que ce corps si souple contre le sien...

Ensuite, il lui laissa l'initiative. Elle leva les mains, les enfouit dans ses cheveux, et il n'en fallut pas plus pour qu'il prenne ses lèvres. Le plaisir le traversa comme la foudre. Elle était divine ! Ses seins effleuraient le torse de David, ses hanches se collaient aux siennes, sa douce chevelure coulait sur ses mains. Il en saisit une poignée et la frotta contre sa joue.

Elle eut un sanglot étouffé.

— Je voudrais vous haïr, murmura-t-elle.

David suivit du doigt le dessin de sa mâchoire.

— Je ne suis pas un saint, Julia. J'ai menti à tout le monde, même à moi, mais ce n'est pas pire que ce que vous avez fait. Nous avons cherché à nous débrouiller tous les deux, chacun de notre côté, voilà tout.

Les larmes de Julia débordèrent, aussitôt cueillies par les lèvres de David. C'était bon de pouvoir enfin s'entretenir avec lui à cœur ouvert.

— Je ne savais pas que vous m'aviez cherchée si longtemps.

— Pourquoi ne m'avez-vous pas dit qui vous étiez, lors de ce week-end chez les Brandon ?

— Pour me protéger.

— Vous aimiez cet avantage que cela vous donnait sur moi.

— Non ! dit-elle.

Elle se trahit en s'empourprant, et David grimaça un sourire.

— Vous n'avez jamais eu l'intention de m'avouer la vérité, n'est-ce pas ?

La réponse était inscrite sur son visage. Il caressa ses reins d'un geste possessif.

— Vous ne m'échapperez pas si facilement, Julia.

Elle tenta de s'éloigner de lui, mais il la tenait fermement et cette fois son baiser fut d'une sensualité qui lui arracha un gémissement de plaisir. Elle se détourna, enfouit le visage contre son épaule. Ils couraient au désastre !

— Tout cela est inutile, chuchota-t-elle. Je ne serai jamais le genre de femme que vous voulez, et à présent vous êtes confronté à de nouvelles responsabilités...

— J'en ai toujours eu, protesta-t-il, frustré. Lors de mes aventures amoureuses, je savais que c'était sans lendemain, que je ne pouvais offrir à une femme ni mon nom ni un engagement éternel. Alors, maintenant que je vous ai trouvée, ne prétendez pas que vous n'êtes pas celle qu'il me faut.

— Que voulez-vous dire ? demanda-t-elle avec un pauvre sourire. Que vous renoncez à annuler notre mariage ? Mais que sortirait-il d'une histoire entre nous ? Je ne suis plus Julia Hargate, je suis devenue quelqu'un qui ne vous convient pas comme épouse.

— Aucune importance !

— Mais si ! Vous exigeriez que j'abandonne tout ce à quoi j'ai tant travaillé, ce dont j'ai besoin pour mon bonheur. Vous ne supporteriez pas de voir votre femme sur une scène de théâtre, embrassée par d'autres hommes.

— Bien sûr, cela m'est déjà insupportable !

Il prit de nouveau sa bouche avec hardiesse, la caressa de la langue, jusqu'à ce qu'elle se retrouve hors d'haleine, avec l'envie de s'abandonner complètement. Il dénoua les rubans de satin, et la mousseline glissa, révélant la naissance d'un sein. David l'effleura, fit naître en elle des tourbillons de sensations inconnues, presque douloureuses dans leur intensité. Elle se cambra davantage, poussant le petit bouton durci contre sa paume.

Et si elle faisait l'amour avec lui ? Après tout, elle ne devait rien à personne, elle avait bien gagné le droit d'effectuer ses propres choix, pour une fois, et particulièrement celui-là. Elle avait toujours joué des rôles, le rôle de Julia Hargate, le rôle de Jessica Wentworth, sans compter les dizaines de personnages créés sur les planches. Mais pour l'instant, dépouillée de tout faux-semblant, elle était elle-même.

— Je ne cède jamais à la tentation, dit-elle en prenant le visage de David entre ses mains tremblantes. Je ne peux pas me le permettre. Travail, discipline, indépendance... ce sont les seules valeurs sur lesquelles je puisse compter. Je ne veux pas tomber amoureuse, je ne veux appartenir à personne, et pourtant...

— Oui ? l'encouragea-t-il.

— Pourtant je ne veux pas non plus être seule.

— Si vous le souhaitez, vous ne resterez pas seule ce soir.

— Accepteriez-vous de passer juste une nuit avec moi ? Et de partir quand je vous le demanderai ?

— Je n'en sais rien, marmonna-t-il.

Elle eut un petit rire en s'apercevant que sa réponse n'avait pas d'importance, après tout. Rien d'autre ne comptait que d'être avec lui, de découvrir les secrets qu'elle s'était trop longtemps interdits.

David repoussa tout à fait le déshabillé qui tomba doucement au sol. Julia ne broncha pas, immobile, nue devant lui. Du bout des doigts, infiniment délicat, il effleura ses seins, son ventre, enfin la toison blonde où il s'attarda jusqu'à ce qu'elle le repousse en secouant la tête. Il obéit aussitôt, la reprit dans ses bras, chercha ses lèvres. Elle s'ouvrit pour lui, totalement abandonnée pour la première fois de sa vie. David la porta jusqu'au lit, la déposa doucement sur la courtepointe tandis qu'elle dénouait sa cravate.

— Julia, dit-il dans un souffle, si vous ne voulez pas aller jusqu'au bout, dites-le-moi maintenant, sinon... je ne pourrai plus me maîtriser.

Fiévreuse, elle embrassait la base de son cou.

— Je vous veux, murmura-t-elle. Je veux sentir votre peau contre la mienne.

Pour toute réponse, David se débarrassa de sa veste, de sa chemise. Comme il en arrivait au pantalon, elle repoussa ses mains pour finir de le dévêtir elle-même. Il s'obligea à demeurer immobile malgré le désir qui bouillonnait en lui tandis qu'elle défaisait patiemment les boutons. Enfin il s'assit au bord du lit pour ôter ses souliers. Le silence se fit, puis il sentit la bouche de Julia se poser sur son dos, descendre en longues arabesques de baisers le long de sa colonne vertébrale. Elle passa les bras autour de son cou, pressée contre lui. Une mèche soyeuse glissa sur son épaule. Curieuse sirène qui touchait pour la première fois un corps d'homme, elle laissait courir ses doigts sur sa peau. Elle s'arrêta un instant là où le cœur battait si fort sous sa paume, s'aventura plus bas, plus bas encore... David ferma les yeux lorsqu'elle arriva à sa virilité palpitante, et il couvrit de sa main celle de la jeune femme, la serra jusqu'aux limites du supportable.

Alors il la repoussa doucement et s'allongea sur elle. Les doigts enfouis dans ses cheveux, elle l'embrassa avec une passion débridée avant qu'il vienne taquiner de la langue les bouts de ses seins. Elle se cambrait contre lui, ignorant tout ce qui n'était pas le plaisir de leurs deux peaux. Etrangère à elle-même, elle s'abandonnait corps et âme. Et elle en voulait davantage encore, elle voulait oublier son existence même dans le tumulte de l'extase. Enfin il glissa un genou entre ses jambes, sa main vint chercher la fleur humide de son intimité. Elle ouvrit les yeux, éperdue.

— S'il vous plaît, dit-elle d'une toute petite voix, la lumière...

— Non. Je veux vous voir.

Elle ouvrit la bouche pour protester, mais déjà la tête brune descendait vers sa toison, suivant le chemin de ses doigts. Julia se tordait sous lui, sous la délicieuse torture qu'il lui infligeait, tout entière à l'immense séisme qui explosait en elle. Quand David releva enfin la tête pour venir se placer sur elle, elle soupira, ardente et docile, bien au-delà de la pudeur virginale. Elle sentit une poussée qui annonçait la douleur, et elle noua les bras autour de son torse, souhaitant qu'il la prenne avec une force primitive, sans hésiter.

Mais il s'arrêta pour la regarder, incrédule.

— Vous êtes vierge...

Julia le serra davantage contre elle, caressant ses reins, l'encourageant à poursuivre.

— Pourquoi ? parvint-il à articuler.

Elle ouvrit sur lui des yeux pleins de lumière.

— Je n'ai jamais désiré d'autre homme que vous.

David baisa sa gorge, ses paupières, ses lèvres gonflées, fou de passion. Puis il pénétra en elle d'une forte poussée, et elle ne put retenir un petit cri. Il détesta la douleur qu'il lui infligeait, et en même temps il en ressentait une merveilleuse fierté. Comme elle était étroite ! Il s'immobilisa, la couvrit encore de baisers ponctués de mots tendres, de mots de consolation et de désir. Peu à peu, Julia s'habituait à cette présence en elle et elle frémit lorsqu'il se mit à bouger lentement, envoyant des éclairs de bonheur dans tout son corps à chaque poussée. Elle n'avait plus mal, elle avait seulement envie de suivre son rythme, de le prendre plus profondément en elle. Il accéléra encore, et soudain remonta en elle l'explosion magique du plaisir. Quand il sentit les spasmes qui la secouaient, il la saisit aux hanches et, dans un feulement de gorge, il connut lui aussi l'extase, leurs deux corps devenus un seul.

Julia demeura longtemps dans un état second, lovée au creux de l'épaule de David. Il avait éteint la lumière et ils baignaient dans une bienfaisante obscurité. A la lisière du rêve, elle goûtait la joie de ce corps tiède tout contre le sien. Elle n'était plus le personnage mystérieux qui excitait la curiosité du public, ni une comédienne en train de répéter un rôle... Elle avait enfin coupé les amarres qui l'attachaient à son passé. A côté d'elle était allongé lord Savage, son époux. Si elle le lui permettait, il prendrait sa vie en charge, il la protégerait, il la couvrirait de tant de luxe et de cadeaux qu'elle ne se soucierait guère d'être enfermée dans une cage dorée... Mais jamais elle ne laisserait quelqu'un la posséder, elle avait passé trop de temps sous la coupe de son père. Elle ne se perdrait pas dans l'ombre d'un mari, comme sa mère. Elle voulait garder cette part d'elle-même qu'elle avait eu tant de mal à créer, à préserver... et cela signifiait que toute relation avec David était impossible.

6

David sortit lentement du sommeil, surpris de se trouver dans un lit étranger. L'oreiller sentait divinement bon et, encore mal réveillé, il y plongea le visage tandis que la mémoire lui revenait. Il ouvrit les yeux. Il était seul dans le lit de Julia. Cette jeune femme qui n'avait été pour lui qu'un nom, une ombre du passé, était soudain devenue incroyablement réelle... jusqu'aux traces de sang qu'elle avait laissées sur les draps blancs. Il n'avait pas envisagé une seconde la possibilité que Julia fût innocente. Jamais il n'avait connu de vierge, seulement des femmes mûres, expertes en matière de sensualité. Le sexe pour lui était une agréable distraction, un plaisir passager, pas l'expérience bouleversante de la nuit précédente. Julia était la seule femme au monde qui n'eût appartenu qu'à lui seul. Pourquoi lui avait-elle accordé ce privilège refusé aux autres ? Il n'était pas un homme à Londres qui ne la désirât. Il se répétait sans cesse cette question sans y trouver la moindre réponse logique.

Il avait de nouveau envie d'elle. Elle s'était montrée si belle, si naturelle, si confiante... Il désirait la caresser, éveiller des sensations neuves pour elle, puis la tenir dans ses bras pendant qu'elle glisserait dans le sommeil, la regarder dormir, veiller sur ses rêves. Ce besoin d'être auprès d'elle à chaque instant de sa vie lui était venu brusquement, pourtant il savait de toutes les fibres de son être que c'était pour toujours. Il ne pouvait envisager un avenir sans elle.

Repoussant les draps, David se leva et ramassa ses vêtements épars dans la chambre, puis il s'habilla, ouvrit les rideaux. Il était encore tôt, le soleil se levait à peine sur les clochers et les toits de la cité. La maison était silencieuse. Cependant la femme de chambre traversait le hall d'entrée quand elle entendit le pas de David dans l'escalier. Elle rougit violemment.

— Si vous voulez prendre un petit déjeuner, monseigneur, du thé...

— Où est ma femme ? coupa-t-il avec brusquerie.

La domestique recula, prudente, se demandant visiblement si elle avait affaire à un homme sain d'esprit.

— Mme Wentworth est au théâtre, monsieur, pour sa répétition, comme tous les matins.

David pestait que Julia ne l'eût pas réveillé avant de partir. Ils avaient tant à se dire ! Il fut tenté de la rejoindre sur-le-champ, puis il se dit qu'il était préférable qu'il règle d'abord ses affaires... entre autres ce qui concernait Pauline.

Il lança un regard noir à la servante.

— Dites à Madame de m'attendre ce soir.

— Oui, monseigneur, répondit la jeune fille qui se faisait toute petite.

La matinée avait été épouvantable, au Capital Theatre ! Julia savait qu'elle jouait mal et exaspérait Logan Scott par la mauvaise qualité de sa prestation. Elle ne se souvenait pas de son texte et ne parvenait pas à se concentrer sur le personnage qu'elle devait interpréter, empêchant par là ses camarades de lui donner correctement la réplique. Pour arranger le tout, elle était en proie à une affreuse migraine, son corps était moulu... En fait, elle ne pouvait détacher ses pensées de la nuit qu'elle venait de vivre. C'était une terrible bêtise, mais elle s'était sentie si bien avec David ! Seule et vulnérable depuis si longtemps, elle avait accepté avec bonheur ce qu'il lui offrait, le réconfort, la chaleur, le plaisir. Cependant, à la cruelle lumière du jour, elle voyait la situation sous un angle différent. Elle était complètement déconcertée. Même l'atmosphère du théâtre ne parvenait pas à la rasséréner. Peut-être David considérait-il désormais qu'il avait des droits sur elle ? Elle devait absolument lui faire comprendre que, quoi qu'il se fût passé entre eux, elle n'appartenait à personne.

— Ne commettez surtout pas l'erreur de vous croire irremplaçable ! grinça Logan tandis qu'elle attaquait une nouvelle scène avec peu de conviction. Il n'est pas trop tard pour que je donne le rôle à Arlyss, et si vous ne manifestez pas plus d'intérêt pour...

— Eh bien, donnez-le-lui ! répliqua-t-elle, le regard flamboyant. Je m'en moque !

Peu habitué à ce genre d'éclat, Logan ébouriffa sa chevelure acajou.

— Reprenons tout de zéro ! décida-t-il, les dents serrées.

Il fit un signe impératif aux autres acteurs.

— Pendant ce temps, allez donc revoir votre texte au foyer, leur dit-il. Au point où nous en sommes, vous ne vous montrez guère meilleurs que Mme Wentworth.

Charles, Arlyss et le vieux M. Kerwin obéirent en grommelant, pourtant ils étaient visiblement soulagés d'échapper à cette ambiance chargée d'électricité.

Logan se tourna vers Julia.

— Prête ?

Sans un mot, elle se dirigea côté cour, là où elle devait faire son entrée. Cette scène était celle dans laquelle les deux personnages principaux, Christine et James, tombent amoureux l'un de l'autre. Christine, qui avait toujours mené une existence protégée, était enchantée de la liberté que lui apportait son déguisement de femme de chambre, mais en même temps, elle était troublée de succomber au charme d'un simple valet de pied. Julia fit donc son entrée en essayant de donner au personnage ce mélange d'excitation et d'incertitude...

jusqu'à ce qu'elle voie la haute silhouette de James qui l'attendait. Avec un cri de joie, elle courut se jeter dans ses bras.

— Je croyais que vous ne viendriez pas ! s'exclama-t-il en la faisant tournoyer en l'air.

Puis il repoussa une boucle de son visage, comme s'il ne pouvait croire qu'elle fût bien là, dans ses bras.

— Je ne le voulais pas, répondit-elle, un peu hors d'haleine, mais je n'ai pu résister.

Impulsivement, James se pencha pour l'embrasser, et elle ferma les yeux, sachant à quoi s'attendre. Elle avait été embrassée sur scène un nombre incalculable de fois, par Logan, par Charles, même par M. Kerwin lorsqu'il interprétait le rôle d'un vieux roi marié à une jeune femme. Bien qu'il fût fort bel homme, les baisers de Logan n'avaient jamais troublé Julia, tous deux étant trop professionnels. Elle sentit ses lèvres sur les siennes… et les souvenirs de la nuit lui revinrent, éblouissants. La chaleur de la bouche de David, ses bras autour d'elle, la passion qui les avait emportés… Elle s'arracha à Logan avec un gémissement et le fixa d'un air un peu égaré, la main sur ses lèvres tremblantes. Logan se dépouilla aussitôt de son personnage pour redevenir lui-même, avec toutefois une expression déconcertée.

— Bon sang, qu'est-ce qui ne va pas ? demanda-t-il, une note de colère dans la voix.

Julia se détourna, nerveuse.

— N'ai-je pas le droit d'avoir un mauvais jour, comme les autres ? Vous n'êtes jamais aussi dur envers eux quand ils ont des difficultés avec un passage.

— Parce que j'en attends plus de vous.

— Peut-être avez-vous tort ! répliqua-t-elle, acide.

— De toute évidence.

Elle prit une longue inspiration avant de lui faire face de nouveau.

— Voulez-vous que nous recommencions la scène ?

— Non, répondit-il avec amertume. Vous m'avez fait perdre assez de temps pour aujourd'hui. Prenez votre après-midi, je travaillerai avec vos camarades. Et je vous préviens, si vous n'êtes pas en pleine forme demain matin, je confie le rôle à Arlyss. Cette pièce est extrêmement importante pour moi, je ne laisserai personne la gâcher.

Julia baissa les yeux, honteuse.

— Je promets de ne plus vous décevoir.

— Vous avez intérêt !

— Voulez-vous que je demande aux autres de venir vous rejoindre ?

Il acquiesça et la congédia d'un geste, le visage fermé. Julia sortit par la coulisse en soupirant, les tempes douloureuses.

— Madame Wentworth ?

Julia s'arrêta. Elle était interpellée par Michael Fiske, ce merveilleux artiste qui créait tous les décors de leurs pièces. Sa renommée était internationale et bien des théâtres avaient tenté d'acheter sa collaboration. Seul Logan s'était montré suffisamment généreux pour s'attacher ses services en exclusivité. Avec son habituelle assurance, Fiske clamait partout qu'il valait bien cet effort, ce dont tout le monde au Capital Theatre était intimement persuadé. Pourtant, ce jour-là, Fiske n'avait pas son air conquérant, il semblait même un peu hésitant et se tenait dans l'ombre, un petit paquet sous le bras.

— Madame Wentworth, répéta-t-il comme Julia s'approchait de lui.

— Oui, monsieur Fiske ? dit-elle, un peu inquiète. Vous avez un problème ?

Il haussa les épaules en serrant davantage le paquet contre lui.

— Pas vraiment. Je voulais seulement vous demander... si cela ne vous dérange pas...

Il poussa un énorme soupir, son beau visage tourmenté par le doute.

— Je n'aurais jamais dû vous ennuyer avec ça. Je vous en prie, madame Wentworth, oubliez...

— Allons, dites-moi, insista-t-elle avec un sourire d'encouragement. Ce n'est tout de même pas si dramatique !

Avec un air de résignation tragique, il lui tendit enfin le paquet.

— S'il vous plaît, remettez ceci à miss Barry, lança-t-il.

Elle lui prit l'objet des mains.

— Un cadeau pour Arlyss ? Mais pourquoi ne pas le lui donner vous-même ?

Le jeune homme rougit.

— Tout le monde sait que vous êtes sa meilleure amie. Elle vous aime beaucoup, elle a confiance en vous. Si vous acceptiez de vous en charger et d'ajouter quelques mots en ma faveur...

Julia comprit soudain.

— Vous vous intéressez à Arlyss, monsieur Fiske ? demanda-t-elle gentiment.

Il acquiesça d'un hochement de tête bourru.

— Eh bien, ce n'est pas étonnant, elle est charmante, n'est-ce pas ?

— Elle est mille fois mieux que ça ! s'enflamma-t-il. Tellement divine que je n'arrive pas à lui adresser la parole. Dès que je la vois, j'ai les genoux en caoutchouc, je n'arrive plus à respirer ! Et elle, c'est à peine si elle sait que j'existe !

Julia en était tout émue.

— La connaissant comme je la connais, je suis certaine qu'elle préférerait que vous lui parliez vous-même...

— Impossible ! C'est trop important. J'ai envisagé de lui avouer mes sentiments mais... je crains qu'elle ne se moque de moi ou qu'elle ne me prenne en pitié.

— Ce n'est pas son genre, je vous assure ! Arlyss a bien de la chance qu'un homme de votre qualité soit amoureux d'elle.

Il croisait et décroisait les bras avec nervosité.

— Je ne suis pas un gentilhomme, dit-il avec un air farouche. Je suis sûr qu'elle ne voudra pas de moi.

— Vous êtes un honnête homme et un peintre au talent exceptionnel, le rassura Julia.

Pourtant, à part elle, elle craignait qu'il n'eût raison. Arlyss était facilement éblouie par les promesses et les cadeaux. Ces dernières années, elle était passée entre les bras d'une kyrielle d'hommes blasés qui l'utilisaient pour leur plaisir et l'abandonnaient ensuite sans le moindre scrupule. Et puis elle était désespérément entichée de Logan Scott qui n'avait certainement jamais envisagé une liaison avec elle. Arlyss ne s'en cachait pas, les hommes puissants, célèbres l'attiraient. Si seulement elle pouvait tomber amoureuse d'un artiste comme Fiske, sans doute moins riche que tous les hommes d'affaires qu'elle fréquentait, mais qui l'aimerait, la respecterait !

— Je le lui donnerai, décida Julia, et je lui parlerai de vous, monsieur Fiske.

Il semblait à la fois soulagé et déprimé.

— Merci... Bien que ce soit sans espoir.

— Pas forcément ! Je verrai ce que je peux faire.

— Dieu vous bénisse, madame Wentworth, marmonna le jeune homme avant de s'éloigner, les poings dans les poches.

Au foyer, les autres comédiens procédaient à leur propre répétition. Julia leur adressa un sourire un peu penaud.

— M. Scott vous réclame sur scène, dit-elle. Je crois que je l'ai mis de mauvaise humeur. Je vous en demande pardon à tous !

— Inutile de vous excuser, déclara M. Kerwin, jovial. Tout le monde a ses faiblesses de temps en temps, même une aussi bonne actrice que vous, ma chère.

Comme ils sortaient de la pièce, Julia retint Arlyss.

— Juste une minute... J'ai un cadeau pour toi.

— Pour moi ? Ce n'est pas mon anniversaire, pourtant.

— C'est de la part d'un admirateur.

— Vraiment ?

Ravie et flattée, Arlyss tapota machinalement ses cheveux.

— Et de qui s'agit-il, Jessica ?

Julia lui tendit le paquet.

— Ouvre, et voyons si tu es capable de deviner.

Arlyss déchira le papier d'emballage avec une joie enfantine, et les deux jeunes femmes découvrirent avec ravissement un petit portrait d'Arlyss costumée en muse, avec un teint lumineux, les joues roses, un délicieux sourire aux lèvres. L'interprétation était un peu idéalisée, le visage plus mince, les yeux plus grands... mais c'était indubitablement Arlyss, représentée avec un talent remarquable.

— Ravissant ! murmura Julia en se disant que Fiske avait de l'avenir en dehors des décors de théâtre.

Arlyss était enchantée.

— C'est trop joli pour être moi ! Enfin presque...

Julia effleura le cadre de bois doré.

— Il est clair que celui qui l'a peint est amoureux de toi.

Arlyss secoua la tête, perplexe.

— Mais qui est-ce ?

— Ecoute... Quel peintre connaissons-nous ?

— Personne, sauf... Oh, non ! s'écria la jeune femme dans un éclat de rire. Ne me dis pas qu'il s'agit de Michael Fiske ? Ce n'est pas du tout le genre d'homme auquel je m'intéresse, tu le sais bien !

— En effet. Il est sérieux, travailleur, respectueux... A l'opposé des débauchés dont tu déplores l'attitude depuis si longtemps.

— Au moins, ils ont les moyens de m'entretenir.

— Dans quelle mesure ? objecta doucement Julia. Quelques cadeaux, une ou deux nuits de passion, puis ils disparaissent.

— C'est seulement que je n'ai pas encore trouvé le bon.

— Peut-être que si, justement.

— Mais Jessica, un simple décorateur...

— Sois gentille avec lui, Arlyss, insista Julia. Je crois qu'il t'aime vraiment.

La jeune comédienne fronça les sourcils, gênée.

— Je le remercierai pour son cadeau.

— Oui, parle-lui. Tu risques de t'apercevoir qu'il te plaît, finalement. A en juger par son talent, c'est un homme de qualité... et il est plutôt joli garçon.

— Sans doute...

Arlyss jeta un dernier coup d'œil au portrait avant de le rendre à Julia.

— Je ne dois pas faire attendre M. Scott. Tu veux bien avoir la gentillesse de le déposer dans ma loge ?

— Bien sûr.

Tandis qu'Arlyss s'éloignait, Julia croisa les doigts, tout en se moquant d'elle-même. Elle se voulait froide, voire cynique, pourtant elle restait incurablement romantique. Elle souhaita sincèrement qu'Arlyss trouve l'amour auprès de quelqu'un qui l'apprécierait à sa juste valeur, malgré ses erreurs passées. Un peu amère, Julia se dit qu'elle se sentirait mieux si elle savait son amie heureuse, quels que fussent ses propres déboires.

Pauline leva les yeux de la montagne de paquets qui l'environnaient dans sa chambre mauve et or. Elle était ravissante, ainsi entourée de rubans et de tissus, sa chevelure brune tombant en désordre sur ses épaules nues. Elle eut un sourire engageant quand David entra dans la pièce.

— Vous arrivez au bon moment pour admirer mes nouvelles acquisitions, déclara-t-elle. J'ai fait des courses ce matin et, vous verrez, tout est ravissant.

Elle se dressa pour montrer une sorte de résille d'or.

— Regardez, chéri... Normalement cela se porte sur une robe, mais, en privé, je pourrai le mettre sans rien dessous, comme ça...

Gracieuse, elle passa le vêtement au tissage arachnéen, faisant glisser en même temps sa robe au sol. Le filet doré rehaussait encore la beauté épanouie de sa silhouette, ne cachant rien de son pubis ni des pointes sombres de ses seins. Le désir au fond des yeux, elle s'approcha, langoureuse, s'humectant les lèvres.

— Fais-moi l'amour, murmura-t-elle. Il y a une éternité que tu ne m'as pas touchée.

David la fixait, le regard vide. Comment pouvait-il rester de marbre devant une femme qu'il avait naguère jugée si excitante ?

— Je ne suis pas venu pour ça, répondit-il, les bras le long du corps bien qu'elle se frottât à lui comme une chatte. Je veux vous parler.

— Oui… Après.

Elle prit sa main pour la poser sur ses seins.

David se dégagea.

— Dites-moi le nom de votre médecin, celui qui a confirmé votre état.

Pauline, abandonnant sa séance de séduction, fut aussitôt sur la défensive.

— Pourquoi ?

— Comment s'appelle-t-il ? insista David, avec un ton autoritaire.

Pauline alla vers le lit, s'allongea sur la courtepointe de brocart.

— Dr Chambers. C'est un très vieux praticien qui soigne ma famille depuis des années.

— Je tiens à le rencontrer.

— C'est très gentil à vous, chéri, mais il n'est pas indispensable…

— Prendrez-vous un rendez-vous pour moi, ou dois-je m'en occuper moi-même ?

Pauline rougit, mais David n'aurait su dire s'il s'agissait d'une réaction de colère ou de culpabilité.

— Quel ton accusateur ! Vous croyez que je mens, au sujet du bébé ?

— Il me semble que cette grossesse « accidentelle » arrange bien vos affaires, rétorqua-t-il sèchement. Et je considère qu'il est temps de cesser de jouer.

— Je n'ai jamais joué avec vous.

— Vous êtes sûre ? coupa-t-il, ironique.

Abandonnant toute langueur, Pauline se redressa, furieuse.

— Je refuse de discuter avec vous quand vous êtes dans cet état d'esprit !

Il lui jeta un regard glacial.

— Organisez-moi une entrevue avec le Dr Chambers.

— On ne lui donne pas d'ordres comme à un domestique... A moi non plus, d'ailleurs.

— Je pense avoir payé assez cher ce privilège.

Avec un grognement exaspéré, Pauline lui jeta un coussin qui atterrit à ses pieds.

— Inutile de prendre ces airs supérieurs ! Ce n'est pas ma faute si vous m'avez fait un bébé, ni si vous êtes affublé d'une femme évanescente. Avez-vous progressé, sur ce plan ?

— Cela ne vous regarde pas.

— J'ai tout de même le droit de savoir si mon enfant naîtra bâtard ou non !

— J'ai dit que je m'occuperais de vous deux, et je respecterai ma parole.

— Cela veut-il dire que vous ne m'épouserez pas ?

— J'ai été pris au piège d'un mariage de convenance par mon père, je ne laisserai personne, ni vous ni une autre, me piéger une nouvelle fois.

— Ainsi vous vous vengez de ce qu'on vous a fait jadis ? s'indigna Pauline d'une voix suraiguë. Mais pensez-vous un instant à ce que l'on m'a fait, à moi ? Vous m'avez séduite, mise enceinte, et maintenant vous envisagez de m'abandonner...

— Vous ne sortiez pas du couvent, ma chère.

David eut un sourire sardonique en se rappelant avec quelle ardeur Pauline l'avait poursuivi de ses assiduités jusqu'à ce qu'elle arrive à ses fins. Et elle avait le toupet de prétendre qu'elle avait été séduite !

— Vous êtes une riche veuve, reprit-il, et vos nombreuses liaisons datent de bien avant la mort de votre vieux mari. Je n'étais pas votre premier amant, je ne serai sûrement pas le dernier !

— Vous êtes écœurant ! cria-t-elle, ses jolis traits déformés par la rage. Sortez ! Sortez immédiatement de chez moi ! Dans l'intérêt du bébé, je dois éviter de me mettre en colère.

David s'inclina en un salut ironique et obtempéra, soulagé de quitter la chambre au parfum capiteux. Comment avait-il pu un jour s'enticher de cette femme ?

C'était presque l'heure de son rendez-vous avec deux de ses régisseurs, aussi David demanda-t-il à son cocher de le conduire directement chez lui. Il mettait toujours un point d'honneur à être ponctuel — qualité que n'avait jamais possédée son père. Dans la voiture, il tenta de se concentrer sur l'entrevue à venir, pourtant il ne cessait de penser à Pauline. Son instinct lui disait que le « bébé » était une invention pure et simple… Pourtant il fallait bien envisager aussi la possibilité qu'elle dise la vérité. Il en était bouleversé. Bien des hommes acceptaient comme une banalité les grossesses de leurs maîtresses, ils en plaisantaient même volontiers, mais lui, ce n'était pas un sujet qu'il acceptait de traiter à la légère. Il se passa une main lasse sur les yeux.

— Il n'y a pas d'enfant, marmonna-t-il. Elle ment… il faut que ce soit un mensonge.

Il était à peine arrivé chez lui que son majordome lui annonça la présence des régisseurs dans la bibliothèque.

— Bon. Faites-nous porter du thé et des sandwiches. L'entretien risque de se prolonger.

— Bien, monseigneur, mais...

Le domestique lui tendait un plateau d'argent sur lequel reposait une lettre cachetée.

— Il vaudrait peut-être mieux que vous lisiez ceci d'abord. On vient de l'apporter, et cela semblait urgent.

David brisa le sceau et reconnut l'écriture un peu désordonnée de son frère.

David,

Je suis dans de beaux draps, cette fois. Un duel pour demain matin! Je tiens à ce que tu sois mon témoin et que tu me donnes des conseils. Je t'en prie, viens tout de suite dans le Warwickshire pour aider ton malheureux frère.

William.

David fut soudain rongé d'inquiétude. William avait le chic pour se fourrer dans de sombres affaires, mais jamais il n'en était arrivé à ce point.

— Mon Dieu, Will, qu'est-ce que tu as encore fabriqué? grommela-t-il. Bon sang, mon frère doit être la seule personne en Angleterre qui ignore que le duel est tout à fait démodé!

Il vit une lueur de sympathie dans le regard habituellement impassible du majordome.

— William a recommencé, expliqua David. Cette fois, il a été provoqué en duel!

Le domestique ne manifesta aucune surprise. Toute la maisonnée était habituée aux extravagances du cadet des Savage.

— Puis-je vous aider en quoi que ce soit, monseigneur?

— Oui. Allez dire aux régisseurs que l'on m'a

appelé pour une affaire importante, et fixez-leur rendez-vous pour lundi prochain. En attendant, je vais écrire une lettre qu'il faudra porter à Mme Jessica Wentworth, Somerset Street. Je tiens à ce qu'elle la reçoive au plus vite.

Une fraîche brise de septembre balayait le petit jardin à l'arrière de la maison. Julia repoussa ses cheveux sur une épaule et, noyée dans le parfum de romarin, de menthe sauvage, elle s'assit sur un banc pour lire le message qu'elle avait à la main.

Chère Julia,

Hélas, je ne pourrai vous voir ce soir comme je l'espérais. Je dois partir immédiatement pour le Warwickshire afin de m'occuper d'un problème urgent concernant mon frère, lord William. Je vous rendrai visite dès mon retour.

Bien à vous,

David.

Comme une arrière-pensée, il avait ajouté au bas de la page :

Je ne regrette rien de ce qui s'est passé entre nous, et j'espère qu'il en est de même pour vous.

Troublée, Julia relut la missive. Les quelques mots la mettaient mal à l'aise. Certes, ils se voulaient rassurants, pourtant elle ne savait plus s'ils lui causaient du soulagement ou de l'inquiétude. Elle commença à froisser la lettre, puis elle la lissa et la serra bien fort contre son cœur.

Elle n'avait jamais rencontré son beau-frère, lord William Savage. Le jeune homme avait-il réellement des ennuis, ou n'était-ce qu'un prétexte que David avait inventé pour ne pas venir la voir ? Quoi qu'il en dise, peut-être regrettait-il d'avoir passé la nuit avec elle, peut-être sa dernière phrase n'était-elle qu'une formule de politesse. Pleine de honte et d'incertitude, Julia se demanda si elle avait fait quelque chose qui lui eût déplu, si elle s'était montrée moins passionnée, moins excitante que lady Ashton... Elle ne connaissait rien aux hommes, et il avait pu trouver cette expérience décevante ou, pire, amusante ! David s'attendait certainement à passer la nuit avec une vraie femme, pas avec une vierge maladroite.

Julia fit la grimace. Elle ne devait pas oublier qu'elle voulait une annulation, qu'elle n'abandonnerait jamais sa carrière ni son indépendance au profit d'un compagnon autoritaire. Alors tant mieux si elle lui avait déplu... ainsi il n'hésiterait pas à mettre un terme à leur mariage !

L'imposant château dressé dans le paysage verdoyant ne trahissait pas du tout l'agitation qui régnait à l'intérieur de ses murs couleur de miel. Le soleil couchant jetait des ombres longues sur les pelouses et allumait des incendies dans les fenêtres en pointes de diamant. David avait passé là le plus clair de son existence, renonçant aux plaisirs de la capitale pour être auprès de sa mère durant ses dernières années. Elle avait connu une agonie longue et douloureuse, et il l'avait accompagnée jusqu'à son dernier souffle. Il se rappelait encore les innombrables fois où, quand il s'interrompait pendant la lecture à haute voix, il se trouvait confronté au regard anxieux de sa mère.

— Il faudra que tu veilles sur ton frère et sur ton

père, disait-elle. Ils auront besoin de tes conseils, de ta protection. Tu es leur seul rempart contre la ruine totale.

Depuis cinq ans qu'elle était décédée, il s'était efforcé de tenir sa promesse, même si cela n'avait pas toujours été facile.

David traversa le hall jusqu'au grand salon où il trouva son frère avachi dans un canapé, un verre de cognac à la main. A en juger par ses yeux injectés de sang et son allure négligée, William avait dû passer la plus grande partie de la journée à se lamenter sur son sort en compagnie d'une bouteille d'alcool.

— Ah ! que je suis content de te voir ! dit-il en tentant de se redresser. J'ai eu peur que tu ne restes à Londres, m'abandonnant à mon triste destin.

David eut une grimace attendrie.

— Pas question, avec tout ce que j'ai investi sur toi !

William se poussa pour lui faire une place près de lui et il eut un soupir à fendre l'âme.

— Je ne me suis jamais battu en duel, et je n'ai guère envie de commencer.

— Il vaudrait mieux l'éviter, dit David. Quelle a été la réaction de père ?

— Il n'est pas au courant. Dans l'état où il est, cette nouvelle l'achèverait.

David secoua la tête.

— Je ne suis pas de ton avis. Père a toutes ses facultés, et il aimerait sûrement mieux connaître la vérité que de voir tout le monde chuchoter et conspirer autour de lui.

— Alors, dis-la-lui toi-même. Moi, je n'ai pas le courage d'imposer un tel fardeau à un mourant.

Levant les yeux au ciel, David vint prendre le verre des mains de son frère.

— Cesse de boire ! T'enivrer n'avancera à rien.

Il chercha du regard un guéridon pour poser le verre puis, n'en trouvant pas à proximité, il avala lui-même la dernière gorgée.

— C'était à moi ! protesta William d'une voix pâteuse.

— J'avais besoin de me remettre du voyage. Maintenant, si tu me racontais comment tu t'es mis dans ce pétrin ? J'avais mieux à faire ce soir que de venir te tirer de ce mauvais pas, figure-toi.

— Je ne sais pas exactement comment ça s'est produit, répondit William en passant la main dans ses cheveux déjà passablement ébouriffés. Pour presque rien... Hier soir, je suis allé à une soirée donnée par les Wyvill, une petite fête de province. J'ai valsé avec Sybil, puis nous nous sommes échappés dans le jardin... Je ne me rappelle plus grand-chose ensuite, sinon que son frère George m'a provoqué en duel.

Il n'était pas très difficile de lire entre les lignes. Les Wyvill, une vieille famille titrée de la région, étaient réputés pour leur tempérament vif. D'après David, la jeune Sybil ne devait pas avoir plus de seize ou dix-sept ans, et toute atteinte à sa virginité était sûrement considérée comme un affront mortel à l'honneur de la famille.

— Qu'as-tu fait exactement, Will ? demanda David, sévère.

— Je l'ai embrassée, c'est tout ! Pas de quoi risquer ma peau, je t'assure ! George et moi, on ne s'est jamais bien entendus, et je suis certain qu'il nous a épiés juste pour avoir une bonne raison de me tomber dessus. Ce type est un...

— Nous passerons aux injures plus tard, coupa David. La seule solution est de rencontrer le vieux lord Wyvill. Il dirige sa maisonnée d'une main de fer, et c'est le seul qui puisse mettre un terme à cette affaire, s'il le décide.

Les yeux bleus de William s'illuminèrent d'espoir.

— Tu vas aller le voir, David ? S'il décide que George doit renoncer à ce duel...

— D'abord, je veux toute la vérité. Tu es certain qu'il s'agissait seulement de quelques baisers ?

William détourna le regard.

— Pratiquement.

— Bon sang, Will, avec toutes les catins qui traînent entre ici et Londres, il a fallu que tu choisisses d'importuner une jeune fille de la bonne société !

— Je ne l'ai pas importunée ! Elle me faisait les yeux doux, elle m'invitait à l'embrasser, et quand je l'ai fait, je te promets qu'elle a participé ! C'est alors que George a jailli des buissons comme un diable de sa boîte !

— Et Sybil, pour s'éviter les foudres de sa famille, a joué les parfaites innocentes, elle a déclaré que tu l'avais attirée dans le jardin pour la séduire contre son gré...

William acquiesça avec vigueur.

— Exactement ! Et ne me regarde pas comme si tu n'avais jamais été tenté par une jolie petite vierge. Bon sang, tu as sûrement fait la même chose à mon âge !

— Quand j'avais ton âge, je me tuais à essayer d'empêcher les miens de sombrer sous une montagne de dettes, alors je n'avais guère de temps pour les Sybil Wyvill.

— Je ne suis pas un saint comme certains, se défendit William, mais j'en connais de pires que moi.

— Voilà une belle devise pour les Savage, grinça David.

Après s'être changé, David se rendit au domaine des Wyvill, situé à quelques kilomètres du château. En dépit de leur importante fortune, ils vivaient dans un manoir campagnard perdu au milieu des bouleaux et des massifs de rhododendrons.

Très calme, David demanda au majordome de transmettre ses respects à lord Wyvill et de solliciter de sa part un entretien de quelques minutes. Le domestique revint peu après pour le conduire à la bibliothèque. Lord Wyvill, à peine plus âgé que le père de David, était assis dans un vaste fauteuil de cuir devant la cheminée, ses pieds offerts à la chaleur des flammes. David l'avait rencontré à plusieurs reprises, et il le connaissait comme un homme ambitieux, content de lui, extrêmement fier de sa progéniture. Sybil étant son unique fille, il ne faisait pas mystère de vouloir la marier à un duc ou à un comte dont la fortune serait en rapport avec les quartiers de noblesse. William n'était sûrement pas un gendre envisageable, pour lui tout au moins.

Wyvill, d'un geste de sa main replète, indiqua un siège à David.

— Alors, Savage, dit-il d'une voix grave qui ne convenait pas du tout à sa petite taille, je vois que votre frère — cette insolente canaille — vous a envoyé en ambassadeur. Eh bien, cette fois, vous ne pourrez le sauver. Il s'est comporté de manière lamentable, il devra en rendre raison.

— Je vous comprends, monsieur, répliqua gravement David. Il semblerait que William soit allé trop loin, en effet. Toutefois, dans l'intérêt de votre fille et de votre fils, je suis venu vous prier d'empêcher ce duel.

— Et pourquoi le ferais-je ? demanda Wyvill, les

lèvres pincées de colère. Ma précieuse petite Sybil, cette innocente enfant, a été salie, sa réputation est souillée à jamais...

— Par un simple baiser ? l'interrompit David. N'est-ce pas un peu excessif ? Une ravissante jeune fille, un jardin au clair de lune... on peut comprendre que William ait perdu la tête.

— Il n'avait aucune raison de se trouver avec elle dans le parc, c'était une insulte en soi, ni plus ni moins !

— Je sais. Je vous donne ma parole que William réparera de la façon que vous choisirez, si vous persuadez George de renoncer à sa vengeance. Nous devrions arriver à un arrangement. Je suis certain que vous ne tenez pas à ce que le sang coule entre nos deux familles. En outre, si ce duel a lieu, la réputation de Sybil en souffrira. Ce qui n'est qu'un petit incident aujourd'hui risque de devenir un véritable scandale. Vous savez comme moi que les rumeurs ont la vie dure, et celle-ci la suivra partout où elle ira.

David observait le vieil homme et il constata avec satisfaction qu'il venait de marquer un point. Si Sybil devenait le centre d'une affaire de ce genre, il serait beaucoup plus difficile de la marier selon les espérances de son père.

— A quelle sorte d'arrangement pensez-vous ? demanda Wyvill, d'un air soupçonneux.

David hésita un instant.

— Cela dépend de ce que vous souhaitez. Le problème serait-il résolu si William demandait la main de Sybil ?

David ne prenait guère de risques car Wyvill visait beaucoup plus haut pour sa fille chérie.

— Non. Votre frère n'a ni les ressources ni les qualités que je recherche pour un gendre.

Il réfléchit un long moment, puis le visage du vieil homme s'éclaira :

— Toutefois... J'ai une alternative à vous suggérer...

— Oui ? interrogea David.

— En ce qui me concerne, l'honneur serait sauf si *vous* épousiez Sybil.

David ouvrit de grands yeux, et il dut toussoter plusieurs fois avant de répondre, d'une voix un peu enrouée :

— Vous m'en voyez flatté, monsieur.

— Bon ! Je vais appeler ma fille et vous pourrez formuler votre demande sur-le-champ.

— Je... j'ai quelque chose à vous avouer, lord Wyvill.

Brusquement frappé par l'ironie de la situation, David sentit lui monter aux lèvres un rire nerveux qu'il parvint à réprimer *in extremis*.

— Sybil est charmante, je n'en doute pas, et en d'autres circonstances...

— Oui ? aboya Wyvill.

— Je ne peux pas épouser votre fille.

— Pourquoi ?

— Je suis déjà marié.

Le silence qui suivit fut brisé seulement par le crépitement du feu. Les deux hommes fixaient les flammes, tandis que Wyvill tentait d'assimiler cette surprenante information.

— C'est la première fois que j'en entends parler, dit-il enfin, soupçonneux.

— Le secret a été bien gardé.

— De qui s'agit-il ?

— La fille de lord Hargate. Julia.

— Hargate ? répéta Wyvill, les sourcils en points d'interrogation. Je croyais qu'elle avait été envoyée en pension sur le continent ou dans un couvent.

Que s'est-il réellement passé ? Vous l'avez enfermée dans votre donjon ?

— Pas exactement.

— Alors pourquoi…

— Je suis navré, je ne puis vous répondre, monsieur.

Malgré sa déception, Wyvill s'efforça d'accepter cette fin de non-recevoir de bonne grâce.

— Dommage. Vous auriez été heureux avec ma Sybil.

David parvint à prendre l'air désolé de circonstance.

— J'en suis certain, lord Wyvill. Mais en ce qui concerne William…

L'autre homme eut un petit geste méprisant.

— Je vais dire à George qu'il n'est plus question de duel. Mettons simplement que vous me devez une faveur, qui sera déterminée plus tard.

David eut un imperceptible soupir de soulagement.

— Merci beaucoup, monsieur. Pour l'instant, je ramène William à Londres, afin de mettre fin aux tensions.

— C'est une sage décision.

Ils échangèrent des adieux cordiaux, et David quitta enfin la bibliothèque avec le sens du devoir accompli. Comme il franchissait le seuil, il entendit lord Wyvill grommeler dans sa barbe :

— Hargate… Une fille Hargate ne peut se comparer à Sybil !

Après avoir annoncé la bonne nouvelle à William, David fut tenté de monter tout droit se coucher. La journée avait été longue, et il avait besoin de calme pour réfléchir. Cependant il lui restait un problème à régler. Redressant les épaules, il se dirigea vers les appartements de son père. Il espérait vaguement trouver le duc endormi, mais il vit de la lumière sous la porte de la chambre, tandis qu'il entendait une femme qui lisait à voix haute.

Il frappa doucement avant de pénétrer dans la pièce. Bien que son père, Frederick, eût souffert d'une hémorragie cérébrale qui l'avait laissé partiellement paralysé, il avait gardé une certaine vigueur. Il avait l'allure d'un homme qui a su jouir de tous les plaisirs qu'offre la vie. Il ne regrettait rien, au contraire, il adorait raconter ses débauches passées aux nombreux amis qui venaient souvent lui rendre visite et évoquer leur folle jeunesse avec lui.

Appuyé à de moelleux oreillers, une tasse de lait chaud à la main, le duc semblait parfaitement heureux. Difficile de dire s'il appréciait davantage la lecture ou le charme de la jeune infirmière assise à son chevet... Celle-ci s'interrompit, et le duc leva la tête.

— Je t'attendais, dit-il avec une voix monocorde au débit ralenti. Pourquoi n'es-tu pas venu plus tôt ?

— Il fallait que je m'occupe d'une affaire, expliqua David d'un air sombre. Une affaire dans laquelle William est impliqué.

— Encore ?

Le duc se repaissait des escapades de son cadet, sentant que William et lui avaient beaucoup de points communs.

— Raconte !

Il fit signe à l'infirmière de laisser sa chaise à David.

— Vous semblez en bonne forme, dit David après le départ de la jeune femme.

— Oui, je vais bien.

Frederick sortit de derrière ses oreillers un flacon de cognac dont il versa une dose généreuse dans son lait.

— Vous ne changerez jamais, dit David, un peu réprobateur, en refusant de la tête quand son père lui tendit la flasque.

Le duc sembla un instant déçu, puis il haussa les épaules, résigné.

— Toi non plus.

Il avala une grande gorgée d'alcool, fit claquer sa langue avant de reprendre :

— Alors... William ?

D'une façon aussi neutre que possible, David lui raconta les événements des deux derniers jours, et, comme prévu, le duc trouva l'aventure savoureuse.

— Quelle fripouille ! dit-il en riant. William a la moralité d'un chat de gouttière.

— Cela vous surprend-il, après l'exemple que vous lui avez donné durant toutes ces années ?

— Ah, nous y voilà ! soupira Frederick. Tu ne veux pas cesser de me rebattre les oreilles, avec ça ?

David avait toujours été furieux que son père rejette tout remords, toute responsabilité de ses actes.

— Je crains que William ne marche sur vos traces, marmonna-t-il. Il semble porté comme vous vers le jeu et les filles.

— Et alors ? Que risque-t-il de lui arriver ?

— D'être tué en duel ou bien de se retrouver endetté jusqu'au cou.

Son père restait superbement indifférent.

— A ta place, je ne m'inquiéterais pas pour l'argent. On finit toujours par en trouver, d'une manière ou d'une autre.

— J'en sais quelque chose ! rétorqua David, sarcastique. Vous en avez trouvé facilement, il y a dix-huit ans, en effet. Vous nous avez amenés au bord de la ruine, offrant ainsi à lord Hargate la possibilité d'entrer dans la famille. Il suffisait pour cela de marier votre fils de sept ans à une petite fille à peine sortie des langes.

Frederick soupira en posant sa tasse sur la table de chevet.

— Tu peux tout me reprocher, y compris les mauvais coups dans lesquels se jette William et tes propres insatisfactions, car je n'ai pas été un père idéal. Mais j'ai fait ce qui me semblait bon. Pourquoi passes-tu ton temps à ressasser le passé, au lieu de penser à l'avenir ?

— Parce que durant des années j'ai dû réparer vos erreurs, et à présent il semble que je sois obligé d'en faire autant avec William... Or, je suis lassé de vos frasques à tous deux, croyez-moi !

— Je pense au contraire que tu aimes bien ça, d'une certaine manière, rétorqua le duc. Cela te donne un sentiment de supériorité. Tu te rengorges d'être capable de mener ta vie avec une rigueur que ni William ni moi n'atteindrons jamais.

Il étouffa un bâillement.

— Dieu préserve cette malheureuse Julia, quand tu l'auras retrouvée. J'ai bien peur qu'aucune épouse ne soit assez collet monté pour toi, même s'il s'agit d'une Hargate.

David ouvrit la bouche pour argumenter, puis il y renonça. La voix de Julia résonnait à ses oreilles. « Que pourrait-il sortir d'une histoire entre nous ?... Je suis devenue quelqu'un qui ne vous convient pas comme épouse... Vous exigeriez que j'abandonne tout ce à quoi j'ai tant travaillé, ce dont j'ai besoin pour mon bonheur... »

Le duc perçut l'expression troublée de son fils, et il sourit.

— Tu sais que j'ai raison, n'est-ce pas ? Tu aurais peut-être besoin de prendre modèle sur William. Un homme doit avoir quelques faiblesses... sinon il devient vite affreusement ennuyeux !

Voyant son père un peu las, David se leva, exaspéré. Les rares fois où le duc avait pris la peine de lui donner des conseils, ce n'étaient jamais les bons.

— Je viendrai vous dire au revoir demain matin avant de partir, dit-il.

— Envoie-moi l'infirmière, dit le duc qui s'interrompit un instant avant de poursuivre : Vois-tu, tu me rappelles lord Hargate dans sa jeunesse. Il était toujours parfaitement maître de lui et résolument déterminé à ce que tout le monde se conforme à ses propres notions du bien.

David fut révolté à l'idée que l'on pût faire un parallèle entre lui et le père de Julia, pourtant il ne put s'empêcher de se demander s'il n'y avait pas une part de vérité. Julia y avait-elle pensé ? Etait-il tellement dominateur qu'elle craignait qu'il ne fît de sa vie une répétition de son enfance ? Brusquement, il fut impatient de rentrer à Londres pour la persuader qu'il respecterait la carrière qu'elle s'était choisie... Mais était-ce vrai ? Il ne pouvait affirmer qu'il approuvait son choix pour le monde du théâtre dans lequel elle vivait, ni son désir d'indépendance. Peut-être, après tout, la solution était-elle de lui rendre sa liberté... Mais il avait la conviction maintenant qu'il n'en était plus capable.

7

La première de la pièce *Une ravissante tricheuse* avait attiré un public considérable. Les personnes les plus aisées avaient envoyé leurs domestiques afin qu'ils réservent des places plusieurs heures avant le début de la représentation. La salle était comble et, au poulailler, les gens en venaient même aux mains pour obtenir un strapontin.

De leur loge privée, William et David observaient l'agitation qui régnait au parterre. Une chanteuse, sur la scène, s'époumonait pour faire patienter le public.

— Quelle foule ! commenta William qui se tourna vers son frère avec un demi-sourire. Ça ne te ressemble guère de vouloir assister à une première. Tu as pris goût au théâtre ?

— Je subventionne le Capital Theatre, expliqua David. Je viens m'assurer de la qualité de cette représentation.

— On dit le plus grand bien de cette pièce, assura William. Mais j'aurais aimé que tu m'autorises à amener une ou deux compagnes. C'est vraiment dommage d'avoir des sièges vides dans notre loge. Il se trouve que je connais des jumelles absolument délicieuses, deux jeunes filles rousses qui…

— N'as-tu pas assez batifolé cette semaine ? coupa David en secouant la tête d'un air navré.

William éclata de rire.

— Tu sais que je suis insatiable !

David ne répliqua pas.

— Tu penses à Pauline ? demanda William en reprenant un ton sérieux.

Durant le voyage de retour à Londres, David lui avait parlé de la grossesse de Pauline et il lui avait fait part de son souhait que l'état de la jeune femme fût confirmé par un médecin.

— A ta place, je ne me tracasserais pas, reprit William, rassurant. Je parierais qu'elle ment, parce qu'elle sait que tu es un homme d'honneur et que tu te sentiras obligé de l'épouser.

David esquissa enfin un sourire.

— Je ne suis pas si honorable que tu le penses.

— Tu ne t'es jamais comporté de façon égoïste. Tu as fait pour le bien-être de notre famille des sacrifices que je n'aurais pas...

— C'était purement égoïste, justement. J'ai agi pour mon propre compte, pour me protéger, pour ne plus jamais dépendre de décisions prises contre mon gré, comme ce mariage, arrangé quand je n'avais que sept ans.

William soupira.

— Nous en revenons toujours à ce satané mariage avec Julia Hargate ! Essayons de l'oublier et de profiter pleinement de la soirée.

— Je crains que ce ne soit impossible. C'est pour la voir que j'ai voulu venir ici.

— Pour voir qui ? demanda William.

David ne répondit pas.

— Veux-tu dire... que Julia est ici... ce soir ? Non, tu te moques de moi !

— Je l'ai retrouvée, expliqua David qui s'amusait de l'expression ahurie de son frère. Je sais dorénavant où elle se cachait et ce qu'elle a fait durant ces dernières années.

William se passa la main dans les cheveux.

— Mon Dieu, je n'arrive pas à y croire... Comment l'as-tu découverte ? Tu lui as parlé ? Pourquoi est-ce qu'elle ne...

David le fit taire d'un geste de la main.

— Attends, tu ne vas pas tarder à comprendre.

William se pencha vers la salle comme s'il s'attendait à voir Julia Hargate jaillir de son siège et se présenter. La chanteuse termina sa prestation en s'inclinant sous les applaudissements indifférents du public. Après qu'elle eut quitté la scène, les musiciens se turent un moment, puis ils attaquèrent une mélodie enjouée qui annonçait le début de la pièce. Les lumières s'éteignirent progressivement sur les dernières rumeurs d'un public impatient.

David imagina Julia dans les coulisses en train d'écouter l'hommage des spectateurs, sachant ce qu'ils attendaient d'elle, et il fut envahi par un mélange de fierté et de jalousie. Presque deux mille personnes appelaient son épouse, Jessica Wentworth, la célèbre comédienne qui avait inspiré de nombreuses chansons, des poèmes, et même des tableaux. Tout le monde l'adorait. Les hommes la désiraient, les femmes rêvaient de lui ressembler, tout Londres était à ses pieds. Julia serait-elle un jour disposée à quitter cet univers de gloire et de lumière pour les joies paisibles d'une vie de famille ? Qu'avait-il à lui offrir, en regard des émotions théâtrales ? Quant à la richesse, elle avait prouvé qu'elle n'était pas vénale en préférant sa liberté à la fortune des siens. Quant à l'amour d'un seul homme, comparé à l'adulation de son public...

Troublé, David fronçait les sourcils quand le rideau se leva sur un spectaculaire paysage de bord de mer. Le fond représentait l'océan scintillant sous le soleil et le décor était composé de constructions légères représentant les élégantes villas d'une station balnéaire. Une mince jeune femme fit son entrée, balançant son chapeau de paille au bout d'un ruban, regardant la mer, rêveuse. Jessica ne se laissa pas perturber par le tonnerre d'applaudissements qui salua son arrivée. Elle continuait sa promenade solitaire en attendant que le silence revienne, aérienne et ravissante dans sa robe bleue, ses cheveux cascadant le long de son dos.

— Elle est superbe ! chuchota William avec enthousiasme. Je ne sais pas ce que je donnerais pour jouir de ses faveurs.

— Pas tant que je vivrai, marmonna David. Elle est à moi.

William sursauta.

— Tu veux dire qu'elle est ta maîtresse ? N'aurait-il pas été plus avisé de te débarrasser d'abord de Pauline ?

— Elle est beaucoup plus que ma maîtresse.

— Je ne vois pas, David. Elle ne...

Soudain William comprit et il étouffa un petit rire stupéfait.

— Mon Dieu... Non ! Elle ne peut pas être... Julia Hargate ? Comment est-ce possible ?

— Son père l'a déshéritée quand elle a quitté leur foyer pour se lancer dans le théâtre. Et elle a pris le pseudonyme de Jessica Wentworth.

— Bon sang ! grogna William à voix basse sans quitter la scène des yeux, tu as une chance de tous les diables ! Tu devrais baiser les pieds de notre père pour t'avoir arrangé un mariage avec cette créature de rêve !

— Ce n'est pas si simple. Crois-tu que j'aie la possibilité de la déclarer mienne et de la traîner jusqu'au château pour l'y enfermer ?

— Evidemment, il reste toujours le problème de Pauline...

— Ce problème est secondaire comparé au fait que Julia n'a aucune envie de quitter l'existence qu'elle a choisie.

— Tu sous-entends que Julia ne désire pas être ton épouse ? s'étonna William. N'importe quelle femme saine d'esprit souhaiterait se marier avec un homme de ton rang.

— Apparemment, elle a déjà tout ce qu'elle désire.

— La vie au théâtre ? demanda William, sceptique.

— Elle est indépendante, célèbre…

— Elle préférerait sa carrière au mariage ? s'indigna William. C'est contre nature !

— Julia veut diriger seule sa destinée. Ce qui est bien normal, après avoir été manipulée durant des années par lord Hargate.

— Je comprendrais s'il s'agissait d'un bas-bleu, d'un laideron, d'une vieille fille, mais une jeune femme de bonne famille, qui jouit d'une telle beauté…

David fit comprendre d'un geste qu'ils devaient tous deux se taire. D'autres personnages étaient venus rejoindre Julia sur scène. Un vieil homme trapu qui déclencha les rires dans son interprétation du père ambitieux, une petite jeune femme aux cheveux frisés qui jouait sa femme de chambre. Bientôt un beau prétendant fit son entrée, apparemment décidé à séduire l'aristocratique demoiselle et à gagner l'approbation de son père. Ce qui donna lieu à une conversation satirique pleine de charme et de légèreté.

Julia conférait au personnage de Christine un délicieux mélange de douceur et de mélancolie. L'héroïne désirait clairement sortir des limites de son univers, et on la voyait dans la scène suivante chercher l'aventure, se risquer à prendre le déguisement d'une servante et sortir en ville sans chaperon. Le décor de fond avait changé, la fresque représentait la ville d'eaux en pleine activité.

Un peu perdue dans cette agitation, Christine errait sur la scène jusqu'à ce qu'elle heurte de plein fouet un fort bel homme à la chevelure acajou. Avant même que Logan Scott ne se tourne pour dévoiler son visage, le public l'avait reconnu et les applaudissements crépitèrent. Comme pour Julia, l'ovation dura une bonne minute, et Logan attendit qu'elle fût calmée pour reprendre le fil de l'histoire.

Les deux comédiens étaient si crédibles que l'attirance qu'ils ressentaient l'un pour l'autre était presque palpable. Julia était tendue, à la fois prudente et curieuse, tandis que Logan Scott se présentait comme un valet de pied. En proie au coup de foudre, les jeunes gens formaient le projet de se rencontrer en secret. A partir de là, le rythme de la pièce s'accélérait, romantique et badin.

William était totalement captivé. Les seconds rôles étaient tenus par des acteurs pleins de talent. Logan Scott se montrait aussi convaincant que de coutume, mais Julia, indubitablement l'âme de la pièce, était comme une flamme qui danse sur les planches, mystérieuse et vibrante. Chacun de ses gestes était miraculeusement naturel, chacune de ses intonations exacte. Tout sonnait juste chez cette actrice d'exception. Elle incarnait la femme dont tout homme rêve de tomber amoureux un jour, désirable mais difficile à conquérir. Si Julia n'avait déjà été une actrice de renom, sa performance, ce soir-là, lui aurait assuré la célébrité.

David sentit un violent pincement au cœur durant les scènes d'amour, et il serra les dents chaque fois que les deux comédiens s'effleuraient. Au moment du baiser, il y eut des soupirs émus dans l'assistance, tandis que David rongeait son frein tant cette scène l'exaspérait.

Pendant une pause pour un changement de décor, William tourna vers son frère un regard interrogateur.

— Crois-tu que Julia et M. Scott...

— Non ! aboya David.

— Ils en donnent l'impression, en tout cas.

— Ce sont des acteurs, Will. Des comédiens qui jouent le rôle de deux amants... C'est le propos de cette pièce !

— Eh bien, ils sont très convaincants ! rétorqua William.

Cette réflexion attisa encore la jalousie de David qui avait bien du mal à se contenir. Etait-ce donc cela, vivre avec une célébrité ? De perpétuelles occasions d'être jaloux, des rancœurs, des discussions. Seul un saint serait capable de le supporter... Or, David n'avait rien d'un saint !

Julia, dans les coulisses, attendait sa prochaine entrée sur scène, à la fois calme et exaltée. Elle tamponna délicatement la sueur de son front en prenant soin de ne pas gâter son maquillage. La pièce remportait un succès au-delà de toute espérance, et elle savait qu'elle donnait le meilleur d'elle-même. Les réactions et les rires du public étaient de profonds stimulants qui poussaient les comédiens à se surpasser.

On arrivait à la scène préférée de Julia, celle qu'ils avaient interprétée chez les Brandon. James et elle découvraient enfin leurs véritables identités en un duo à la fois émouvant et humoristique. Elle sentit une présence derrière elle et se retourna pour découvrir Logan, le visage dans l'ombre. Comme elle lui souriait, il lui répondit par un clin d'œil, une mimique qui ne lui était pas familière.

— Soit vous êtes particulièrement content, le taquina-t-elle, soit vous avez une poussière dans l'œil.

— Je suis heureux que vous n'ayez pas permis à vos problèmes personnels d'influer sur votre jeu, répondit-il à voix basse. Vous êtes plutôt bonne, ce soir.

— Je n'ai jamais dit que j'avais des problèmes!

Logan la prit par les épaules pour la tourner vers la scène, derrière le rideau des coulisses.

— Regardez cette salle, il n'y a rien de plus important. Le théâtre ne vous trahira jamais, tant que vous vous donnerez totalement à lui.

— Vous ne vous en lassez jamais? demanda doucement Julia. Vous n'avez jamais envie d'autre chose, que vous ne pourriez trouver ici?

— Non! rétorqua Logan avec force. C'est bon pour les gens du commun... ce que vous et moi ne sommes pas.

C'était à lui d'entrer en scène, et il disparut, tandis que Julia caressait rêveusement le rideau de velours rouge. Elle aperçut Arlyss qui attendait de l'autre côté et elles échangèrent un petit sourire complice, partageant avec le même plaisir le succès de la pièce.

L'atmosphère était surchauffée, comme toujours dans un théâtre qui fait salle comble, pourtant Julia perçut une odeur qui n'était pas celle des lampes qui éclairaient la rampe. Elle observa la toile de fond, n'y découvrit rien d'anormal, mais une sorte de sixième sens l'alertait. Perturbée, elle se tourna vers les accessoiristes, qui ne semblaient rien remarquer de particulier. Quand, tout à coup, elle sentit une odeur de fumée. Se demandant s'il s'agissait d'une simple impression, elle respira plus fort, et son cœur se mit à battre follement. Plusieurs théâtres avaient été détruits par des incendies, et dans ce cas les morts étaient nombreux, non seulement à cause des flammes, mais aussi de la panique. Les gens se bousculaient pour sortir, s'écrasaient, même si le feu était rapidement circonscrit...

C'était bientôt son tour d'entrer en scène. Il fallait qu'elle prévienne quelqu'un, mais comment savoir d'où venait le danger, puisqu'elle ne voyait rien ? Comme en réponse à sa question, l'une des structures de bois qui se trouvait sur la scène s'embrasa, sans doute surchauffée par un projecteur mal placé. Les flammes léchaient rapidement la surface peinte, et les acteurs se pétrifièrent pendant que des cris d'effroi s'élevaient dans le public.

— Mon Dieu ! s'écria William. Partons d'ici !

D'un coup, la salle était en effervescence, tout le monde se précipitait pour sortir en premier de cet horrible piège. C'était une bagarre générale, au milieu des hurlements de terreur. David se rendit compte qu'il faudrait un miracle pour que le théâtre ne se retrouve pas en cendres. Les réservoirs d'eau situés au-dessus du plateau semblaient insuffisants malgré les efforts frénétiques du personnel. Les flammes léchaient le décor, embrasaient la toile de fond, des étincelles volaient partout. A travers la fumée, David aperçut Julia qui tentait d'étouffer le feu à l'aide d'une couverture mouillée. Elle était restée avec les hommes de la troupe afin de combattre l'incendie !

— Julia ! hurla-t-il.

Il s'élança vers l'un des deux escaliers qui

menaient au rez-de-chaussée, au milieu de la foule, suivi de près par William.

— Essayons l'entrée des artistes, suggéra ce dernier, le souffle court. Il y aura moins de monde.

— Vas-y, toi, lança David par-dessus son épaule. Je rentre à l'intérieur.

— Pourquoi ? Pour Julia ? cria-t-il. Elle est avec une douzaine de personnes capables de s'occuper d'elle. Le temps que tu arrives sur scène, elle sera déjà dehors... et toi, tu resteras prisonnier à l'intérieur.

— Elle ne partira pas, dit David d'une voix rauque en se débattant pour se frayer un passage le long de la rampe.

— Si elle est assez folle pour rester dans cette fournaise, tant pis pour elle ! gronda William. Pas question que je t'accompagne ! Je n'ai pas l'âme d'un héros.

— Je ne te demande pas de m'accompagner. Attends-moi dehors !

— C'est ça ! protesta William, avec son habituel esprit de contradiction. J'ai tellement de chance que tu es capable de ne pas t'en sortir vivant, et je deviendrai l'unique fils de la famille, obligé d'assumer toutes les responsabilités... Merci bien ! Je préfère encore tenter ma chance auprès de toi !

Suivi par William, David continua de progresser vers les portes qui menaient à l'orchestre. Ils avaient un mal fou à avancer à contre-courant, pourtant ils parvinrent dans la salle où David se mit à enjamber les fauteuils en direction de la scène. A travers un épais brouillard, il aperçut Julia qui combattait toujours contre les flammes. D'autres membres de l'équipe luttaient farouchement pour empêcher le feu de se propager aux rideaux, aux rares éléments du décor encore intacts, au frontispice, aux cintres. En pestant contre Julia qui se mettait dans une situation si dangereuse, David contourna la fosse d'orchestre et grimpa sur la scène.

A demi aveuglée, Julia continuait à taper violemment sur le feu, tandis que des flammèches lui léchaient les bras. Ses poumons lui brûlaient, elle suffoquait, secouée par de douloureux sanglots. Il ne fallait pas que le théâtre soit détruit, il ne le fallait pas ! Elle était vaguement consciente de la présence à ses côtés de Logan qui luttait avec l'énergie du désespoir pour sauver son théâtre. Comme le capitaine au cœur du naufrage, il resterait jusqu'au bout sur son navire.

Julia tremblait d'épuisement, elle vacillait... Dans le vacarme de la panique elle entendit des cris pour l'avertir d'un danger mais elle n'y prit pas garde, trop absorbée par sa guerre contre le feu. Soudain, elle fut frappée avec une violence qui lui coupa le souffle. Incapable de résister, elle se sentit traînée sur plusieurs mètres juste avant qu'un son effrayant résonne à ses oreilles.

Comme elle repoussait de ses yeux une mèche trempée de sueur, elle s'aperçut que les employés avaient abattu l'un des décors sur la droite de la scène, là où elle se tenait peu auparavant. Quelqu'un l'avait attirée hors de l'endroit dangereux et tapait à présent brutalement sur sa jupe en feu.

Toussant, cherchant désespérément un peu d'air, elle tenta de se dégager quand son sauveteur, furieux, se dressa devant elle. Sur ce fond de feu et de fumée, on aurait dit le diable, avec son visage noirci, sa respiration haletante.

— David, murmura-t-elle.

Il semblait ivre de fureur. Il la saisit par les bras et entreprit de la tirer hors de la fournaise malgré ses protestations.

Logan surgit à côté d'eux et cria à David :

— Pour l'amour du ciel, sortez-la d'ici !

Julia résista encore un peu et, à bout de forces, laissa David l'entraîner hors de la scène. Ils se retrouvèrent au foyer, haletants. Secouée par une interminable quinte de toux, elle parvint avec peine à articuler :

— Par ici.

Elle conduisait David vers l'arrière du théâtre lorsqu'elle s'aperçut que quelqu'un les suivait. Un homme qui ressemblait beaucoup à David.

— L... lord William ? balbutia-t-elle.

— C'est bien lui, s'impatienta David, mais le moment n'est pas aux présentations. Dépêchons-nous !

Maugréant contre ce ton autoritaire, Julia les mena vers l'entrée des artistes, et ils allaient franchir la porte quand elle heurta une petite silhouette qui se précipitait à l'intérieur.

— Jessica ! s'exclama Arlyss, au bord de la panique. Quand je me suis aperçue que tu n'étais pas dehors... Il fallait que je revienne te chercher...

Elle s'interrompit en voyant les deux hommes derrière son amie.

— Mais je constate qu'on s'est déjà occupé de toi, reprit-elle avec un sourire. J'aurais mieux fait de rester sur scène et d'attendre que l'on vienne à mon secours, apparemment !

William s'avança, galant.

— Je vous admire d'avoir eu le bon sens de vous sauver immédiatement, miss...

— Barry, répondit-elle sans pouvoir s'empêcher

d'apprécier l'élégance et la séduction du jeune homme. Arlyss Barry.

— Lord William Savage, se présenta-t-il. Pour vous servir, miss Barry.

David leva les yeux au ciel et poussa Julia à l'extérieur. Agacée par sa brutalité, elle se dégagea dès qu'elle mit le pied sur le trottoir.

— Inutile de me traiter comme un sac de farine ! lança-t-elle, furieuse, sans se soucier de la foule qui s'amassait dans la ruelle.

— Estimez-vous heureuse que je ne fasse pas pire ! gronda-t-il. Vous exposer ainsi au danger sans raison...

— Je voulais rester ! protesta-t-elle. Il fallait que je les aide. Si le théâtre brûle, que me restera-t-il ?

— Votre vie ! grinça-t-il.

Une nouvelle quinte de toux empêcha Julia d'argumenter, mais elle lui lança un regard noir à travers ses yeux larmoyants. Comme il la contemplait, toute rouge, le visage souillé, David sentit sa colère s'évanouir. Il n'avait jamais vu quelqu'un de si courageux et de si fragile en même temps. Il prit son mouchoir pour la débarbouiller un peu.

— Ne bougez pas, dit-il doucement en passant le bras autour d'elle quand elle fit mine de se dégager.

Au bout d'un moment, il la sentit s'assouplir et elle leva le visage vers lui.

— William ! appela David, essaie de trouver notre cocher et dis-lui d'amener la voiture jusqu'ici.

— Il vaudrait mieux prendre un fiacre, suggéra William qui n'avait aucune envie de quitter Arlyss. La rue, devant le théâtre, doit être bourrée de gens, et ce sera un miracle si je repère...

— Fais ce que je te dis !

— D'accord, d'accord... Ne bougez pas, miss

Barry. Ne bougez surtout pas, je reviens tout de suite.

Arlyss esquissa une petite révérence et le regarda s'en aller, béate d'admiration.

— J'ignorais que vous étiez là, ce soir, dit Julia en levant les yeux vers David.

Elle était à bout de nerfs, pourtant, malgré l'enfer qu'elle avait vécu, malgré la menace qui planait encore sur le théâtre, elle se sentait étrangement réconfortée. Il n'y avait pas d'endroit plus sûr au monde que les bras de David.

Il continuait à nettoyer tendrement son visage.

— Je n'ai pas eu le temps de vous avertir, expliqua-t-il. Je suis allé chercher William dans le Warwickshire et je suis rentré à Londres dès que j'ai pu.

Elle feignit l'indifférence.

— Vous auriez aussi bien pu rester à la campagne, ça n'avait pas d'importance.

— Pour moi, si. Je voulais vous voir sur scène... surtout le soir de la première.

Elle eut une petite grimace d'amertume. La pièce n'existait plus, et ce qui aurait dû représenter un pas supplémentaire dans sa carrière avait été anéanti par l'incendie. Pis encore, le théâtre, demain matin, ne serait plus qu'un tas de cendres.

— Belle représentation, n'est-ce pas ? soupira-t-elle.

— Plus mouvementée que je ne m'y attendais, avoua-t-il avec un demi-sourire.

Il comprenait sa détresse, sa peur, sa révolte contre l'injustice du destin. Tout ce travail, tous ces espoirs détruits en quelques heures !

Julia était frappée par son calme, sa force, cette impression qu'il donnait de n'avoir peur de rien. Il venait l'arracher au danger. Pourquoi avait-il fait cela ? Se sentait-il obligé de la protéger parce qu'elle était légalement sa femme ?

— Merci, murmura-t-elle enfin. Merci... pour ce que vous avez fait.

Il lui caressa la joue.

— Il ne vous arrivera jamais rien tant que je serai près de vous.

Le contact de ses mains sur elle était troublant, elle sentait tout son corps s'abandonner... Il allait l'embrasser, et elle s'aperçut qu'elle en mourait d'envie. Elle qui s'était toujours méfiée des hommes forts, en cet instant, elle voulait se blottir dans ses bras, ressentir ce merveilleux soulagement, le laisser prendre soin d'elle.

— Vous avez le sens du devoir, souffla-t-elle, mais il n'était pas nécessaire...

— Ce n'est pas une question de devoir !

Quelqu'un jaillit de l'entrée des artistes.

— Miss Barry ! Dieu soit loué ! Je vous cherchais partout. Vous allez bien ? Vous n'êtes pas blessée ?

Julia se retourna et vit Fiske se précipiter sur Arlyss pour la prendre par les épaules. Noir de fumée, les vêtements déchirés, il restait malgré tout extrêmement séduisant.

— Je vais tout à fait bien, répondit Arlyss, surprise et plutôt ravie d'être l'objet d'une telle attention. Vous n'auriez pas dû vous inquiéter ainsi, monsieur Fiske...

— Je ne supporte pas l'idée que vous auriez pu...

— Monsieur Fiske, coupa Julia, que se passe-t-il à l'intérieur ?

Fiske ne lâchait pas les épaules d'Arlyss qui ne semblait pas y voir d'inconvénient.

— Je crois que l'incendie est éteint. Il y a eu quelques blessés dans la bousculade, mais on ne déplore aucune victime.

— Remercions le ciel, murmura Julia, un peu rassurée. Alors, le Capital Theatre pourra bientôt rouvrir ?

— Bientôt... j'en doute. Il faudra des mois de travaux, et Dieu seul sait où on trouvera tous les fonds nécessaires. La saison est fichue, à mon avis.

— Oh...

Julia était brusquement désorientée. Qu'allait-il se passer ? Logan déciderait-il de supprimer les salaires des comédiens ? Elle pouvait compter sur ses économies, mais seraient-elles suffisantes pour tenir tout ce temps ?

La voix joyeuse de William interrompit le cours de ses réflexions.

— Le cocher amène la voiture, annonça-t-il à David. Mais moi, je n'ai guère envie d'attendre. Je me sens plutôt d'humeur à avaler un bon cognac aux côtés d'une charmante personne.

Il se tourna vers Arlyss qui esquissa un mouvement vers lui. Mais le décorateur, qui la tenait par l'épaule, se montra ouvertement hostile.

— Miss Barry est fatiguée après toutes ces émotions, dit Fiske, avec raideur. Je doute qu'elle veuille s'attarder à prendre un verre.

Le regard d'Arlyss allait de l'un à l'autre... Fiske se montrait empressé et protecteur mais lord William Savage était diaboliquement beau et attirant. Elle se dégagea lentement de l'étreinte du décorateur. Julia en eut le cœur serré. La jeune comédienne n'avait jamais su résister à un homme jeune et séduisant, même si elle savait qu'il n'attendait d'elle que quelques nuits de plaisir. Dommage qu'elle ait toujours fait le mauvais choix !

Les yeux bleus de William pétillaient quand il lui demanda :

— M'accompagneriez-vous pour une petite soirée de fête, jolie demoiselle ?

Il n'en fallait pas davantage à Arlyss qui, après avoir jeté un regard contrit à Fiske, s'approcha de William, lui adressa son plus éblouissant sourire et posa la main sur son bras.

— Où irons-nous d'abord ? demanda-t-elle.

William éclata de rire, lui murmura quelques mots à l'oreille, puis il dit au revoir à son frère et s'inclina galamment devant Julia.

— Mes hommages, madame... Wentworth.

L'allusion était directe, et Julia, irritée, ne lui rendit pas son sourire. Michael Fiske, impassible, suivit les deux jeunes gens du regard tandis qu'ils se mettaient en quête d'un fiacre.

— Je suis désolée, dit doucement Julia.

Fiske parvint à grimacer un sourire amer puis il retourna à l'intérieur du théâtre. Julia lança à David un coup d'œil chargé de reproches.

— Vous auriez pu intervenir, dire à votre frère de laisser Arlyss. Fiske est un homme bien et il s'intéresse sérieusement à elle !

— Elle était libre de son choix.

— Eh bien, elle n'a pas fait le bon. Je parierais que les intentions de votre frère à son égard ne sont guère honnêtes !

— Pari gagné ! William ne pense qu'à une chose... et votre petite camarade a clairement indiqué qu'elle était consentante.

L'attelage arrivait, et il poursuivit :

— Voilà le cocher. Venez.

Machinalement, Julia secoua la tête.

— Il faut que je retourne à l'intérieur pour voir...

— Vous ne pouvez être d'aucun secours ce soir. Et je ne partirai pas sans vous.

— Au cas où vous envisageriez à nouveau de...

Julia ne savait pas comment achever sa phrase.

— J'avoue que l'idée m'a traversé l'esprit, coupa David, une lueur d'amusement dans les yeux, mais je n'insisterai pas. Si vous préférez bavarder devant un verre, j'ouvrirai une vieille bouteille d'armagnac, vingt-cinq ans d'âge, le meilleur que vous ayez jamais goûté.

L'offre était pour le moins tentante. Mais Julia pouvait-elle être sûre de bien se comporter, dans l'état où elle était ?

— Je ne devrais pas...

— Vous avez peur de vous trouver seule avec moi ?

C'était un défi, cette fois, et Julia soutint son regard, le cœur en émoi. La soirée avait volé en éclats, et elle aurait bien le temps d'affronter l'avenir. Pour l'instant, elle avait vraiment envie d'un cordial et surtout de la compagnie d'un homme réconfortant.

Elle vint lentement vers lui.

— Je suis sûre que je le regretterai plus tard.

Il sourit et l'aida à monter dans la voiture avant de donner ses instructions au cocher et de prendre place près d'elle. Julia se laissa aller contre les confortables coussins en poussant un soupir de bien-être. Elle ferma fugitivement les yeux mais les rouvrit bien vite en sentant le regard insistant de David sur son costume déchiré, une robe vert pâle au corsage lacé d'or.

— Etes-vous vraiment obligé de me contempler de cette façon ? demanda-t-elle, réprobatrice.

— De quelle façon ?

— On dirait que vous venez de prendre place à une table et que quelqu'un m'apporte sur un plateau d'argent.

Il éclata de rire et elle croisa les bras sur sa poitrine en poursuivant, indignée :

— L'autre nuit, vous avez obtenu ce que vous vouliez, vous devriez être satisfait.

— Je le suis, mais cette nuit n'a fait qu'attiser mon désir, dit-il tout à coup avec gravité. Je sais que je vous ai fait mal et je vous en demande pardon, mais c'est toujours un peu douloureux, la première fois, poursuivit-il avec douceur.

Elle rougit au souvenir de leurs étreintes, de leurs corps enlacés, de la douleur, puis du plaisir extrême d'être possédée par lui. Julia n'avait pas imaginé à quel point ce moment d'intimité les aurait liés l'un à l'autre. Elle n'arrivait pas à concevoir que, pour certaines personnes, cet acte fût banal... cet acte qui l'avait transformée, elle, irrémédiablement.

— Je vous en prie, ne parlons pas de cela, murmura-t-elle, incapable de le regarder en face.

— Ce sera plus agréable la prochaine fois, insista-t-il doucement.

Elle brûlait de la tête aux pieds, et elle fut certaine que David s'en apercevait.

— Il n'y aura pas de prochaine fois, souffla-t-elle. Ce serait mal.

— Mal ? répéta-t-il, perplexe.

— Oui ! Auriez-vous oublié lady Ashton et son bébé ?

David baissa la tête d'un air abattu.

— Je ne suis toujours pas convaincu qu'il y en ait un. J'essaie de découvrir la vérité, mais même au cas où Pauline serait enceinte, je ne pourrais pas l'épouser. Je finirais par l'étrangler !

Julia éprouva un élan de sympathie envers lui. Il était fier, il ne devait pas supporter d'être manipulé, et surtout pas par une femme comme lady Ashton !

— C'est une situation délicate, dit-elle en résistant au désir de lui manifester plus clairement sa compassion.

— Je n'ai aucune envie de parler de Pauline, coupa-t-il d'un ton sec.

Puis son visage s'adoucit en un sourire qui se moquait un peu de lui-même et, fouillant dans la poche de sa veste, il sortit un petit sac de velours.

— Tenez... c'est pour vous.

Julia ne fit pas un geste pour le prendre.

— Merci, je ne veux pas de cadeau, répondit-elle, embarrassée.

— Cela vous revient de droit. Vous devriez l'avoir depuis des années.

Hésitante, Julia accepta enfin, dénoua la pochette et en sortit une bague somptueuse, un large diamant à reflets bleus, dont les facettes brillaient de mille feux.

— Vous n'avez jamais eu d'alliance, dit David.

— Mais je ne...

— Essayez-la.

Julia, malgré l'envie qu'elle en avait, ne se résignait pas à obéir. L'anneau — et tout ce qu'il signifiait — lui était interdit. Leur mariage ne durerait pas, leurs vœux ne voulaient rien dire, c'étaient les paroles de deux enfants dociles qui ne savaient pas ce qu'ils faisaient. Elle leva vers David un regard un peu perdu.

— Reprenez-la ! supplia-t-elle.

Il s'empara de la bague mais, avant qu'elle eût compris son intention, il la lui passait à l'annulaire de la main gauche. Elle était à peine un peu trop grande.

Julia ne pouvait quitter le diamant des yeux, fascinée par sa beauté.

— Cette bague appartenait à ma mère. Elle aurait aimé vous voir la porter.

— Essayez-vous de m'acheter ?

— De vous tenter, seulement.

— Et qu'exigerez-vous en retour ?

Il prit un air angélique.

— Considérez ce cadeau comme une compensation pour tout ce que notre « mariage » vous a fait endurer.

— Je ne suis pas naïve à ce point ! déclara-t-elle en ôtant le bijou. Vous n'êtes pas du genre désintéressé. Merci beaucoup, mais je ne puis accepter.

— Si vous me rendez cet anneau, je le jette par la portière.

Cette fois, elle était franchement sceptique.

— Vous n'oseriez pas !

Une lueur diabolique dansait dans le regard de David, et elle sut qu'il serait capable d'aller jusqu'au bout.

— Il vous appartient, désormais, faites-en ce qu'il vous plaira, dit-il en tendant la main. Voulez-vous le jeter vous-même ou je m'en charge ?

Elle referma les doigts sur le bijou.

— Je ne le permettrai pas !

— Alors gardez donc cette bague, soupira-t-il, rasséréné. Mais ne l'offrez pas à votre mère !

Il éclata de rire devant son air penaud tandis qu'elle glissait de nouveau l'anneau à son doigt, agacée de constater qu'il arrivait toujours à ses fins.

— Je suis sûre que vous demanderez quelque chose en échange. Je commence à vous connaître...

— J'attends seulement de vous ce que vous êtes prête à donner de votre plein gré. Maintenant, dites-moi... quel genre de relation envisagez-vous pour nous, madame Wentworth ?

Il s'était rapproché d'elle et elle s'en voulut de se

sentir si bouleversée. Il était tellement déterminé, tellement sûr de lui... Et puis le fait qu'il n'appartînt pas au monde du théâtre le rendait encore plus fascinant. Comme les gitans, les gens de théâtre menaient une existence mouvementée et jamais elle n'avait eu l'occasion de rencontrer un homme posé comme David.

— Je suppose que nous pourrions essayer d'être... amis, risqua-t-elle. Nous n'avons aucune raison de ne pas nous entendre, après tout, puisque nous désirons la même chose.

— Et de quoi s'agit-il ?

— Etre libérés l'un de l'autre. Alors je continuerai ma vie de comédienne et vous pourrez assumer vos responsabilités vis-à-vis de lady Ashton.

— Pourquoi l'évoquez-vous tout le temps ?

— Cela me tracasse, évidemment...

— Je n'en crois rien. Vous vous efforcez plutôt de dresser un mur entre nous.

— Quand bien même ! riposta-t-elle d'une voix mal assurée.

Il était beaucoup trop proche, beaucoup trop troublant. Elle sentait sa cuisse robuste contre la sienne, son bras passé derrière sa nuque sur le dossier de la banquette. Comme elle avait envie de se laisser aller entre ses bras ! Elle respira profondément.

— Ai-je tort de vouloir me protéger ? reprit-elle.

— Vous n'avez rien à craindre de moi. Vous ai-je jamais forcée à quoi que ce soit ?

Elle eut un rire un peu tremblant.

— Depuis que nous nous sommes rencontrés, j'ai été contrainte de souper avec vous, je vous ai donné ma virginité, j'ai même accepté cette bague dont je ne voulais pas...

— Ce n'est pas ma faute si vous avez un faible pour les bijoux, dit-il en souriant. Quant à votre innocence... c'est un cadeau auquel je ne m'attendais pas, et il a plus de valeur pour moi que vous ne l'imaginez.

Julia ferma les yeux tandis qu'il baisait délicatement son front, ses paupières, ses joues, le coin de ses lèvres. Elle eut un mal fou à ne pas succomber.

— Vous étiez si douce, cette nuit-là, si belle ! Je n'avais rien connu de pareil et je ne puis m'empêcher de me souvenir, de vous désirer encore.

— Cela ne veut pas dire que ce soit bien, murmura Julia.

— J'ignorais que ce fût un péché pour un mari de dormir avec sa femme...

Il caressait le haut de son décolleté, et un long frisson la parcourut.

— Ainsi, continua David, vous souhaitez que nous soyons amis. Je n'y vois pas d'objection.

Il tira sur le cordon doré de son corsage, avant de poursuivre :

— En fait, je pense que nous pourrions même devenir amis... intimes.

Il posa les lèvres sur sa gorge tandis que sa main glissait sous la fine chemise de linon. Julia ferma les yeux en sentant la caresse de ses doigts sur le bout de son sein déjà durci. Elle se sentait fondre, offerte, incapable de résister. D'ailleurs, elle ne dit rien quand il la souleva et l'assit sur ses genoux pour un baiser auquel elle s'abandonna avec passion, toute honte bue. Un cahot sépara leurs lèvres, et elle chercha de nouveau celles de David, mais déjà il descendait le long de son cou, il dévoilait sa gorge, et elle ne put retenir un petit cri quand il prit un bout de ses seins entre ses lèvres. Elle noua ses mains dans les cheveux de David, tandis qu'avec sa langue il jouait à l'enivrer, lui arrachant des soupirs de plaisir. Quand ils furent tous les deux hors d'haleine, le corps en feu, il la repoussa légèrement pour murmurer à son oreille :

— Dites-moi maintenant que vous n'en avez pas envie. Dites-moi que vous pouvez me voir, me parler, sans penser à me rejoindre... sans me désirer autant que je vous désire. Dites-moi encore que vous voulez seulement de l'amitié.

Julia s'appuyait à lui, ses seins pressés contre la laine de sa veste, l'esprit étrangement engourdi.

— J'ai envie de vous, avoua-t-elle enfin dans un sanglot, effrayée par son propre désir, effrayée par le regret qu'elle en aurait si elle se laissait aller.

Il ne fallait pas qu'elle se permette de l'aimer, de dépendre de lui ; elle en perdrait tout son courage pour mener à bien les objectifs professionnels qu'elle s'était fixés. Ce serait pire encore que les années vécues avec son père, car cet homme-là posséderait son âme.

David repoussa ses cheveux, baisa son épaule nue, la serra plus fort, et elle se pressa contre sa virilité, arrachant à David un gémissement sourd.

— Attention ou je vous fais l'amour sur-le-champ.

Il prit sa bouche dans un déferlement de passion auquel elle répondit avec une égale sauvagerie.

Quand la voiture s'arrêta, elle se réfugia dans son coin pour rajuster sa toilette, puis elle se risqua à regarder David qui ne la quittait pas des yeux.

— Venez avec moi, dit-il.

Ses intentions étaient claires, et elle souhaitait repousser son offre mais en fut incapable. Elle avait envie d'être avec lui, elle voulait assouvir ce désir qui la tenaillait, elle voulait retrouver la paix, la plénitude. Une nuit de plus... qu'est-ce que cela changerait ? Le mal était fait. Bouleversée, elle luttait cependant contre son instinct.

David prit la décision à sa place. Il descendit, lui tendit la main et elle se laissa entraîner hors du véhicule. Le valet de pied se hâta d'aller ouvrir la porte de la demeure et ils pénétrèrent dans le hall silencieux. Ce devait être le jour de sortie des domestiques car personne n'apparut. A peine la porte refermée, David prit de nouveau les lèvres de Julia qui frissonna et se hissa sur la pointe des pieds, les bras noués à son cou. Il murmurait des mots d'amour, des paroles érotiques qui la bouleversaient, quand soudain elle perçut un mouvement derrière lui et le repoussa. David se retourna aussitôt. Une femme descendait l'escalier avec une lenteur délibérée, en ondulant gracieusement des hanches. Les plis de son léger déshabillé dansaient autour de ses jambes et elle était pieds nus, comme si elle venait juste de se réveiller afin d'accueillir des hôtes inattendus.

— Pauline... marmonna David, stupéfait.

Julia s'écarta de lui, lissa machinalement sa jupe. Malgré son regard dur, Pauline était extraordinairement belle avec ses cheveux défaits et ses yeux de chat.

— J'ai eu l'idée de vous faire une surprise, chéri, dit-elle, parfaitement calme. Mais j'ignorais que la surprise serait pour moi. Je n'imaginais pas, avec tous les problèmes que nous avons à résoudre, que vous recevriez une autre femme ce soir.

Elle avait atteint le bas de l'escalier et croisait les bras, mettant sa poitrine en valeur.

— Que vous est-il arrivé, ma chère ? demanda-t-elle à Julia d'un ton amusé. Vous êtes dans un état épouvantable ! Et vous empestez la fumée, tous les deux.

— Un accident au Capital Theatre, répondit brièvement Julia.

— Ah ! dites-moi, David, vous vous passionnez pour le théâtre, ces derniers temps...

— Que diable faites-vous ici ? tonna le jeune homme qui avait repris tous ses esprits.

L'air blessé, elle posa la main sur son ventre afin de lui rappeler son état.

— Je pensais que nous avions à parler... et comme vous ne me rendiez pas visite, c'était la seule possibilité.

Elle se tourna vers Julia et lui dit d'un ton hautain :

— Laissez-nous, je vous prie. David et moi avons besoin d'être seuls. Je suis certaine que vous trouverez un autre homme complaisant disposé à vous honorer ce soir.

Julia fut soudain submergée de colère et d'humiliation.

— Certainement ! répliqua-t-elle en criant presque. Je n'ai qu'une envie : partir le plus loin possible de cette maison !

— Attendez !

David l'avait saisie par le bras, mais elle se libéra d'une secousse.

Un petit sourire satisfait effleura les lèvres de Pauline qui ne put renoncer à porter un dernier coup.

— Vous pensez sans doute que vous êtes très proche de lord Savage, madame Wentworth, mais vous ne connaissez pas tout sur lui, loin de là. Je suis persuadée qu'il a oublié de vous signaler un détail significatif : il est déjà marié.

Julia s'arrêta devant la porte.

— Je le sais.

Pauline sursauta, puis elle afficha une expression dégoûtée.

— Mon Dieu, vous avez la moralité d'une chatte

en chaleur! Se jeter ainsi à la tête d'un homme marié qui attend un enfant d'une autre... Vous êtes la créature la plus éhontée qu'il m'ait été donné de rencontrer!

— Pauline... commença David d'un ton menaçant.

Julia lui coupa la parole.

— Ehontée? Pourtant c'est vous qui vous exhibez dans la demeure d'un homme marié vêtue d'un peignoir transparent.

Elle brûlait d'assener la vérité, de dire qu'elle était l'épouse et que Pauline était fort mal placée pour porter des jugements sur les autres! Cependant elle parvint à tenir sa langue, ouvrit la porte, se retourna vers David. Mais celui-ci semblait l'ignorer, toute son attention concentrée sur Pauline, et elle en conçut une jalousie qui fit redoubler sa fureur. Contre elle ou contre lui?

A l'extérieur, elle appela le valet de pied.

— Demandez au cocher d'amener la voiture, je pars immédiatement!

Comme il se hâtait d'obéir, elle se frotta les bras; elle se sentait glacée. Elle envisagea un instant de rentrer chez elle, mais elle y renonça aussitôt. Il y avait une personne qu'elle avait besoin de voir, la seule personne au monde capable de l'aider à reprendre son bon sens.

David demeura un long moment silencieux, à fixer Pauline dont le sourire victorieux s'évanouit peu à peu. Elle prit enfin la parole en tentant de paraître à l'aise.

— Je suppose que je ne puis vous reprocher votre petit coup de cœur pour cette fille, chéri. Elle est vraiment très jolie.

— Vous n'aviez pas à venir chez moi.

Jusqu'à cet instant, il n'avait pas détesté Pauline. Il avait été soupçonneux, exaspéré, voire furieux contre elle, mais il n'avait jamais éprouvé de haine. Maintenant, il la percevait comme un poids accroché à son cou. Elle s'agrippait à lui et l'entraînait vers un abîme sans fond. Elle éveillait tous les plus mauvais instincts de David et il se raidit lorsqu'elle vint presser contre lui son corps trop parfumé.

— Je ne pouvais rester plus longtemps séparée de vous, roucoula-t-elle. Vous me manquiez tellement !

— Avez-vous parlé au Dr Chambers ?

Elle détourna les yeux.

— Pas encore, mais j'ai l'intention de le faire très bientôt.

Elle mit les bras autour de son cou.

— En attendant... ronronna-t-elle.

— Je m'occuperai moi-même de prendre rendez-vous.

Il la repoussa fermement.

Pauline semblait inquiète.

— Vous ne pouvez pas faire ça !

— Et pourquoi donc ?

— Le Dr Chambers est très occupé. En outre, il est tenu par le secret professionnel et il refusera de vous parler de moi si je n'ai pas d'abord donné mon consentement.

— Vous me manipulez, dit David avec un calme inquiétant, et je ne le tolérerai pas.

— Inutile de me menacer ! s'offensa-t-elle. Je n'ai jamais vu cet aspect de votre personnalité, et je le trouve fort désagréable.

— Désagréable ? Vous verrez bien pire encore si je découvre que vous m'avez menti.

— Je vous ai dit la vérité !

— Alors trouvez un médecin pour me le confirmer, Pauline, et vite ! C'est le seul moyen de m'empêcher de vous tordre le cou.

— Vous êtes de méchante humeur parce que j'ai gâché votre soirée avec cette petite comédienne...

— Plus un mot sur elle ! gronda David d'une voix que la rage faisait trembler.

Pauline, effrayée et furieuse, luttait pour se contrôler.

— Je comprends que vous la désiriez, dit-elle enfin. Peut-être même autant que vous me désiriez au début, mais je n'ai pas l'intention de m'effacer afin de vous simplifier la vie. J'obtiendrai ce que je veux, ce à quoi j'ai droit.

Elle changea soudain d'expression pour se faire cajoleuse.

— Ce n'est pas un calvaire d'être avec moi, n'est-ce pas ? Vous aimiez ma compagnie, naguère, et il n'y a pas de raison pour que cela change. Si nos jeux intimes vous lassent, j'en inventerai d'autres. Je...

— C'est fini entre nous, coupa-t-il.

Elle ouvrit de grands yeux.

— Qu'est-ce qui est fini, au juste ?

— Notre relation... telle qu'elle était.

— Et l'enfant ?

— Si vous mettez un bébé au monde dans les quelques mois à venir, j'assumerai mes responsabilités. Autrement, il n'y aura aucune raison que ce soit moi le père, car je n'ai plus l'intention de m'approcher de vous. Avec un peu de chance, je n'aurai même plus à vous voir.

— J'attends un bébé, déclara-t-elle en détachant chaque syllabe. Je vous ferai ravaler vos paroles, David. Vous regretterez de m'avoir traitée de cette manière.

— Peut-être...

Il la prit brutalement par le bras et la poussa vers l'escalier.

— ... Mais pour l'instant, vous allez vous habiller et sortir immédiatement de ma maison !

8

— Dites au majordome que je souhaite voir M. Scott, demanda Julia au valet de pied qui l'aidait à descendre de voiture. Je sais qu'il est tard, mais c'est important.

— Bien, madame.

Le domestique se précipita vers la porte, tandis que Julia suivait lentement, son courage s'évanouissant à mesure qu'elle approchait de la luxueuse demeure de Logan située dans le quartier résidentiel de St. James's Square. La vaste maison s'ornait en façade de colonnes massives qui donnaient à l'ensemble un aspect austère. Julia n'était jamais venue ici, car Logan interdisait l'accès de sa demeure aux membres de sa troupe. Par ailleurs il recevait peu. Seuls quelques privilégiés avaient l'honneur de lui rendre visite. Cette demeure était son domaine exclusif, un refuge qui gardait tout son mystère. Mais Julia avait besoin de le voir, elle ne pouvait attendre le lendemain matin. Le problème qu'elle devait affronter lui paraissait trop écrasant pour qu'elle pût le régler seule, et elle ne faisait confiance à personne d'autre que lui. La renverrait-il sur-le-champ ? Le moment était bien mal choisi. Venir le déranger la nuit même où son théâtre avait brûlé ! Elle frémit à cette idée mais s'obligea à avancer.

Le valet de pied parlait au majordome qui disparut pour revenir peu après, impassible comme son métier le lui imposait, ne marquant aucun étonnement devant la jeune femme frissonnante en costume de scène déchiré.

— M. Scott va vous recevoir, madame, murmura-t-il.

Julia le suivit à l'intérieur, espérant qu'elle n'avait pas réveillé Logan. Non, sûrement pas. Elle ne pouvait imaginer qu'il dorme après les événements de la soirée. Elle traversa la maison en ayant encore un peu de mal à croire qu'elle pénétrait enfin dans l'univers privé de Logan Scott. Le décor, résolument inspiré de l'Italie, regroupait des meubles sculptés, des fresques, des plafonds décorés, des statues de marbre. L'atmosphère était presque trop luxueuse. Les tentures et les tapisseries étaient à dominantes de bleu, d'or et de prune.

Ils arrivèrent à un petit salon aux sièges ornés de coussins. Des guéridons de marqueterie étaient couverts de livres d'art. Logan se leva de la bergère où il se reposait.

— Madame Wentworth, dit-il d'une voix légèrement enrouée. Comment allez-vous ? Vous n'avez pas été blessée dans l'incendie, j'espère ?

— Je me porte bien, le rassura Julia.

Logan n'était pas seul dans le boudoir. Une jeune beauté se tenait debout derrière lui, une main appuyée sur la bergère. Sa peau était légèrement colorée et son beau visage était illuminé par de grands yeux d'un vert très pâle. Le déshabillé de soie qu'elle portait était étroitement ceinturé, dessinant sa silhouette parfaite. Julia fut fascinée par cette splendeur aux lourds cheveux de jais. Ainsi c'était là la mystérieuse compagne de Logan... Que représentait-elle exactement pour lui ?

La jeune femme sourit à Julia en s'approchant de Logan.

— Je vous laisse bavarder, dit-elle.

Elle caressa les cheveux de son compagnon avec un geste de tendresse possessive et se retira d'un pas majestueux.

Logan observait Julia.

— Asseyez-vous, proposa-t-il. Aimeriez-vous boire quelque chose ?

— Oui, merci.

Julia se laissa aller dans un confortable fauteuil tandis que Logan lui servait un verre de whisky coupé d'eau. Il se versa de l'alcool sec et vint s'asseoir à ses côtés. Comme elle, il ne s'était pas encore changé et son costume était souillé de fumée, sa chemise était en lambeaux et son pantalon présentait des déchirures en plusieurs endroits.

— Dans quel état est le théâtre ? risqua Julia en buvant une gorgée de whisky.

Ce n'était pas sa boisson favorite, pourtant elle en apprécia l'effet revigorant.

— Il tient encore debout, répondit Logan, mais je dois envisager de coûteuses réparations. Il va falloir diminuer le nombre des représentations pour cette saison et commencer par une tournée en province. Je ferai des allers et retours pour superviser les travaux.

— Oh...

Julia détestait les tournées. Il leur était déjà arrivé de se produire à Bristol, Leicester, Chester, et elle avait trouvé pénible les sinistres chambres d'hôtel, les mauvais restaurants et les petites loges des théâtres de province.

Logan, malgré sa propre fatigue, sourit en voyant le manque d'enthousiasme de Julia.

— Pas de protestation, dit-il, je ne suis pas en état de discuter ce soir.

Julia parvint à esquisser un sourire en retour.

— Moi non plus... La pièce marchait magnifiquement, avant que le feu se déclare, poursuivit-elle. Je suis certaine que les critiques auraient été excellentes.

— Nous donnerons la première à Bath la semaine prochaine.

— Si vite ? Mais les décors ont brûlé...

— Je demanderai à Fiske et à ses assistants d'improviser. Ils modifieront ceux que nous avons gardés pour les représentations du *Marchand de Venise*, par exemple.

Il se massa les tempes d'un geste las.

— A la vérité, nous ne pouvons pas nous offrir le luxe de retarder cette tournée.

— Peut-être quelques représentations de bienfaisance apporteraient-elles un peu d'argent supplémentaire, suggéra Julia.

— Je m'occuperai des finances plus tard. En attendant, que me vaut l'honneur de votre visite à une heure si tardive ?

Elle but une gorgée d'alcool afin de se donner du courage.

— Je... j'ai besoin de vos conseils.

Logan attendit qu'elle continue, montrant une patience tout à fait rare chez lui.

— J'ai des problèmes personnels, lança-t-elle enfin.

— Je m'en doutais. Allez-y.

— Je me comporte d'une façon étrange, je choisis des options que je sais mauvaises, sans pouvoir m'en empêcher. Je crains que mon travail n'en pâtisse, mais, par-dessus tout, je redoute l'avenir, et...

— Attendez, murmura Logan qui tentait de s'y retrouver dans ce flot de paroles désordonnées. Je suppose qu'il y a un homme dans cette histoire. S'agirait-il de lord Savage, par hasard ?

— En effet.

— C'est classique, dit Logan, un peu sardonique. Il a bouleversé votre existence, et vous pensez que vous êtes en train de tomber amoureuse de lui.

Julia n'aimait guère cette façon de s'exprimer, comme si ses sentiments étaient des clichés, sa détresse superficielle. Logan ne comprenait pas que sa solitude, son désarroi la conduisaient tout droit à la catastrophe... Pourtant elle réfléchit à ce qu'il venait de dire. Ce qu'elle éprouvait pour David, l'attirance physique, le besoin d'être près de lui, l'impression qu'ils étaient en parfaite harmonie... Un frisson la parcourut tandis qu'elle s'obligeait à regarder la vérité en face. Oui, elle aimait David. Les larmes lui piquaient les yeux, et elle avala encore une grande gorgée de whisky.

— Ce n'est pas un sentiment qui me plaît, dit-elle.

— Bien sûr ! grommela Logan en tiraillant distraitement une mèche de ses cheveux. Vous avez passé la nuit avec lui ?

— Ça ne vous regarde pas ! s'offusqua-t-elle.

— Oui, vous l'avez fait, reprit-il. Ce qui explique bien des choses. Vous n'êtes pas du genre à accorder vos faveurs au premier venu. Sans aucun doute, vous avez à présent du mal à distinguer l'amour de la passion... et ça, c'est dangereux. Ne vous lancez jamais dans une aventure quand vous n'êtes pas sûre de la contrôler. Si Savage est trop fort pour vous, rompez. Cela vous semble peut-être cruel, mais c'est le seul choix raisonnable.

— Ce n'est pas si simple, objecta Julia.

— Pourquoi ?

— Parce que... parce qu'il se trouve que c'est mon mari.

Si elle avait été moins perturbée, Julia se serait fort amusée de l'expression de Logan. Jamais elle n'aurait cru que cet homme si maître de ses émotions serait à ce point ahuri par cette révélation. Il s'étrangla avec le contenu de son verre et mit un certain temps à reprendre ses esprits.

— Depuis quand ? demanda-t-il d'une voix un peu altérée.

— Dix-huit ans.

Logan faillit s'étouffer une seconde fois.

— C'est absurde, Jessica...

— On nous a mariés quand nous étions enfants.

— Racontez-moi tout, dit Logan qui revenait lentement de sa surprise.

Aussi clairement que possible, Julia expliqua comment elle s'était retrouvée toute petite unie à un enfant qu'elle ne connaissait pas. Elle sentait le regard de Logan sur elle tout le temps que dura son récit, pourtant elle ne pouvait se résoudre à lever les yeux. C'était si étrange de se confier à lui après avoir gardé le secret pendant deux ans... Néanmoins elle se sentait soulagée à mesure qu'elle confiait ses sentiments. Elle s'abstint toutefois de parler de lady Ashton ; ce sujet lui semblait trop personnel, et tellement gênant. Quand elle en eut terminé, Logan s'était tout à fait ressaisi.

— Maintenant je sais tout... Qu'attendez-vous de moi ?

— Je suppose que j'ai besoin d'un conseil. Et ne

répondez pas que je dois décider toute seule, car, apparemment, je ne suis pas capable de…

— Savage souhaite-t-il entériner ce mariage ? coupa Logan.

— Je n'en suis pas sûre. Je pense… peut-être.

— Je vais vous donner mon avis. Ce n'est pas une bonne idée, Jessica… Si vous restez avec lui, vous refuserez de faire les sacrifices qu'il exigera de vous.

— Je sais, dit-elle tristement.

— En outre, je ne crois pas à l'amour. Nous autres, les acteurs, nous savons simuler la passion sur scène, devant notre public. Mais l'amour n'est qu'une illusion, il ne dure jamais. Les gens sont égoïstes par nature. Quand ils tombent amoureux, ils feraient n'importe quelle promesse pour arriver à leurs fins. Ensuite, le sentiment amoureux s'affaiblit et il ne reste que les mensonges, les déceptions… et quelques souvenirs qui nous empêchent parfois de dormir.

Julia fut un peu surprise par son désenchantement.

— On dirait que vous parlez d'expérience.

Logan eut un sourire amer.

— Oh, j'ai de l'expérience, en effet. Suffisamment pour comprendre qu'il est dangereux de donner son cœur. Surtout de la part d'une femme.

— Pourquoi ?

— C'est évident. Par essence, le mariage n'est qu'une transaction. La loi, la religion, la société, tout fait de vous la propriété de votre époux. La poésie, le romantisme aident seulement à enjoliver la réalité, mais cela ne trompe que les jeunes amoureux ou les fous. Vous pouvez décider que vous aimez Savage au point de vous en remettre à lui corps et âme… mais je vous le déconseille.

— Que feriez-vous, à ma place ?

— J'essaierais de trouver un magistrat susceptible de mettre un terme à cette union. A condition qu'elle soit légale, pour commencer. Je suis certain qu'elle a été obtenue par de faux serments.

Il lui adressa un sourire amusé.

— Votre père et celui de lord Savage sont de drôles de personnages ! C'est presque shakespearien !

— Vous ne pouvez savoir à quel point ! rétorqua Julia avec une pointe d'ironie.

Elle réfléchissait au conseil plein de bon sens qu'il venait de lui donner. Elle avait espéré qu'une conversation avec lui éclaircirait la situation... mais elle était toujours en proie à la même confusion. Il se faisait l'avocat de la liberté, cependant, elle n'était plus tout à fait certaine d'aspirer à ce point à l'indépendance.

— Tout cela est bien compliqué, murmura-t-elle, plus pour elle-même que pour lui. Je ne veux pas quitter la scène, je tiens à ma liberté. Mais il y a aussi en moi une femme qui rêve d'avoir un mari, des enfants, un foyer...

— On ne peut pas tout avoir.

Julia soupira.

— Enfant déjà, je convoitais ce qui m'était interdit. Au salon, il y avait un drageoir en argent plein de friandises, et j'avais le droit d'en prendre une seulement dans des occasions exceptionnelles. Pourtant les bonbons disparaissaient mystérieusement, et mon père s'est mis à accuser les domestiques.

— Mais ce n'étaient pas eux les gourmands, devina Logan.

— Non, c'était moi. Je me glissais hors de ma chambre au milieu de la nuit, et je me servais à pleines mains dans le drageoir tant convoité.

Logan éclata de rire.

— C'est ainsi, avec les plaisirs de l'existence. On en veut toujours plus.

Julia parvint à sourire, mais elle était horriblement déchirée. Elle ne s'était jamais sentie aussi peu sûre d'elle. Elle craignait de se laisser tenter par la vie que David avait à lui offrir, et il serait trop tard pour revenir en arrière quand elle s'apercevrait qu'elle s'était trompée. Elle serait liée à lui pour toujours, et elle finirait par lui reprocher ce choix néfaste.

— Après tout, cette tournée sera peut-être salutaire, dit-elle. Il faut que je m'éloigne de Londres... de lui, afin d'y voir un peu plus clair.

— Partez à Bath avant les autres, suggéra Logan. Demain, si vous voulez. Je ne dirai à personne où vous vous trouvez, et vous pourrez prendre les eaux, vous promener dans Bond Street... enfin ce qui vous plaira. Ne hâtez pas votre décision.

Spontanément, Julia se pencha pour lui effleurer la main.

— Merci. Vous m'avez fait du bien.

Il ne se déroba pas.

— Vous imaginez bien que je ne vous conseille pas sans une arrière-pensée : vous seriez très difficile à remplacer au théâtre.

Julia sourit.

— Avez-vous déjà aimé quelqu'un autant que vous aimez votre théâtre, monsieur Scott ?

— Une fois... Et cette expérience m'a guéri.

L'intérieur du théâtre était endommagé par le feu, la fumée et l'eau, mais ce n'était pas aussi catastrophique que David l'avait craint. Ecartant de son chemin quelques fauteuils brisés, il se dirigea vers la scène où s'affairait une douzaine d'hommes, certains perchés sur des échelles, d'autres en train de balayer les décombres. Au milieu de cette agitation, Logan Scott déroulait une toile de fond qui avait dû servir à une autre pièce.

— Tenez-la-moi, que je puisse la voir en totalité, ordonna-t-il au décorateur et à l'un de ses assistants.

Il recula et scruta la toile avec un œil critique, en hochant la tête. L'un des membres de la troupe, qui avait aperçu David, vint murmurer quelques mots à l'oreille de Logan. Scott tourna aussitôt vers David son regard perçant.

— Lord Savage, dit-il aimablement. Que puis-je pour vous ?

— Je cherche Mme Wentworth.

David s'était précipité au théâtre après avoir appris de la femme de chambre de Julia que la comédienne avait quitté Londres pour quelque temps. Elle avait refusé d'en dire plus malgré tous les efforts déployés par David pour connaître la vérité.

— Elle n'est pas ici, répondit Scott.

— Alors, où est-elle ?

Scott sauta dans la salle pour s'approcher de David, un sourire juste poli aux lèvres.

— Mme Wentworth ne désire pas qu'on sache où elle est, dit-il sur le ton de la confidence.

— C'est bien dommage ! rétorqua David. J'ai cependant l'intention de la trouver, avec ou sans votre aide.

Logan arborait un air impénétrable. Il prit une profonde inspiration.

— Je suis plus ou moins au courant de ce qui se passe, Savage, et je n'ai pas à donner mon avis à ce sujet. Cependant j'ai fondé de grands espoirs sur

Jessica, et la compagnie a plus que jamais besoin d'une comédienne dotée d'un tel talent. J'aimerais donc que vous respectiez son désir de solitude.

David n'avait aucune envie de parler de sa vie privée avec le patron de Julia ! Seulement celui-ci connaissait la comédienne depuis plus longtemps que lui... Elle semblait lui faire confiance, elle lui vouait une gratitude sans bornes. Bien qu'elle eût affirmé que leur relation était purement platonique, David était sceptique. Comment Scott pourrait-il ne pas être attiré par une femme comme Julia ?

— Auriez-vous une autre bonne raison de la tenir éloignée de moi ? demanda-t-il, soupçonneux. A moins que tous les directeurs de théâtre ne s'occupent avec autant d'attention de leurs actrices...

Scott demeurait imperturbable.

— Je considère Mme Wentworth comme une amie, monsieur, et je lui assurerai ma protection chaque fois que je le jugerai nécessaire.

— Protection contre qui ? Contre un homme qui pourrait lui offrir autre chose qu'une vie artificielle passée à parader devant un public ? Elle mérite mieux que ça, poursuivit-il avec un regard méprisant pour les rideaux en lambeaux. Que vous vouliez le reconnaître ou non.

— Pouvez-vous lui donner tout ce qu'elle désire ? demanda Scott à voix basse.

— Pourquoi pas ?

Scott secoua la tête.

— Bien que vous ayez l'air de penser que vous avez des droits sur elle, vous ne connaissez pas Jessica. Vous avez sans doute l'intention de l'arracher au théâtre et de lui offrir des compensations, mais vous la verrez dépérir comme une fleur privée d'eau.

— Ce sont les paroles d'un ami ou celles d'un directeur qui s'inquiète pour ses recettes ?

Scott se raidit imperceptiblement, et David sut qu'il avait frappé juste.

— Elle représente plus pour moi que des bénéfices.

— Plus... Que voulez-vous dire ?

Logan ne répondit pas, et David eut un rire bref.

— Epargnez-moi votre hypocrite sollicitude envers Mme Wentworth, reprit-il, et cessez de vous mêler de mes relations avec elle. Sinon... vous regretterez de m'avoir rencontré.

— Je le regrette déjà, marmonna Logan en regardant David s'éloigner.

La ville de Bath, construite à l'origine par les Romains autour de sources chaudes naturelles, avait été transformée au XVIIIe siècle en élégante station thermale. A présent, la ville n'était plus réservée à une élite, et on y rencontrait de nombreuses personnes issues de la classe moyenne qui venaient y prendre les eaux, poussées parfois par l'ambition de nouer des relations intéressantes. Située sur l'Avon, au milieu de luxuriantes collines, la ville offrait quantité de distractions, des boutiques de luxe, et des hébergements de toutes catégories.

Tandis qu'elle se dirigeait vers l'établissement thermal proche de son hôtel, Julia regardait les derniers rayons du soleil disparaître derrière le New Theatre, un très bel endroit qui comportait une vaste scène et une magnifique salle rouge et or. Julia était à Bath depuis une semaine et, ces deux derniers jours, elle avait vu le matériel arriver pour la première d'*Une ravissante tricheuse*. Quelques membres de la troupe étaient déjà là également, car Logan avait annoncé que tout le monde devait se retrouver le lendemain pour une répétition avant la représentation du jeudi.

Durant ses visites à l'établissement de bains ou ses promenades dans les boutiques, Julia avait entendu les curistes parler de la pièce. Certains juraient que cette représentation portait malheur et qu'ils n'y assisteraient pas pour un empire. D'autres manifestaient un vif intérêt pour la dernière production de M. Scott, et tout le monde se posait des questions sur Mme Wentworth, ce qui amusait beaucoup Julia, dissimulée sous une épaisse voilette. Il était indispensable qu'elle tienne son identité secrète. Des années auparavant, elle avait appris qu'elle ne correspondrait jamais à ce que les gens espéraient d'elle. Ils s'attendaient qu'elle ressemble à l'une des héroïnes qu'elle incarnait, au verbe brillant, aux gestes spectaculaires. Logan lui-même déplorait que les femmes lui demandent — exigent parfois — qu'il joue pour elles l'amoureux romantique, exactement comme sur scène.

— C'est un problème pour tous les acteurs, avait-il expliqué à Julia. Les gens sont toujours déçus quand ils s'aperçoivent que nous sommes de simples mortels, comme eux.

Julia pénétra dans le petit établissement thermal et salua l'employée. Elle avait obtenu de cette personne l'assurance qu'elle serait seule au moment de son bain. C'était l'unique moyen pour elle de jouir d'une heure de détente. De toute façon, peu de gens se soignaient à ce moment de la journée. On prétendait qu'il était meilleur pour la santé — mais c'était surtout pour les relations mondaines — de se rendre aux bains le matin.

Julia quitta l'entrée et se dirigea vers la salle de

bains. L'eau fumait, dégageant une odeur minérale un peu âcre et, avec un soupir de plaisir anticipé, elle se dévêtit, posa ses vêtements sur une chaise et releva ses cheveux à l'aide de deux épingles. Elle descendit les quelques marches du bassin, laissant la chaleur envahir ses mollets, ses cuisses, son ventre, son corps tout entier. Elle en frissonna de bien-être. Parfaitement détendue, elle rêvassait en agitant doucement l'eau autour d'elle.

Comment David avait-il réagi à sa subite disparition ? Avait-il essayé de la retrouver ou s'était-il trouvé trop accaparé par lady Ashton pour penser à elle ? Elle l'imagina dans les bras de Pauline, et elle secoua la tête pour chasser cette idée importune. Elle ne pouvait s'empêcher toutefois de se demander ce qui s'était passé chez lui après son départ précipité le soir de l'incendie. Avait-il autorisé sa maîtresse à rester ? S'étaient-ils disputés ? Avaient-ils fait l'amour ?

— Je m'en moque, *je m'en moque !* marmonna-t-elle avec irritation.

Mais c'était faux, elle le savait. Malgré ses craintes, son entêtement, ses doutes, elle avait l'impression que David était « à elle ». Après tout, elle avait suffisamment souffert de son mariage pour avoir à présent le droit d'aimer cet homme ! D'autre part, s'il y avait réellement un bébé... elle n'était pas sûre de pouvoir vivre avec l'idée qu'elle avait détourné David de ses responsabilités.

Elle s'aspergeait le visage d'eau tiède quand elle entendit la voix flûtée de l'employée.

— Madame Wentworth ?

Julia s'essuya les yeux et se tourna vers l'entrée.

— Oui ?

— Il y a une visite pour vous, annonça gaiement

la vieille dame. Et ça vous fera plaisir, j'en suis sûre !

Julia secoua vigoureusement la tête.

— Je vous ai dit que je ne voulais voir personne pendant que je...

— Certes, mais vous ne pouvez refuser de recevoir votre époux, n'est-ce pas ?

— Mon époux ?

L'hôtesse hochait la tête avec tant d'enthousiasme que les boucles de son chignon menaçaient de glisser.

— Oui, et il est très impatient de vous retrouver !

Julia resta bouche bée quand David fit son apparition.

— Ah, vous voilà ! dit-il tandis que Julia s'enfonçait davantage sous l'eau. Je vous ai manqué, mon amour ?

Julia lui lança un regard noir.

— Pas du tout !

Elle mourait d'envie d'éclabousser son pantalon au pli impeccable et sa chemise de lin blanc. La dame de l'établissement étouffa un petit rire, croyant à un jeu d'amoureux, et David lui offrit son sourire le plus charmeur.

— Merci infiniment de m'avoir permis ces retrouvailles avec mon épouse, madame. Maintenant, si vous vouliez bien nous accorder quelques instants d'intimité... et veiller à ce que nous ne soyons pas dérangés...

— Personne ne franchira le seuil de cette pièce ! promit la brave femme avec un clin d'œil complice. Bonsoir, monsieur Wentworth !

David fronça les sourcils.

— Je ne suis pas M. Wentworth, grommela-t-il.

Mais la dame avait déjà disparu. Il se tourna de nouveau vers Julia.

— Comment m'avez-vous retrouvée ? demanda-t-elle sèchement.

David se débarrassa de sa veste le plus naturellement du monde.

— Votre amie Arlyss m'a dit que la troupe devait jouer à Bath. Après une petite enquête, j'ai découvert où vous logiez, et le patron de l'hôtel m'a dit que vous aviez l'habitude de vous rendre dans cet établissement en fin de journée.

— Il n'avait pas le droit...

— J'ai su me montrer convaincant.

— Oh, je n'en doute pas !

Comme il contemplait ouvertement ses seins, Julia se serra davantage contre le bord du bassin afin de se dissimuler. Son cœur battait follement... sans doute à cause de la chaleur.

David vint s'accroupir près d'elle.

— Continuez à me fuir, dit-il doucement, et je continuerai à vous rattraper.

— Il n'est pas question que vous passiez la nuit dans ma chambre, et je suis certaine que tous les hôtels de Bath affichent complet. Si vous ne tenez pas à dormir dans la rue, vous feriez mieux de rentrer à Londres sur-le-champ.

— J'ai une villa à Laura Place.

— Quelle idée ! rétorqua-t-elle. Je doute que vous soyez un habitué des stations thermales !

— Je l'ai achetée pour mon père, qui adore venir ici quand sa santé le lui permet. Aimeriez-vous la visiter ?

— Certainement pas ! Au cas où vous ne l'auriez pas remarqué, j'essaie plutôt de vous éviter.

David fit un geste pour essuyer sa joue humide, et elle rejeta vivement la tête en arrière.

— Ne me touchez pas !

— Si vous êtes furieuse à cause de ce qui s'est passé avec Pauline l'autre soir...

— Cela m'est complètement égal ! Je me moque pas mal que vous l'ayez invitée ou non, et si je suis en colère contre quelqu'un, c'est contre moi.

— Parce que vous aviez envie d'être avec moi ?

Il y eut un long silence, à peine troublé par le léger clapotis de l'eau. Julia ne se sentait plus du tout relaxée, à présent, mais au contraire tendue comme un arc. Les yeux de David exprimaient clairement la violence de son désir. Il était venu parce qu'il la voulait, et il ne lâcherait pas facilement prise.

— Vous n'auriez pas dû me suivre jusqu'ici, dit-elle avec fureur. Vous n'obtiendrez rien de moi, et en tout cas pas le genre d'accueil que vous semblez souhaiter.

Plutôt que de discuter, il la couvrit d'un regard ardent et examina ses doigts fins crispés sur le rebord de pierre du bassin.

— Vous portez ma bague, fit-il remarquer.

Julia plongea sa main dans l'eau.

— Il est vrai qu'elle me plaît. Mais n'imaginez pas que vous allez acheter mes faveurs...

— Je n'imagine rien du tout. Vous semblez espérer que je vienne vous rejoindre. Si je ne le fais pas, je pense que vous serez déçue.

— Cessons cette comédie ! dit-elle, exaspérée. Vous êtes venu parce que vous avez envie de me faire l'amour.

— Bien sûr ! Et vous désirez la même chose. Si je me souviens bien, c'était une expérience agréable pour l'un comme pour l'autre... à moins que vous n'ayez feint le plaisir ?

Rouge de confusion, Julia leva un bras menaçant.

— Sortez ou j'éclabousse vos beaux vêtements!

David ne cessait de sourire.

— Ce serait une excuse pour venir jusqu'à vous.

— Partez, je vous en supplie, répéta-t-elle, les dents serrées. Je suis dans l'eau depuis trop longtemps, ma peau est toute fripée.

Galant, il lui tendit une main pour l'aider à remonter.

— Non, merci.

— Pudique? la taquina-t-il. Je vous ai déjà vue nue. Alors, une fois de plus...

— Je ne sortirai pas tant que vous serez là!

— Tant pis pour vous.

Découragée, Julia lui tendit avec raideur une main mouillée.

— Très bien, dit-elle froidement. Vous pouvez m'aider.

Comme il se penchait au-dessus du bassin, elle le saisit au poignet et, avant qu'il ait eu le temps de réagir, elle le tira de toutes ses forces. Avec un juron étouffé, il perdit l'équilibre et tomba la tête la première. Julia poussa un cri de triomphe et se précipita de l'autre côté de la piscine. Elle ne put s'empêcher d'éclater de rire quand elle vit David émerger, les cheveux collés sur le crâne. A travers ses cils alourdis par l'eau, son regard étincelant annonçait des représailles.

— Petite sorcière!

Il se jeta sur elle et, partagée entre rire et inquiétude, elle tenta de lui échapper, mais il la saisit à la taille et la serra contre lui.

— Vous aviez besoin de prendre les eaux, pouffa-t-elle. Vous allez être guéri de toutes vos maladies!

— Il reste quand même un problème que les eaux ne traiteront pas, dit-il en avançant davantage les hanches.

Le rire de Julia s'éteignit quand elle sentit l'évidence de son désir. Elle s'accrocha à lui, noua intimement les jambes autour de sa taille. Tous deux, le souffle court, demeuraient parfaitement immobiles. Julia roulait sans fin dans les vagues de la passion, incapable de se dégager, prise au piège. Elle repoussa doucement les mèches mouillées sur le front de David, puis elle caressa sa tempe, son menton et elle adora effleurer de ses doigts la peau rugueuse sous sa barbe naissante. Brusquement, il la souleva plus encore et baissa la tête vers ses seins sortis de l'eau. Elle cessa de protester dès qu'elle sentit ses lèvres descendre le long de son cou, jouer avec l'un de ses seins déjà bourgeonnants. Enfin David la laissa de nouveau descendre dans l'eau, et sa main se glissa entre eux pour chercher la partie la plus sensible de son être. Elle frémit, étourdie de désir, puis elle se rappela qu'ils étaient dans un lieu public.

— Non... souffla-t-elle contre sa bouche. Pas ici.

— Vous avez envie de moi ? demanda-t-il avant de goûter ses lèvres.

Elle tremblait, douce et légère entre ses bras, et elle lut dans ses yeux la promesse de plaisirs plus intenses encore.

— Je vous en prie, Julia, répondez-moi.

Un petit gémissement lui échappa. Elle était noyée dans ses sensations, elle voulait résister, elle savait qu'il ne fallait pas, et pourtant... cela n'avait pas d'importance. Elle noua les bras autour de son cou.

— Oui, murmura-t-elle.

David eut quelques difficultés à déboutonner sa chemise, et elle l'aida avant de parcourir des doigts son torse puissant.

— Vite ! dit-elle en répandant sur son visage une pluie de baisers.

Il avait du mal à défaire son pantalon et déclara, amusé :

— Je ne me suis jamais déshabillé sous l'eau. Ce n'est pas si facile !

— Encore un effort, chuchota Julia.

Elle le taquinait de la langue, lui arrachant un petit rire sensuel, et il tira plus violemment sur son pantalon qui finit par céder. Julia le prit dans sa main pour le caresser, tendre et forte à la fois. Il répétait son nom d'une voix rauque tandis qu'il la soulevait aux hanches pour la guider vers lui. Il la pénétra lentement, fermement, et elle fut parcourue d'un immense frisson de plaisir. David aurait voulu accélérer le rythme, mais l'eau l'en empêchait, leur imposant une délicieuse torture.

Ils ne faisaient plus qu'un, ils existaient par les mêmes battements de cœur. Le plaisir montait en elle, impétueusement, et elle oublia tout ce qui n'était pas le mouvement de David, les sensations qui l'emportaient vers le ravissement. David but son cri sur ses lèvres pendant qu'elle était secouée de spasmes qui le menèrent lui aussi immédiatement à la jouissance. Il ferma les yeux, le corps et l'âme en feu.

— Julia... Je ne te laisserai jamais partir... jamais.

Malgré le sang qui bouillonnait encore en elle, Julia l'entendit, et elle fut à la fois révoltée et enchantée de son autorité. Il lui appartenait aussi, elle avait pris autant de plaisir que lui à leur union... Et, malgré son inexpérience, elle savait qu'elle ne trouverait jamais une telle perfection avec un autre. Faible, assouvie, désespérée, elle se laissait aller contre lui tandis qu'il la caressait avec une infinie tendresse.

— Garde-moi avec toi cette nuit, murmura-t-il.

Elle ne voyait plus guère de raison de refuser et elle se dégagea doucement pour l'entraîner hors de l'eau. David plongea vers le fond du bassin afin de récupérer ses souliers. Quand il reparut en brandissant triomphalement deux chaussures ruisselantes, elle éclata franchement de rire.

— Vous avez l'intention de vous rendre à l'hôtel dans cet état ? Vous attraperez un rhume, ou pire.

David l'aida à sortir de la piscine et caressa du regard son corps nu.

— Vous me réchaufferez dans notre chambre.

9

Pleine de vie et d'enthousiasme, Julia, plantée sur la scène du New Theatre, observait avec joie l'activité fébrile qui régnait autour d'elle. L'incendie n'avait découragé personne, et on installait les nouveaux décors, on répétait les rôles, on échangeait des plaisanteries sur les inconvénients de la vie en tournée.

— Quelle petite ville ennuyeuse ! marmonnait Arlyss avec une grimace, les poings sur les hanches. Pas l'ombre d'un beau garçon à l'horizon. Rien que des vieilles filles et des invalides !

— Je croyais que nous étions là pour jouer la comédie, rétorqua Julia en souriant, pas pour faire des conquêtes !

— Le jour où j'arrêterai de...

Arlyss laissa en suspens sa phrase. Son visage

exprimait la contrariété. Julia suivit la direction de son regard et vit Mary Woods, un second rôle, flirter ouvertement avec Michael Fiske. Le décorateur semblait charmé par la ravissante jeune femme et la regardait avec dévotion.

— Au lieu d'ennuyer Fiske, elle ferait mieux de répéter son texte, ronchonna Arlyss.

— Mary n'a que quelques répliques, et elle les connaît sûrement par cœur.

Arlyss fronça les sourcils.

— M. Fiske a bien assez de travail sans s'occuper de distraire cette fille !

— Il aurait pu être ton ami, si tu avais voulu, lui rappela Julia. Mais je crois me souvenir que tu lui as préféré lord William Savage…

— Oui, et pourtant, lui non plus ne valait pas mieux que les autres, rétorqua Arlyss, boudeuse. On dirait que je ne l'intéresse plus en dehors de la chambre. Lui et moi, c'est fini. D'ailleurs j'en ai fini avec *tous* les hommes, pour l'instant.

Les bras croisés, elle tourna résolument le dos au décorateur et à la jeune actrice. A ce moment, Julia surprit un regard en coulisse de Fiske. Il essayait simplement de rendre Arlyss jalouse !

— Et si nous parlions plutôt de *ton* prétendant ? suggéra Arlyss. Lord Savage est venu me voir à Londres, il te cherchait. Je lui ai seulement dit que la troupe se rendait à Bath. Est-il venu ? L'as-tu vu ?

Julia hésita un instant avant d'acquiescer en rougissant malgré elle.

— Alors ? Que s'est-il passé ? insista Arlyss.

Julia secoua la tête avec un petit rire gêné. En supposant qu'elle eût envie de raconter, aucune parole ne pouvait décrire la nuit qu'elle avait passée. Après avoir quitté l'établissement de bains, ils s'étaient dirigés vers l'hôtel dans la douce brise du soir. David frissonnait sous ses vêtements trempés. Une fois dans la chambre, Julia avait allumé un feu dans la cheminée, et ils s'étaient mis au lit. Là, nus l'un contre l'autre, vite réchauffés, ils avaient fait l'amour sans parler, remplaçant les mots par des gestes tendres et des caresses passionnées. En se rappelant l'extase qu'elle avait connue dans la chambre doucement éclairée par les flammes, Julia rougit davantage. Au matin, David avait été long à se réveiller. Il s'était étiré et l'avait retenue dans ses bras quand elle avait cherché à se lever. Il lui avait encore fait l'amour lentement, tendrement.

Elle parvint enfin à chasser ses pensées érotiques.

— Rien dont j'aie envie de parler, murmura-t-elle.

Arlyss s'approcha avec un air de conspiratrice.

— Je suis si contente pour toi, Jessica ! Je ne t'ai jamais vue comme ça. Tu dois être amoureuse ! Il t'a fallu du temps, quand même !

— Ne le dis à personne, je t'en prie.

— Promis... Mais tout le monde s'en doutera bien vite. Tu sais comme les nouvelles se propagent. D'autre part, quand on est dans cet état de grâce, il est impossible de le cacher. Ça se voit à mille petits détails.

Julia fut dispensée de répondre grâce à l'arrivée de Logan Scott, qui avait été retenu par une délégation de notables. Les membres de la troupe vinrent l'entourer, lui poser des questions, mais il se dirigea tout droit vers Julia.

— Comment allez-vous, madame Wentworth ? demanda-t-il avec brusquerie.

— Très bien, après cette semaine de repos, monsieur.

— Parfait !

Arlyss, qui se rendait compte que sa présence n'était pas souhaitée, alla rejoindre Fiske, toujours occupé avec Mary Woods. Logan continuait à observer attentivement Julia.

— Il paraît que Savage est ici, à Bath, dit-il.

Le ton était neutre, pourtant elle sentit un reproche.

— Oui, répondit-elle.

— Vous l'avez vu ?

Julia demeura silencieuse, mais son expression parlait pour elle.

— Vous vous êtes encore gavée de bonbons ? reprit-il, faisant allusion à leur conversation, la nuit de l'incendie.

Elle rougit, redressant un peu les épaules.

— Ce n'est pas ma faute s'il m'a poursuivie jusqu'ici, se défendit-elle.

— Certainement pas, rétorqua-t-il, ironique.

— Si vous pensez que je l'ai encouragé…

— Je me moque de ce que vous avez fait. Arrangez-vous seulement pour que votre travail n'en souffre pas. Si vous arrivez en retard à la répétition parce que vous avez trop tardé au lit…

— Je n'étais pas en retard, ce matin, coupa Julia. C'est *vous* qui l'étiez, monsieur Scott.

Lui lançant un regard glacial, Logan s'éloigna afin d'aboyer des ordres à gauche et à droite.

Julia était troublée, déconcertée. Ils avaient bien failli se disputer, et elle ne comprenait pas pourquoi. Chez tout autre, elle aurait imputé cet accès d'humeur à la jalousie, mais en l'occurrence c'était inenvisageable. Logan n'était pas amoureux d'elle… et même s'il l'avait été, jamais il n'aurait brisé sa sacro-sainte règle de ne pas se lier à une de ses comédiennes. Avait-il peur qu'elle n'abandonne sa carrière ? « Vous seriez difficile à remplacer, au

Capital Theatre », lui avait-il dit la semaine précédente. Ce serait difficile, peut-être, mais pas impossible. Les jeunes talents ne manquaient pas, et Julia ne se considérait absolument pas comme une exception.

Tandis que la répétition progressait, la troupe fut soulagée de s'apercevoir que, à part quelques détails mineurs de mise en scène, la pièce était parfaite. Toutefois Logan ne semblait pas de cet avis. Il interrompit la représentation à plusieurs reprises pour réprimander vertement comédiens et techniciens. L'après-midi avançait, et Julia se demanda s'il avait l'intention de les pousser à bout. Des murmures de rébellion couraient dans les rangs quand Logan mit enfin un terme à la séance de travail, en début de soirée.

— Tout le monde au théâtre à neuf heures demain matin ! ordonna-t-il.

La troupe se dispersa rapidement.

— Vous devriez être content, tout s'est bien passé, osa dire Julia à Logan qui restait planté au milieu de la scène, l'air sinistre. Au lieu de ça, vous vous comportez comme si la répétition était un désastre.

Il lui lança un coup d'œil meurtrier.

— Quand on vous paiera pour diriger la compagnie, vous pourrez agir comme vous l'entendez. En attendant, soyez gentille de m'en laisser la responsabilité.

Julia fut piquée au vif et surprise par tant d'agressivité.

— J'aimerais que nous soyons tous aussi parfaits que vous, monsieur Scott, déclara-t-elle avant de tourner les talons.

Elle saisit son manteau et son chapeau qu'elle avait laissés sur un fauteuil et se dirigea vers la sortie sans plus penser, dans son indignation, qu'il pouvait y avoir de nombreux admirateurs à l'extérieur. A la fin de chaque représentation, beaucoup de gens souhaitaient apercevoir Logan Scott ou les autres comédiens. Dès qu'elle ouvrit la porte, en effet, elle fut repoussée par une horde de curieux qui tentaient de pénétrer dans le théâtre.

— C'est elle ! cria quelqu'un. Mme Wentworth !

Des mains se tendaient, on s'exclamait, et elle dut peser de tout son poids contre le battant pour empêcher la foule d'entrer. Pourtant deux hommes arrivèrent à franchir le barrage. Un peu essoufflée par l'effort qu'elle venait de fournir, Julia les regardait sans mot dire. L'aîné était trapu, l'autre grand, efflanqué et nettement plus jeune. Le gros ôta son chapeau et dévisagea Julia avec insolence en passant le bout de sa langue sur ses lèvres épaisses. Son haleine dégageait une forte odeur de tabac et d'alcool.

— Lord Langate, ma chère, dit-il d'un air important, et voici mon ami, lord Strathearn. Permettez-moi de vous dire que vous êtes plus charmante encore de près que de loin.

— Merci, répondit Julia, sur la défensive.

Elle fixa son chapeau sur son chignon.

— Si vous voulez bien m'excuser, messieurs...

Ils s'approchèrent pour lui barrer le passage. Les petits yeux en boutons de bottine de Langate brillaient de convoitise.

— Comme nous connaissons bien la ville et tous les plaisirs qu'elle offre, Strathearn et moi avons décidé de nous mettre à votre disposition pour la soirée.

— Ce n'est pas la peine, rétorqua Julia d'un ton sec.

— Nous vous emmènerons dîner dans un excellent restaurant, madame, puis nous ferons la tournée des grands-ducs dans ma voiture. Cela vous plaira beaucoup, je vous assure.

— J'ai d'autres projets.

— Sans doute, mais vous pourriez y renoncer pour satisfaire deux fervents admirateurs...

— Je crains que non.

Julia tenta encore une fois de leur échapper, mais ils faisaient barrage.

La main de Langate se posa sur son épaule, descendit vers sa poitrine.

— Vous avez peut-être besoin d'un petit encouragement...

Scandalisée, elle sentit les doigts boudinés de l'homme qui cherchaient l'échancrure de son corsage pour y glisser quelques billets de banque. Elle les arracha en tremblant, la bouche ouverte sur un appel au secours. Toutefois, avant qu'elle eût le temps de crier, une tornade s'abattit sur eux. Les deux hommes qui l'écrasaient contre la porte furent soulevés de terre par une poigne de fer. Les billets échappèrent des mains de Julia qui, pétrifiée, regardait son sauveteur avec gratitude. C'était David, le visage dur, le regard meurtrier. Il avait plaqué les deux individus contre le mur et ne semblait pas entendre leurs bafouillantes excuses. Ils se turent quand il prit la parole, les dents serrées.

— Si vous vous approchez encore d'elle, je vous casse la tête, je vous brise les os...

Langate virait à l'écarlate.

— On ne savait pas qu'elle avait un protecteur, balbutia-t-il.

David relâcha le plus jeune pour se concentrer sur lui et ses doigts se resserrèrent sur sa gorge.

— Touchez-la, parlez-lui, osez seulement la regarder et je vous tue.

— Non, non... haleta le gros homme. S'il vous plaît, monsieur, laissez-moi partir...

David le lâcha brusquement, et il s'effondra contre le mur. L'autre vint aussitôt lui prêter un bras secourable et ils filèrent sans demander leur reste. David se tourna vers Julia, les yeux brûlants de rage.

— Comment... ? demanda-t-elle.

— Je suis passé par la porte latérale. Là-bas aussi une foule vous attend. C'est surtout vous qu'ils ont envie de voir. On semble vous considérer comme un bien public, madame Wentworth.

— Je n'appartiens à personne.

— J'ai les moyens de montrer un certificat de mariage qui prouve le contraire.

— Votre certificat ne vaut rien ! protesta-t-elle. La légalité de notre mariage est discutable, vous le savez fort bien. N'importe quel tribunal l'annulerait sans l'ombre d'une hésitation, compte tenu du fait que nous n'avions ni l'un ni l'autre l'âge requis.

Ils s'affrontaient du regard, et Julia finit par baisser les yeux en se demandant pourquoi ils étaient soudain tellement en colère l'un contre l'autre.

— Merci de m'avoir débarrassée de ces deux bouffons, dit-elle, radoucie.

David ne répondit pas.

— Je vais attendre que la foule se disperse, poursuivit-elle.

— Inutile. Je vous accompagne à mon attelage.

Elle recula légèrement.

— Non, non, merci. Je pense qu'il ne serait guère raisonnable de passer une autre soirée ensemble.

— Même pour un simple souper ? Autant que je sache, vous n'avez rien avalé, aujourd'hui.

— Je ne vois aucune objection à partager un repas avec vous, mais, après...

La voyant bouleversée, David changea d'attitude. Il remit en place quelques mèches de ses cheveux.

— Je ne suis pas venu à Bath dans le seul but de vous attendre dans une chambre d'hôtel… encore que cette perspective ne soit pas déplaisante.

— Alors pourquoi ?

— J'avais envie de passer un peu de temps avec vous, d'observer la vie que vous menez, afin de mieux comprendre l'attrait que ce métier exerce sur vous. Et je voulais aussi que vous appreniez à me connaître. A la vérité, nous sommes encore des étrangers l'un pour l'autre et, avant d'envisager l'annulation du mariage, nous ne risquons rien à essayer de nous découvrir mutuellement.

— Peut-être… murmura Julia d'un air pensif. Elle esquissa un geste pour laisser retomber la voilette qui ornait son chapeau afin de dissimuler son visage, mais il le fit à sa place.

— Alors, dînons ensemble à ma villa. Après le repas je vous raccompagnerai à votre hôtel, je vous en donne ma parole.

Julia réfléchit un instant. L'idée de souper à l'auberge seule ou avec des camarades de la troupe ne l'enchantait guère.

— Je suppose que les repas de votre cuisinier sont infiniment plus appétissants que ceux de l'hôtel, dit-elle enfin.

Il sourit.

— Pour cela aussi, vous avez ma parole, madame, dit-il en lui offrant son bras. Allons-y, avant que votre public n'enfonce la porte.

Julia avait toujours dû se débarrasser des importuns par elle-même, et pour une fois, c'était bien agréable de sortir au bras d'un homme robuste et de le laisser diriger la situation. Aussi ne protesta-t-elle pas quand il la prit par la taille pour la guider au milieu de la foule qui se mit aussitôt à l'assaillir de questions, à tenter de relever sa voilette. Stupéfaite, elle sentit qu'on lui ôtait son chapeau, et des larmes lui montèrent aux yeux quand les épingles qui le retenaient lui arrachèrent les cheveux. Elle s'accrocha à David jusqu'à ce qu'ils atteignent la voiture et parvint tout de même à sourire à ses admirateurs avant d'y monter. David, loin de se montrer aussi indulgent, repoussa brutalement les plus hardis. Une fois à l'intérieur, Julia soupira en se frottant le crâne…

— J'ai cru qu'ils allaient me scalper! s'écria-t-elle tandis que le cocher fouettait les chevaux.

— Sentir l'adoration du public, être poursuivie par des hordes d'admirateurs… c'est sans doute ce que recherche une actrice, dit David d'un ton placide.

Julia songea un instant à cette remarque avant de répondre sincèrement :

— J'aime savoir que les gens apprécient mon travail… Et cela renforce ma position au sein du Capital Theatre.

— Je crois que c'est plus que ça, pour vous.

Agacée par la note de dérision qui perçait dans sa voix, Julia ouvrit la bouche pour argumenter une réponse, mais elle y renonça. Il avait raison, et elle détestait qu'il lût dans ses pensées. C'est vrai, elle aimait être admirée par son public, obtenir de lui toute l'attention et l'affection dont son père l'avait toujours privée.

— Les vies ordinaires doivent paraître bien ternes, en comparaison, reprit David.

— Je l'ignore, dit-elle avec une pointe de sarcasme. Racontez-moi ce qu'est une vie ordinaire… Oh, mais j'oubliais, vous n'êtes pas concerné, vous non plus.

— Je mène l'existence que je désirais.

— Moi aussi !

David ne discuta pas plus avant. Il la regardait mettre de l'ordre dans sa chevelure à l'aide d'un de ses peignes d'écaille.

La villa était aussi élégante que la prestigieuse adresse le laissait supposer : parquets de chêne, tapis persans, meubles en bois de rose, plantes vertes dans toutes les pièces. Des rideaux vert et jaune drapaient de hautes fenêtres, tandis que les murs étaient ornés de vastes miroirs qui démultipliaient l'espace. Dans la salle à manger, à la lumière douce des chandelles, Julia apprécia la finesse du repas. Poulet au champagne, escalopes de veau aux herbes, légumes frais... Au dessert, on leur servit des poires au vin et des tartes aux amandes meringuées.

— Je ne rentrerai plus dans mes costumes, demain, dit Julia en mordant dans une part de tarte.

— Votre décolleté déborde déjà, riposta David, avec un air ombrageux.

Julia sourit.

— Comparées aux robes de certaines actrices, mes tenues sont extrêmement sages, dit-elle en picorant une framboise.

David n'était pas convaincu.

— Je n'aime pas que les autres hommes vous voient en si grand décolleté. Ces robes sont faites pour exciter la convoitise. Et j'imagine sans peine à quoi pensent les hommes quand ils vous regardent.

Amusée, Julia posa le menton dans sa main.

— Et à quoi pensent-ils ? demanda-t-elle, taquine.

Sous prétexte de lui resservir du vin, David se leva et se tint près d'elle, à demi assis sur le bord de la table. Elle ne bougea pas, même quand le regard de David se posa sur son buste. Il lui releva doucement le menton.

— Ils imaginent le grain de votre peau, ils se demandent si elle est aussi douce qu'il y paraît.

Du bout du doigt, il dessinait la courbe de sa joue, s'arrêta au coin de ses lèvres.

— Ils se voient en train de dénouer vos cheveux, de les arranger sur vos seins...

Il effleurait son cou, sa poitrine.

Julia avait le souffle court, et elle s'accrocha au rebord de sa chaise en essayant de reprendre contenance. Elle rêvait de se lever, de se presser contre les cuisses de David, de sentir ses mains sur sa peau. Il continuait de jouer avec elle, sans la quitter un instant des yeux.

— Ils ont envie de vous faire l'amour, poursuivit-il, et de vous enfermer chez eux pour leur seul plaisir.

Il glissa une main sous son corsage et, tremblante, Julia la retint dans la sienne.

— Vous avez dit que vous ne me toucheriez pas.

— Oui.

Il retira doucement sa main.

— Vous avez un petit morceau de meringue sur la lèvre, dit-il.

Elle le cueillit du bout de la langue. David ne perdait pas une nuance de son expression. Elle lui tenait toujours la main et, comme elle la lâchait, elle remarqua que le diamant brillait de mille feux à la lumière des bougies. Elle eut un vif sentiment de culpabilité pour avoir accepté ce joyau, pour jouir d'un bijou qu'elle n'avait pas le droit de porter.

— Vous devriez la reprendre, dit-elle en ôtant la bague pour la lui tendre.

— Je ne vois pas ce que j'en ferais.

— Elle ne m'appartient pas.

— Mais si, puisque vous êtes ma femme.

Julia fronça les sourcils.

— C'est le symbole d'un mariage qui n'a jamais existé vraiment, qui n'existera jamais.

— Je veux que vous la gardiez. Quoi qu'il arrive, quand vous verrez cette bague, vous penserez qu'à une époque vous avez été mienne.

Jusqu'alors, Julia n'avait pas compris qu'il considérait le bijou comme un gage d'appartenance, et elle le posa à contrecœur sur la table. Elle n'était pas sûre de vouloir payer le prix attaché au diamant.

— Je suis désolée, dit-elle sans le regarder.

Bien qu'elle ne vît pas son visage, elle sentit qu'il était courroucé... L'air se chargeait d'orage... Sous cette violence latente, Julia resta parfaitement immobile, attendant que la respiration de David s'apaise.

— Vous me la redemanderez un jour.

Surprise, Julia commit l'erreur de lever la tête. Il était tout près, les yeux brillants comme des lames d'acier, et elle dut faire un effort pour ne pas reculer. A cet instant, elle sentit la force qui émanait de lui et comprit avec quelle énergie il avait pu à lui seul sauver sa famille de la ruine.

— Non, dit-elle doucement. Même si je tombais amoureuse de vous, je ne pourrais accepter cette bague et devenir votre propriété.

— Propriété, grinça-t-il. Vous croyez que c'est ainsi que je vous traiterais ?

Julia se leva pour être à sa hauteur.

— Si j'étais votre épouse, me laisseriez-vous aller où je veux, faire ce qui me plaît sans me poser de questions, sans protester ? Accepteriez-vous que je poursuive ma carrière, que je me rende aux répétitions tous les matins, que je rentre le soir vers minuit, ou plus tard encore ? Quant à vos amis, vos relations, supporteriez-vous leurs commentaires mal intentionnés, leurs sous-entendus ?

Il était toujours à demi assis sur la table, et il s'assombrit encore.

— Pourquoi le théâtre a-t-il tant d'importance pour vous ? demanda-t-il sèchement. C'est donc un tel sacrifice de renoncer à votre vie de bohémienne ?

— Je n'ai jamais pu compter sur rien d'autre, c'est le seul pilier dont je sois sûre. Je ne veux ni titre ni occupations mondaines... Quant à la vie bien calme à la campagne, c'est ce que mon père avait choisi pour moi.

David la prit par les hanches afin de l'emprisonner entre ses jambes.

— Il y a en vous une femme qui la désire, cette vie-là.

Julia posa les mains sur sa poitrine afin de se dégager, mais il la tenait fermement. En outre ses efforts ne faisaient que les rapprocher, et elle comprit bien vite l'effet que ses mouvements avaient sur lui, au point que son propre corps la trahit.

— Je voudrais partir, murmura-t-elle.

David la lâcha mais il l'hypnotisait du regard, et elle était incapable du moindre geste.

— Je n'ai pas l'intention de vous simplifier l'existence. Vous ne parviendrez pas à m'éviter ni à vous débarrasser de moi si facilement.

Julia avait déjà assez de mal à se refuser ce qu'elle désirait tant ! Elle nourrissait encore, tout au fond d'elle, certains rêves de famille, de foyer. S'endormir chaque soir dans les bras d'un époux, s'occuper de plusieurs enfants... Ces images avaient désormais un sens pour elle. Etre la femme de David était un rêve à portée de sa main et lui tourner le dos serait bien ce qu'elle avait fait de plus difficile dans toute sa vie! Elle se rappela soudain la voix sarcastique de Logan Scott. « Vous pouvez décider que vous aimez Savage au point de vous en remettre à lui corps et âme, mais je vous le déconseille. »

Un peu vacillante, Julia se détourna, la main sur le cœur, et prit de longues inspirations. David s'approcha d'elle et déclara d'un ton sans réplique :

— Je vous raccompagne à l'auberge.

— Ce n'est pas nécessaire...

David ne l'écoutait pas, et il avait déjà sonné pour qu'on attelle. Le trajet s'accomplit dans un silence tendu. Leurs cuisses se touchaient parfois, au hasard des cahots. Julia glissait sans cesse vers David, mais pour rien au monde elle ne se serait assise en face de lui, sous le regard froid de ses yeux gris.

— Je monterai seule à ma chambre, dit-elle quand il l'aida à descendre de voiture.

— Vous risquez d'être importunée. Je vous mène à votre porte.

— J'ai vécu seule ici pendant une semaine et tout s'est bien passé, crut-elle bon de rappeler.

— Pour l'amour du ciel, je ne vous toucherai pas! Si j'étais dans cet état d'esprit, vous seriez déjà dans mon lit. Je veux simplement veiller à votre sécurité.

— Je n'ai pas besoin...

— Passez-moi ce caprice, grinça-t-il, comme s'il avait envie de l'étrangler.

Avec un soupir exaspéré, Julia le précéda dans l'escalier. David suivait, l'air sombre. Ils s'engagèrent au long d'un couloir mal éclairé, puis la jeune femme sortit une clé de son réticule. Comme elle la glissait dans la serrure, elle s'aperçut qu'elle avait dû oublier de verrouiller, le matin ; cependant elle fit jouer la clé dans le pêne afin de s'éviter les reproches de David. La journée avait été assez éprouvante sans qu'elle se fasse traiter d'écervelée et d'imprudente. Elle tourna la poignée et leva les yeux vers David.

— Vous avez rempli votre devoir de gentilhomme, maintenant, vous pouvez me laisser. Bonne nuit.

David lui lança un regard noir avant de s'éloigner à grandes enjambées. Julia pénétra dans sa chambre, alluma la lampe à pétrole de la coiffeuse dont elle régla distraitement la mèche. Tout à ses tourments, elle restait plongée dans ses rêveries... quand elle perçut un mouvement furtif dans sa psyché et un craquement du plancher...

Elle n'était pas seule! Paniquée, elle se retourna en poussant un cri, pour se retrouver aussitôt bâillonnée par une main d'homme et serrée contre un corps maigre mais solide. Les yeux écarquillés d'horreur, elle vit lord Langate s'approcher d'elle tandis que Strathearn la ceinturait fermement. Les deux hommes avaient dû retrouver leur courage grâce à quelques bouteilles d'alcool, car leur haleine était plus lourde encore qu'au théâtre.

— Vous ne vous attendiez pas à nous revoir de sitôt, hein? susurra Langate en passant la main sur ses rares cheveux gras. Quelle appétissante petite personne! ajouta-t-il, le regard lubrique. On n'en voit pas souvent de si belles. Qu'est-ce que tu en penses, Strathearn?

L'autre acquiesça bruyamment.

— N'ayez pas peur, reprit le gros homme. On va se faire plaisir, mais on vous paiera après. Vous pourrez vous acheter quelques babioles. Et ne prenez pas cet air outragé, ça ne doit pas être la première fois que vous accueillez des hommes dans votre lit contre un petit cadeau!

Il saisit la main de Julia et la posa de force contre son sexe avec un immonde sourire de satisfaction.

— Pas mal, non ? Je suis sûr que vous apprécierez...

Il ne termina pas sa phrase car la porte venait de céder et Julia se retrouva brutalement à terre. Elle rampa vers le mur contre lequel elle se colla, terrorisée, les cheveux dans les yeux. Elle entendit le son mat des coups de poing, et des cris de douleur emplirent la chambre. David était revenu, et il semblait décidé à en finir une fois pour toutes avec ces crapules. Strathearn était déjà à terre quand il se mit à frapper Langate jusqu'à ce que celui-ci crie grâce. Malgré sa peur, Julia comprit que David était sur le point de commettre un meurtre.

— Arrêtez ! gémit-elle. Je n'ai rien. Si vous n'arrêtez pas, vous allez le tuer. David !

En entendant son nom, il se tourna vers elle, et la vue de son visage décomposé sembla le ramener à la réalité. Il secoua la tête comme pour se débarrasser de sa rage, repoussa brutalement Langate et s'approcha de Julia. Les deux canailles en profitèrent pour filer à l'anglaise, non sans jurer et maugréer.

Julia, incapable de se lever toute seule, tendit les mains à David qui se pencha, la prit dans ses bras comme une enfant. Elle s'accrocha à lui de toutes ses forces.

— Mer... merci, balbutia-t-elle. Merci...

Sans la lâcher, David s'assit sur le lit, lui caressa les cheveux, essuya ses joues trempées de larmes. D'une voix douce, il la rassurait, lui jurait qu'elle était en sécurité, que plus personne ne lui ferait de mal. Julia, les yeux fermés, essayait de ravaler ses sanglots. Si David ne s'en était pas mêlé, Langate et son acolyte l'auraient violée ! C'était épouvantable !

— Pourquoi... pourquoi êtes-vous revenu ? demanda-t-elle enfin.

— J'étais arrivé au bout du couloir quand j'ai cru vous entendre crier. Alors, au risque de passer pour un fieffé imbécile, j'ai décidé de venir voir ce qui se passait.

Elle lui prit la main, la serra dans la sienne.

— Vous passez votre temps à me sauver la vie !

Il glissa un doigt sous son menton et l'obligea à le regarder dans les yeux.

— Ecoutez-moi, Julia... Je n'arriverai pas toujours à temps. C'est une chance que j'aie été là ce soir...

— C'est fini, à présent, coupa-t-elle, sentant que la tendresse laissait la place à une autorité réprobatrice.

— Non, ce n'est pas fini ! insista-t-il. Ce sera toujours comme ça ! Il y aura d'autres Langate qui feront n'importe quoi pour vous approcher. Si vous tenez à poursuivre votre carrière de comédienne, vous aurez besoin de protection jour et nuit, et c'est un emploi pour lequel je ne suis pas candidat.

Il la poussa sur le côté et se leva, immense, impitoyable.

— Si c'est la vie qui vous plaît, libre à vous. Mais dans ce cas suivez mon conseil, engagez un garde du corps pour vous protéger contre vos bataillons d'admirateurs, si on peut les appeler ainsi. Et verrouillez cette fichue porte derrière moi !

Julia, sans mot dire, le regarda quitter la chambre. « Ne partez pas, j'ai besoin de vous », voulait-elle implorer, mais les mots restaient bloqués dans sa gorge malgré l'envie qu'elle avait de le garder près d'elle. Quand il eut refermé la porte derrière lui, elle saisit son oreiller et le lança de toutes ses forces contre le mur qu'il heurta avec un bruit mou tout à fait décevant. David avait tort de la réprimander, comme si elle était responsable de ce qui venait de se passer ! Le fait qu'elle fût comédienne donnait-il le droit à quiconque de la molester ? Pourquoi était-il indispensable qu'une femme fût protégée par un homme ?

Elle bondit du lit et alla fermer la porte à clé, pour se protéger de David et du monde entier ! Elle venait de comprendre pleinement à quel point David désapprouvait sa profession de comédienne. Ils se trouvaient dans une impasse. David l'obligerait à choisir, il n'accepterait pas de compromis. Le métier d'actrice comportait des risques, il était incompatible avec la vie de famille.

Malheureuse, Julia arpenta la chambre, les bras serrés autour d'elle. Un jour, elle rencontrerait quelqu'un d'autre, dans quelques années, peut-être... Un homme qui n'aurait pas l'arrogance, les exigences de lord Savage. Un homme plus doux, plus compréhensif, qui accepterait son besoin d'indépendance, qui ignorerait tout de l'étrange passé qu'elle partageait avec David. Pourtant il les unirait toujours, ce passé, même s'ils s'efforçaient de l'ignorer. David et elle avaient été formés à la même école, marqués par les années durant lesquelles ils étaient liés sans toutefois se connaître. Julia avait eu tort d'éviter son mari, espérant contre toute raison qu'il allait disparaître miraculeusement. Elle avait eu tort de changer de nom, de vie, afin qu'ils ne se rencontrent jamais. Elle n'aurait pas dû fuir, mais au contraire le voir, parler avec lui.

Il était trop tard, désormais. Leur relation, la passion qui flambait entre eux, le plaisir qu'ils partageaient, elle ne les trouverait jamais avec un autre. Si elle choisissait David, au détriment de tout le reste, elle aurait de grandes compensations. Mais sacrifier son métier serait comme s'amputer d'une partie d'elle-même, et elle finirait par reprocher à David de ne pas être capable de remplir le vide laissé par cet abandon.

Julia appuya son front brûlant à la vitre. Lady Ashton ferait une meilleure épouse pour lui, songeait-elle. Elle n'aspirait qu'à devenir sa femme, porter ses enfants... et elle ne lui demanderait aucun compromis.

Après une nuit d'insomnie, Julia s'habilla avec peine et se rendit au théâtre, le visage voilé comme d'habitude bien qu'il n'y eût guère de curieux à cette heure matinale.

Logan Scott, seul sur scène, contemplait la nouvelle toile de fond, cependant Julia sentit qu'il avait l'esprit ailleurs, qu'il était perdu dans ses pensées. En entendant des pas, il se tourna vers la jeune femme et ne sembla pas surpris de la voir arriver de si bonne heure. Il l'aida d'une main ferme et rassurante à grimper sur les planches.

— Vous avez une mine épouvantable ! dit-il.

— J'ai mal dormi, répondit-elle en s'efforçant de sourire. Ma conscience me travaillait.

— Vous feriez mieux de lui imposer le silence, conseilla Logan. J'ai étranglé la mienne il y a des années, et depuis je dors comme un bébé.

— Alors, donnez-moi votre recette, rétorqua-t-elle, ne plaisantant qu'à moitié.

— Une autre fois... En attendant, un message est arrivé pour vous au Capital Theatre et on l'a fait suivre jusqu'ici. Il semblerait qu'un membre de votre famille soit malade.

— Maman ! murmura Julia dont le cœur se mit à battre douloureusement.

— Non, votre père, je crois. Mais je ne reconnais pas les détails.

— Père ? C'est impossible, je ne l'ai jamais vu malade, et...

Elle se tut, le regard dans le vide. Eva ne l'aurait pas fait prévenir s'il ne se passait quelque chose de terriblement grave. Pourtant elle ne parvenait pas à imaginer son père souffrant, confiné au lit. De toute son enfance elle ne l'avait jamais vu alité.

— Vous avez l'intention d'y aller ? demanda Logan sans manifester la moindre émotion.

— Je ne peux pas... avec la première demain soir...

— Je la reporterai à mardi prochain.

Julia n'en croyait pas ses oreilles. Jamais Logan n'avait annulé une représentation... C'était encore un de ses chers principes.

— Pourquoi ? demanda-t-elle doucement.

Il ignora sa question.

— Vous pourrez être de retour mardi ?

— Oui, je crois, répondit-elle, émue par cette sollicitude inattendue. La plupart des directeurs, à votre place, ne me laisseraient pas partir. Je ne m'attendais pas...

Logan haussa les épaules.

— Si je vous obligeais à rester, vous ne donneriez pas le meilleur de vous-même.

— Vous pourriez confier le rôle à Arlyss, suggéra Julia, elle le connaît par cœur.

— Ce rôle est le vôtre, personne ne serait capable de l'interpréter comme vous.

— Je vous remercie, mais...

— Allez voir votre père. Faites la paix avec lui. Et dépêchez-vous de revenir !

— Bien, monsieur, dit Julia, docile.

Elle ne se laissa pas intimider par le ton rogue de Logan et elle lui adressa un sourire de reconnaissance.

— Je viens de m'apercevoir que vous êtes bon, reprit-elle, mais, rassurez-vous, je ne le dirai à personne, afin de ne pas ternir votre réputation.

10

Dans la voiture qui l'emmenait chez ses parents, Julia se demandait si elle n'aurait pas mieux fait d'informer David de son départ. Oui, elle aurait dû se confier à lui. Mieux que personne il était à même de comprendre les relations compliquées qu'elle entretenait avec lord Hargate. Pourtant, au souvenir de leur dernière rencontre, elle serra les dents. Il ne lui apporterait aucun réconfort, sans doute se permettrait-il même quelque remarque acide et lui dirait-il de porter seule ses fardeaux. Ce serait faire preuve de beaucoup d'incohérence de sa part de tenir de grands discours sur la liberté et l'indépendance, et de se tourner vers lui au premier problème.

Tandis que l'équipage approchait de Hargate Hall, Julia sentit son impatience se changer en appréhension. Elle avait peur de ce qu'elle allait trouver dans la demeure de son enfance, peur de voir son père malade, peur qu'il la chasse dès qu'il l'apercevrait.

La calèche s'immobilisa devant le porche, et deux

valets de pied aidèrent Julia à descendre pendant que les lads venaient s'occuper des chevaux et montrer la remise au cocher. La porte massive s'ouvrit avant que Julia soit en haut des marches et le majordome l'accueillit, rapidement suivi par Eva qui prit sa fille dans ses bras.

— Maman ! s'écria Julia, surprise.

Bien que la santé de sa mère fût capricieuse, jamais elle ne l'avait vue aussi bien. Elle rayonnait d'une force, d'une détermination que Julia ne lui avait pas connues depuis des années. Elle était encore trop mince, mais les os ne saillaient plus sur son visage et son regard brun avait pris de l'éclat. Apparemment, la situation inhabituelle lui convenait à merveille : pour une fois son mari avait besoin d'elle, c'était lui l'invalide et elle qui prenait la maisonnée en charge.

— Je suis heureuse que tu sois venue, dit-elle. Je craignais que ton emploi du temps ne te le permette pas.

— Comment va père ? demanda Julia en se dirigeant avec Eva vers l'escalier.

On avait l'impression qu'un suaire avait été jeté sur la maison, anormalement calme et silencieuse.

— Ton père s'est mis au lit avec la fièvre il y a quelques jours, expliqua Eva. Une très forte fièvre qui, d'après le médecin, a affaibli toutes ses capacités. Nous avons craint pour sa vie, mais à présent, le pire est écarté.

— Se remettra-t-il complètement ?

— Le docteur dit qu'il ne sera plus jamais tout à fait le même. Il lui faudra du temps pour reprendre des forces.

— Il va refuser de me voir, murmura Julia avec appréhension.

— Non. Il t'a demandée.

— Pourquoi ? Si c'est pour me dire que j'ai gâché ma vie et que je déshonore ma famille, je...

— Donne-lui une chance, coupa doucement Eva. Il vient de vivre une dure épreuve, Julia, et il veut voir son unique enfant. J'ignore ce qu'il a à te dire, mais je ne saurais trop te conseiller d'aller à lui dans un esprit de conciliation.

Julia hésita un moment.

— J'essaierai, promit-elle enfin.

Eva secoua la tête.

— Si tu savais à quel point tu lui ressembles ! Je crois que tu l'aimes, malgré tout, mais tu es incapable de mettre ton orgueil de côté le temps de l'avouer.

— Je l'aime, en effet, reconnut Julia, pourtant cela n'efface pas ce qui a été dit, ce qui a été fait. L'amour n'a jamais empêché les gens de se déchirer.

Elles gravirent les dernières marches en silence.

— Aimerais-tu passer un moment dans ta chambre pour te rafraîchir ? demanda Eva.

— Merci, je préfère aller le voir tout de suite.

Julia était trop nerveuse pour retarder cet instant, et la tension montait en elle à chaque seconde.

— Enfin, s'il est assez fort pour cela, ajouta-t-elle.

Eva l'accompagna devant la porte d'Edward.

— Julia... il faut accepter que les gens puissent changer. Même ton père. Il est passé tout près de la mort et je pense qu'il est revenu sur certains faits du passé qu'il essayait d'oublier. Je t'en prie, sois gentille avec lui, écoute ce qu'il veut te dire.

— Bien sûr, maman ! Je ne me vois pas en train de pénétrer dans sa chambre en lui adressant des reproches.

Julia s'arrêta sur le seuil pour laisser passer sa

mère. Celle-ci, frêle silhouette dans la pénombre, alla se pencher sur le lit pour murmurer quelques mots à l'oreille de son mari.

En observant la scène, Julia fut troublée par son absence de sentiment. Son cœur était comme endormi, sans peine, sans colère. Elle n'éprouvait rien pour son père et elle en était profondément perturbée.

Enfin Eva lui fit signe de venir, et elle approcha lentement du lit où gisait lord Hargate sous le dais de chintz. Là, brusquement, elle fut submergée par le remords et la compassion. Edward avait toujours été un personnage fort, autoritaire, or il semblait terriblement fragile et démuni sous les couvertures remontées jusqu'au menton. Il paraissait beaucoup plus âgé, sa peau avait pris une teinte cireuse.

Julia s'assit avec précaution sur le bord du lit, prit la main trop maigre entre les siennes et la serra bien fort, espérant lui communiquer un peu de son énergie, de sa vitalité.

— C'est Julia, père, murmura-t-elle.

Il fallut longtemps pour que les cils pâles se lèvent sur ses yeux à l'éclat toujours aussi vif. Jamais Julia n'avait vu son père embarrassé, il était toujours parfaitement maître de la situation ; pourtant il semblait alors partager l'incertitude de sa fille, il cherchait ses mots.

— Merci, dit-il enfin d'une voix caverneuse.

Il bougea légèrement la main, et Julia pensa qu'il voulait se dégager, mais au contraire, il referma les doigts sur les siens. Son premier témoignage d'affection depuis des années.

— J'avais peur que vous ne me chassiez, dit Julia dans un demi-sourire.

— J'avais peur que tu ne viennes pas, rétorqua Edward. Et je n'aurais pu t'en vouloir.

— Maman m'a raconté que vous aviez été très malade. Mais moi, je sais bien que vous êtes trop robuste pour laisser une simple fièvre avoir le dernier mot !

Péniblement, Edward tenta de se redresser et Eva se précipita pour l'aider, mais déjà Julia glissait un oreiller dans son dos. Il se tourna vers son épouse.

— J'aimerais rester seul avec Julia, ma chère, dit-il.

— Je comprends, répondit Eva avant de quitter la pièce, légère et gracieuse.

Julia, perplexe, s'assit dans un fauteuil au chevet de son père.

— Qu'y a-t-il ? demanda-t-elle posément. Vous voulez parler de ma vie professionnelle ou de ma vie privée ?

— Rien de tout cela, répondit son père. Il s'agit de moi.

Il tendait la main vers son verre, et Julia le lui remplit d'eau fraîche. Il en but quelques gorgées avant de reprendre :

— Je n'ai jamais fait allusion à mon passé devant toi. Il y a... certains détails concernant les Hargate que j'ai omis de mentionner.

— Des détails ? répéta Julia, intriguée.

L'histoire des Hargate était plutôt banale. C'était une famille d'origine moyenne, extrêmement riche et désireuse de gagner un statut social supérieur grâce à une alliance avec une personne de la haute aristocratie.

— Je me suis persuadé que je voulais te protéger, poursuivait Edward, mais c'était pure lâcheté de ma part.

— Non, père. Vous n'avez jamais été lâche de votre vie.

Edward continuait, impitoyable envers lui-même.

— Il y a certaines choses dont je n'ai pas parlé parce que je les trouvais trop douloureuses ; et je t'ai punie à cause de ces faits.

Il y avait un poignant regret dans sa voix affaiblie, et c'était une révélation en soi pour Julia.

— Quelles choses ? l'encouragea-t-elle. Que voulez-vous me dire ?

— Tu n'as jamais entendu parler de... Anna.

— Qui est-elle, père ?

— C'était ta tante... ma sœur.

Julia était stupéfaite. De la famille de son père, elle ne connaissait que deux oncles qui vivaient à la campagne.

— Pourquoi ne m'a-t-on pas parlé d'elle ? Où est-elle, à présent, et que...

Edward leva la main pour l'interrompre.

— Anna était ma sœur aînée, expliqua-t-il. La plus ravissante créature du monde ! Sans elle, mon enfance aurait été un désert. Elle inventait des jeux et des histoires pour me distraire... Elle fut... la fée de ma jeunesse.

Julia était tout ouïe. Elle n'avait jamais vu son père ainsi adouci, le regard un peu brouillé par les souvenirs.

— Nos parents n'aimaient guère les enfants, poursuivit Edward. Pas même les leurs. Petits, nous ne les intéressions pas du tout, et cela ne s'est pas vraiment amélioré quand nous avons atteint l'âge adulte. Ils se souciaient seulement de nous inculquer le sens de la discipline et du devoir. Je dois avouer que je ne les aimais pas beaucoup non plus, cependant j'adorais Anna. Et je savais qu'elle était la seule personne sur terre qui me rende cet amour.

— Comment était-elle ? demanda Julia dans le silence qui suivit.

Edward avait visiblement du mal à continuer

son récit, il gardait les yeux dans le vague, tournés vers le passé.

— Elle était indépendante, fantasque, bien différente de mes frères et de moi. Elle se moquait des règles, des responsabilités ; c'était une créature émotive, absolument imprévisible. Nos parents ne l'ont jamais comprise... Elle les rendait fous, par moments !

— Que lui est-il arrivé ?

— A dix-huit ans, elle a rencontré un diplomate étranger qui était en poste dans une ambassade à Londres. L'incarnation de tous les rêves d'Anna. Mais mon père ne l'appréciait pas, et il lui a interdit de le voir. Evidemment, elle s'est révoltée, et elle trouvait toutes les occasions de se sauver en cachette pour aller le rejoindre. Elle est tombée amoureuse comme elle faisait tout le reste... complètement, corps et âme. Hélas, elle avait mal choisi. Elle...

Une ombre passa sur le visage d'Edward et Julia eut l'impression qu'il voulait cesser son récit. Toutefois il en avait trop dit, il devait à présent aller au bout.

— Anna a été enceinte, et son amant l'a abandonnée après avoir expliqué qu'il était déjà marié et n'avait rien à lui offrir. Ma famille avait horreur du scandale, alors on l'a chassée. C'était comme si elle avait soudain cessé d'exister. Père l'a déshéritée, la laissant pratiquement sans subsides, et elle a décidé de partir pour le continent afin de supporter seule les conséquences de sa disgrâce. Avant de partir, elle est venue me voir. Pas pour me demander de l'argent, ni de l'aide... Seulement pour obtenir l'assurance que je l'aimais toujours. Et je lui ai refusé cette consolation. Je lui ai tourné le dos, je n'ai pas voulu lui parler. Et quand elle a insisté pour me prendre dans ses bras, je… je l'ai traitée de fille déshonorée et je suis parti.

Cette fois, les larmes coulaient sans retenue sur les joues d'Edward.

— Je ne l'ai jamais revue. Elle s'est installée en France chez une lointaine cousine, et nous avons appris plus tard qu'elle était morte en mettant son bébé au monde. Je me suis arrangé pour la chasser de mes pensées pendant plusieurs années, pour ne pas devenir fou. Quand j'avais presque oublié qu'elle avait existé, tu es née.

Julia le fixa avec intensité.

— Tu lui ressemblais tellement, reprit son père, que c'en était un choc permanent. J'ai considéré ça comme un coup du sort… un rappel cruel de ma propre dureté envers cette sœur dont tu avais hérité les yeux, le sourire. L'esprit aussi, car tu as la même façon de voir la vie. Tu étais la réincarnation de ma sœur, et je ne voulais pas te perdre comme je l'avais perdue. Je me suis dit que si j'arrivais à te rendre plus semblable à moi… raisonnable, sérieuse, sans imagination, tu ne me quitterais jamais. Mais plus j'essayais de te faire adopter mes principes, plus tu me résistais… et plus tu lui ressemblais. Et chaque fois que j'ai cru agir pour ton bien, j'ai commis une erreur.

— Y compris pour le mariage avec lord Savage, murmura Julia en essuyant une larme.

— Surtout pour cette union, reconnut Edward d'un ton brisé. J'ai cru que tu n'aurais plus le choix, alors il fallait bien que tu deviennes comme je te voulais. Mais tu t'es révoltée, toi aussi. Tu as changé de nom, tu t'es lancée dans la carrière théâtrale. Pis, tu as réussi. J'ai tenté de te punir en te déshéritant, mais cela ne semblait pas te toucher.

— C'est vrai, cela m'était indifférent, intervint

Julia d'une voix mal assurée. Je désirais seulement que vous m'aimiez.

Son père hocha la tête comme une marionnette cassée.

— Je ne voulais pas t'aimer si je ne pouvais te changer. C'était un trop grand risque.

Et maintenant? eut envie de demander Julia. Etait-il trop tard pour eux? Pourquoi s'était-il obligé à raconter cette triste histoire? Elle espérait, et elle avait peur d'être déçue... Mais il était trop tôt pour les questions. Il suffisait qu'elle comprenne.

Edward était épuisé par sa longue confession.

— Merci de m'avoir parlé, dit doucement Julia en arrangeant ses oreillers. Dormez, maintenant, vous êtes las.

— Tu... tu vas rester? parvint-il à articuler.

Elle eut un tendre sourire.

— Jusqu'à ce que vous alliez mieux, père.

Bien que les confidences de lord Hargate l'aient bouleversée, Julia soupa légèrement avec sa mère de poulet et de légumes verts, tout en racontant à Eva ce qui s'était dit dans la chambre du malade. Elle ne fut pas autrement surprise.

— Je savais, pour la malheureuse Anna, avoua-t-elle, mais aucun des Hargate ne voulait l'évoquer. Ton père m'a seulement dit que tu lui rappelais sa sœur. J'aurais dû me douter... Cela explique bien des choses.

— Pourquoi m'en parle-t-il maintenant, alors? Que cherche-t-il?

— Il essayait de te dire qu'il regrettait, répondit doucement Eva.

C'était étrange de se retrouver sous le toit de ses parents, d'écouter les sons familiers de la maison, le bruit du vent contre les vitres, le murmure de la campagne environnante. Tout cela évoquait ses jeunes années ! Pour un peu, Julia se serait crue petite fille ; elle allait se réveiller au matin, elle passerait la journée à étudier et elle chercherait des endroits secrets pour dévorer des romans en cachette.

Les yeux grands ouverts dans le noir, Julia revoyait des images de son enfance. La main de fer avec laquelle son père dirigeait sa maisonnée, la timide présence de sa mère, les histoires qu'elle-même se racontait sans cesse... et comme toujours, l'ombre de David, l'époux inconnu. Au moment de son adolescence, il avait été pour elle une source de curiosité, de peur et de rancune. Il était l'invisible fardeau dont elle voulait se débarrasser à tout prix. Et maintenant qu'elle l'avait enfin rencontré, son tourment avait changé de nature ; à présent elle craignait de trahir sa liberté si chèrement acquise.

Il lui avait montré à côté de quelles joies elle allait passer si elle vouait sa vie au théâtre. Chaque soir, après la représentation, elle rentrerait dans une maison vide et se glisserait dans un lit froid et désert. Elle aimait déjà David malgré elle. Sous des dehors réservés, c'était un homme passionné, un homme de chair et de sang, un combatif qui luttait pour atteindre ses buts. Elle l'admirait pour sa ténacité, son sens de l'honneur, sa volonté. Si elle l'avait rencontré avant de devenir comédienne, cela aurait-il changé le cours de son existence ?

Lorsqu'elle s'endormit enfin, ce fut en rêve que David s'imposa à elle, douce torture. Elle se réveilla de nombreuses fois, bouchonna son oreiller dans l'espoir de trouver le sommeil, mais c'étaient les bras de David qu'elle voulait, sa peau contre la sienne.

— L'enverras-tu chercher ? avait demandé sa mère au cours de la soirée.

La question la taraudait encore ; elle en avait envie, pourtant elle ne le ferait pas. Elle ne voulait dépendre que d'elle.

Durant les trois jours suivants, Julia passa de nombreuses heures au chevet de son père, à le distraire, à s'occuper de lui, à lui faire la lecture à haute voix. Edward écoutait avec passion sans la quitter des yeux.

— Je suis certain que tu es une actrice accomplie, lui dit-il une fois.

Elle en resta bouche bée. Pour un homme qui était tellement opposé à sa carrière, l'aveu était surprenant !

— Tu donnes de la vie à tout ce que tu lis, ajouta-t-il.

— Vous devriez venir me voir jouer, un soir, risqua-t-elle. Enfin, si vous supportez de regarder votre fille sur une scène de théâtre !

— Peut-être...

C'était plus que Julia n'en aurait espéré !

— Vous pourriez y prendre plaisir, s'enhardit-elle. On dit que je suis assez compétente.

— On dit que tu es une grande comédienne, rectifia son père. Par un fait exprès, je tombe sans cesse sur des articles qui te concernent, dans les journaux. Tu es une cible de choix pour les rubriques à scandales, apparemment... ces racontars sont fort désagréables à lire pour un père, je dois l'avouer.

— Oh, les articles... répondit Julia, ravie de

cette conversation. Ils sont tous faux, je vous assure. Je mène une vie très calme, à Londres. Pas d'aventures, pas de scandales...

— On associe souvent ton nom à celui de ton directeur.

— M. Scott est un ami, rien de plus. Le théâtre est son seul véritable amour, et aucune autre passion ne peut trouver place dans son cœur.

— Et lord Savage ? Ta mère semble penser que tu pourrais nourrir quelque affection pour lui.

Julia se détourna légèrement, les sourcils froncés.

— C'est vrai, admit-elle à contrecœur. Mais rien ne peut être envisagé avec lui. Il est trop... intransigeant.

Edward sembla comprendre tout ce que ce mot suggérait et il demeura un instant songeur.

— Vous aimeriez sans doute que je prenne ma place à ses côtés et que je devienne duchesse un jour, reprit Julia.

Il eut un petit rire sec.

— Comme tu l'as clairement exprimé voilà des années, c'est à toi de choisir, pas à moi.

— Et si je faisais annuler le mariage, vous me chasseriez de nouveau ?

— Non, répondit-il après un petit silence. J'entérinerai ta décision, quelle qu'elle soit.

Julia se sentit fondre de reconnaissance et, spontanément, elle lui prit la main.

— Merci, dit-elle, la gorge serrée. Vous ne saurez jamais à quel point c'est important pour moi.

A leur grand soulagement, Julia et Eva virent la santé de lord Hargate s'améliorer rapidement. Comme Julia s'apprêtait à retourner à Bath, elle prit plaisir aux nouveaux rapports qu'elle entretenait avec sa famille. Edward se montrait plus doux envers elle, moins intransigeant, et il s'autorisait même parfois des gestes affectueux. Il témoignait aussi plus de considération à sa femme, comme s'il comprenait enfin que la dévotion conjugale dont elle faisait preuve n'était pas un dû.

Le lundi matin, ses bagages bouclés, Julia se rendit dans la chambre de son père afin de lui faire ses adieux. Il était impératif qu'elle fût à Bath le lendemain pour la dernière répétition et la générale de la pièce. Elle fut surprise de le trouver en compagnie du notaire qui était à son service depuis au moins dix ans.

— Entre, Julia, dit Edward. Je terminais une affaire avec Me Bridgeman.

Julia attendit que l'homme de loi eût quitté la pièce pour tourner vers son père un regard interrogateur. Edward était solennel, avec au fond des yeux une lueur de satisfaction. Il fit signe à Julia de s'asseoir à son chevet.

— J'ai un cadeau pour toi.

— Oh? répondit Julia avec une légèreté affectée. M'auriez-vous par hasard réintégrée dans votre testament?

— En effet. Mais il y a autre chose, dit-il en lui tendant une liasse de papiers.

— De quoi s'agit-il?

— De ta liberté.

Julia prit le paquet de feuilles qu'elle posa sur ses genoux.

— Il y a là ton contrat de mariage, expliqua Edward. En même temps, je vais demander au pasteur qui a célébré la cérémonie de rayer vos noms de ses registres. Il n'y aura plus trace de cette union sur le plan religieux.

Julia demeura silencieuse. Comme Edward s'attendait à quelque manifestation de gratitude, il fronça les sourcils.

— Alors ? Tu devrais être contente, c'est ce que tu as toujours réclamé !

— J'aurais surtout préféré ne jamais avoir été mariée, murmura-t-elle en tentant de reprendre ses esprits.

Elle se sentait bizarre... un peu dans la peau d'une prisonnière à laquelle le geôlier jette négligemment les clés de sa cellule. C'était si soudain, elle s'y attendait si peu...

— Pour cela, c'est trop tard, répliqua son père. Mais je peux au moins essayer de réparer.

A sa manière, il reconnaissait avoir commis une erreur, et il s'efforçait de lui rendre ce qui lui avait été enlevé. Toutefois, il avait raison, on ne pouvait revenir sur le passé. Il restait l'avenir, et désormais il appartenait à Julia. Elle porta le paquet à ses lèvres et parvint à sourire.

Edward le lut dans ses yeux.

— J'ai bien fait, à ton avis ? demanda-t-il.

— Vous m'avez offert la possibilité de mener ma vie comme je l'entends, et rien ne saurait me contenter davantage.

Il secoua lentement la tête.

— Tu as toujours des réactions surprenantes. Dommage que tu ne ressembles pas un peu plus à ta mère.

— Cela me paraît difficile, riposta Julia. C'est à vous que je ressemble, père.

Les distractions de Bath avaient bien vite perdu tout charme pour David qui ne s'intéressait guère aux boutiques et moins encore aux réceptions mondaines. Quant aux plaisirs des eaux et leur effet radical sur le tube digestif, il n'en avait aucun besoin ! En fait, sa seule occupation était d'attendre le retour de Julia, ce qui l'exaspérait. Il avait laissé toutes sortes de dossiers en souffrance à Londres, et il était là à ne rien faire ! Il avait bien réfléchi avant de renoncer à suivre Julia. La situation lui avait été expliquée dans les grandes lignes par Arlyss, et il savait qu'elle était rentrée chez elle pour des raisons de famille. Sans doute l'état d'Eva avait-il empiré. Lord Hargate avait dû se laisser attendrir et appeler sa fille à contrecœur. Julia avait choisi de partir seule, c'était son droit le plus strict. David ne s'immiscerait pas dans cette réunion. En outre, du diable s'il allait la suivre partout comme un petit chien !

Le deuxième jour de son absence, il revenait d'une promenade à pied quand il eut la surprise de trouver William à la villa. En pleine forme, comme d'habitude, il était étendu sur un canapé de la bibliothèque, un verre de brandy à la main. Il sourit à son frère.

— Tu as pris un peu d'exercice ? demanda-t-il à David. Ne me dis pas que tu as épuisé tous les autres amusements de Bath ! Tu aurais pu au moins trouver une vieille fille à courtiser, la ville en regorge. On se moque trop souvent de ces vieilles demoiselles, pourtant, quand on s'intéresse à elles, leur gratitude compense largement leur absence de charme.

— Epargne-moi tes théories sur les femmes, coupa David en se servant un verre avant de s'asseoir dans un vaste fauteuil de cuir.

William se redressa.

— Comment va ton épouse, mon cher frère ?

— Fort bien, autant que je sache. Elle a quitté Bath.

— Oh ?... Et quand revient-elle ?

— Probablement mardi. Elle ne m'a pas tenu au courant.

Devant l'air contrarié de son frère, William éclata de rire.

— Mon Dieu ! C'est tellement drôle ! Toutes les femmes te recherchent, lady Ashton se pend à tes basques, et Julia n'a qu'une idée en tête : te fuir !

— C'est ça, ricane, dit David qui ne put retenir un petit sourire. Un jour, elle me verra d'un autre œil.

William continuait de pouffer comme un collégien.

— Je te connais, je devine où est le problème. Laisse-moi te donner un conseil...

— Non, merci.

— Ecoute, laisse-moi t'expliquer, insista William. Ce n'est pas l'honnêteté que les femmes recherchent chez un homme. Elles veulent être charmées, séduites, voire trompées... Par-dessus tout, elles aiment le jeu de l'amour. Attends, avant de me toiser avec tes airs supérieurs, reconnais que j'ai toujours eu toutes les femmes pour lesquelles je me donnais un peu de peine.

— Des serveuses de bar, des danseuses, en somme des conquêtes faciles, lui rappela David.

William eut l'air un peu vexé.

— Enfin, tu ne devrais pas avoir trop de mal à conquérir Julia. Etre marié avec elle te donne tout de même un avantage certain !

David observait son frère. La conversation l'amusait visiblement, pourtant il semblait imperceptiblement tendu, troublé. Il le connaissait suffisamment pour s'apercevoir qu'il était tracassé.

— Pourquoi es-tu venu à Bath, Will ? demanda-t-il.

— Pour assister à la première d'*Une ravissante tricheuse*, bien sûr. J'ai horreur de ne pas connaître la fin de l'histoire.

Il eut une petite grimace gênée.

— Il... il y a autre chose, avoua-t-il.

— Je m'en doutais. Tu as encore des ennuis ?

— Pas exactement. A la vérité... c'est toi qui en as, et je m'y trouve mêlé malgré moi.

— Explique-toi.

William avala une bonne rasade d'alcool.

— Pauline est venue me voir chez moi, à Londres. Elle a déclaré qu'elle voulait faire plus ample connaissance, puisque nous allions bientôt être apparentés. Elle veut que nous devenions « amis ».

— Qu'attend-elle de toi ?

— Elle n'a pas été explicite, mais vu la robe qu'elle portait et la façon dont elle me cajolait, je crois bien qu'elle essayait de me séduire ! Je te jure que je ne l'ai pas encouragée, David ! Jamais je ne marcherais sur tes plates-bandes, et...

— Ça va, coupa calmement David. Raconte-moi ce qu'elle t'a dit.

— Elle m'a couvert d'éloges, elle a prétendu que nous avions toutes sortes de choses en commun, elle et moi, et que je pourrais tenter de découvrir lesquelles... J'ai feint de ne pas comprendre, évidemment, et je me suis défilé comme j'ai pu. Mais elle a eu le temps de me dire qu'elle se sentait très seule quand tu t'absentais de Londres, et qu'elle espérait pouvoir m'appeler au secours en cas de détresse.

David réfléchit un instant.

— Intéressant, murmura-t-il.

La révélation de David confirmait ses plus chers espoirs. Il en était sûr, désormais, Pauline n'était pas enceinte. Et elle était tombée bien bas, si elle essayait de séduire son frère. Cependant, à bien y réfléchir, tout cela avait un sens. Si Pauline parvenait à persuader William de lui faire un enfant, avec la ressemblance on pourrait penser qu'il s'agissait de celui de David. Et William, coupable, ne révélerait jamais que l'héritier de son frère était en réalité son propre bâtard.

— Tu n'es pas furieux ? demanda William, visiblement soulagé.

— Pas du tout !

David leva son verre en un toast silencieux.

— Merci, Will.

— De quoi ?

— D'être venu si vite m'apporter la bonne nouvelle. Et, à ta décharge, je dois dire que bien des hommes à ta place n'auraient pas résisté aux avances de Pauline.

— Je t'en prie ! s'offusqua William. J'ai tout de même quelques principes !

— Parfois... A vrai dire, je pense que tout espoir n'est pas perdu pour toi.

— J'espère que tu m'as pardonné l'affaire Sybil Wyvill ?

— Presque. Si tu acceptes de m'aider à régler un dernier problème concernant Pauline.

William se pencha en avant, les yeux brillants.

— Qu'envisages-tu exactement ?

La troupe d'*Une ravissante tricheuse* se retrouva le mardi matin pour une répétition qui se déroula au mieux. Même Logan, le perfectionniste, ne pouvait cacher sa satisfaction. Après avoir gratifié tous ses collaborateurs de quelques compliments, il les lâcha de bonne heure, leur donnant tout loisir de se reposer et de se préparer pour la représentation du soir.

Julia avait eu le temps de remarquer un changement chez Arlyss, un air de gaieté, une expression pétillante. Tandis qu'elle attendait ses répliques dans les coulisses, elle faisait les yeux doux à Michael Fiske, elle flirtait même ouvertement avec lui. De son côté, le décorateur semblait avoir perdu tout intérêt pour Mary Woods. L'atmosphère crépitait entre Arlyss et le jeune homme.

Dès la fin de la répétition, Julia prit son amie à part.

— Alors ? demanda-t-elle. Il s'est passé quelque chose entre Fiske et toi en mon absence ? Raconte-moi tout.

Arlyss était rayonnante.

— J'ai décidé que tu avais raison ; j'ai le droit d'être avec un homme qui m'apprécie à ma juste valeur. Un soir, je suis allée le trouver après un souper tardif avec la troupe à l'hôtel, je lui ai murmuré quelques mots tendres à l'oreille... et il a fondu comme neige au soleil. Il m'aime, Jessica ! Peu lui importe ce que je suis, ce que j'ai fait... Et quand je lui pose des questions, il me répond qu'il est tombé amoureux de moi au premier regard. Crois-tu possible qu'un homme me dise de telles choses ?

— Bien sûr, je le crois, répliqua Julia, ravie. Tu le mérites, Arlyss. Je suis heureuse que tu aies finalement la sagesse de choisir quelqu'un qui t'aime sincèrement.

Elle s'interrompit un instant.

— Mais ton éternel amour pour M. Scott ? reprit-elle.

— Terminé ! A mon avis, poursuivit la jeune actrice sur le ton de la confidence, M. Scott a un cœur de pierre, et il n'aimera jamais personne.

Elle aperçut Fiske qui ajustait un décor, et son visage s'éclaira.

— Cet après-midi, Michael et moi allons courir les bouquinistes, puis nous nous arrêterons dans un salon de thé. Viens avec nous, Jessica, tu sembles avoir besoin de te distraire un peu.

Julia adorait feuilleter les vieux livres.

— Merci, dit-elle. Peut-être.

Logan les interrompit, toujours brusque.

— J'aimerais vous parler un instant, madame Wentworth.

Il l'entraîna à l'écart, tandis qu'Arlyss s'approchait de Michael en minaudant. Julia lança à Logan un regard interrogateur. Il l'avait étonnée, le matin, en l'accueillant froidement, sans même lui demander des nouvelles de son père. Ils s'étaient aussitôt lancés dans le travail, et elle avait pensé que Logan était trop préoccupé pour se soucier d'elle.

— Comment va votre père ? demanda-t-il sans préambule.

— Beaucoup mieux, je vous remercie.

— Et vos différends, les avez-vous résolus ?

Curieusement, Julia hésitait à répondre, trouvant le sujet trop intime. Cependant elle s'était déjà confiée à lui, et elle le savait discret.

— Oui, dit-elle. Mon père semble regretter ce qu'il a fait, et il a exprimé le désir de se racheter. Il m'a même donné les moyens d'obtenir une annulation si je le souhaite.

Logan cligna des yeux, intéressé.

— Alors, qu'allez-vous décider ?

Julia imagina la confrontation avec David, et son cœur se serra.

— Je ne sais pas... D'un côté, je meurs d'envie d'aller trouver David pour lui dire combien je l'aime, combien il est digne de tous les sacrifices.

Mais une autre partie de moi aimerait poursuivre la carrière théâtrale. J'aimerais m'absorber dans le travail et ne plus penser à rien ! Jamais je n'aurais imaginé qu'il serait si difficile de choisir.

— Il reste d'autres possibilités, dit Logan, énigmatique.

— Lesquelles ?

— Nous en parlerons peut-être un autre jour.

Perplexe, Julia le vit s'éloigner, et un petit rire lui échappa. C'était tout lui ! Un homme de spectacle qui cultivait le suspense !

Julia déambulait parmi les échoppes en plein air, respirant l'odeur de cuir, frôlant les couvertures, saisissant au hasard certains ouvrages. Elle avait déjà retenu plusieurs titres et elle se retrouvait avec une pile impressionnante dans les bras. Michael et Arlyss semblaient s'intéresser bien davantage à eux-mêmes qu'aux livres. Ils se parlaient à voix basse, pouffaient, échangeaient des clins d'œil complices, voire quelques caresses.

Julia avait déjà décidé d'arrêter là ses achats quand une couverture de cuir rouge rehaussée d'or attira son attention. Elle ouvrit l'épais volume et feuilletait les premières pages quand une intonation lui sembla vaguement familière. Elle prêta l'oreille et chercha du regard, derrière sa voilette. Elle découvrit une haute silhouette à un stand voisin, un homme aux cheveux de jais, au profil net. David, pensa-t-elle aussitôt... Mais, en regardant plus attentivement, elle reconnut lord William, le frère de David. Peu séduit par les piles de livres qui l'entouraient, il ronchonnait, s'adressant à un invisible compagnon.

— J'avais mieux à faire que de partir à la chasse

aux livres, s'irrita-t-il. Tu n'en as pas vu assez, maintenant, vieux frère ?

Ainsi, David était là ! En effet, Julia ne tarda pas à le repérer. L'intensité de son regard dut l'alerter car il fit soudain volte-face. Le cœur battant, Julia revint à l'étalage de livres, sa moisson serrée contre la poitrine, se demandant s'il allait s'approcher d'elle. Les yeux clos, elle le sentit avancer jusqu'à ce que son souffle fasse légèrement bouger sa voilette. Il parlait d'une voix basse qui rappelait leurs conversations intimes.

— Comment s'est passée votre visite à Hargate ?

Julia était en ébullition, pourtant elle parvint à se dominer pour répondre calmement :

— Mon père était malade et je suis partie le retrouver dès que j'ai été prévenue.

— Votre père ? répéta-t-il. J'avais cru comprendre qu'il s'agissait de lady Hargate.

— Non. Elle se porte même beaucoup mieux. Elle soigne mon père qui se remet assez vite. Lui et moi sommes arrivés à une sorte de... trêve.

D'une main douce, il l'exhortait à se tourner vers lui, et elle s'exécuta, les livres toujours serrés contre elle.

— J'en suis heureux pour vous, dit-il. Vous devez être soulagés, tous les deux.

— Oui, souffla Julia.

Pourquoi était-il si séduisant ? Et si sérieux, même un peu revêche ? Dieu, comme elle avait envie de baiser sa bouche ferme, de sentir la passion les embraser ! Envie de laisser tomber ses livres et de l'attirer à elle, de se perdre dans le regard gris si lumineux. Elle le désirait tant... Mais lui ne manifestait rien de semblable.

— Je... je suis désolée de ne pas vous avoir averti, mais je n'avais pas beaucoup de temps...

— Ce n'est pas grave, dit-il en tendant la main vers le paquet de livres. Voulez-vous que je vous débarrasse ?

— Non, merci ! répondit-elle en reculant vivement.

David eut un petit signe de tête, comme s'il s'attendait à cette réaction.

— J'ai quelque chose à vous dire, annonça-t-il d'un ton neutre. Je pars pour Londres ce soir. Il faut que je m'occupe à nouveau de mes affaires. Je les ai négligées trop longtemps.

— Oh...

Julia parvint à esquisser un sourire de pure forme, heureuse que la voilette masque un peu son expression. Il ne fallait pas que David puisse deviner le vide soudain qu'elle ressentait à l'intérieur d'elle-même, la déception qui l'envahissait tout entière.

— Vous verrez lady Ashton ? demanda-t-elle, poussée par quelque démon importun.

— Sans doute.

La réponse était brève, définitive. Pourtant les questions brûlaient les lèvres de Julia qui avait le cœur serré d'anxiété. Que se passerait-il entre David et lady Ashton ? Peut-être cherchait-il une réconciliation, que Pauline accepterait avec joie, naturellement. Alors ils formeraient des projets d'avenir pour eux et leur bébé... Chassant ces cruelles images de son esprit, elle parvint à demander tranquillement :

— Reviendrez-vous à Bath ?

Il hésita un instant.

— Le souhaitez-vous ?

Oui ! criait son cœur. Mais, complètement paralysée, elle se contenta de le fixer en silence.

— Bon sang, Julia, marmonna-t-il, qu'attendez-vous de moi ?

Avant qu'elle puisse répondre, ils entendirent la voix effrontée d'Arlyss qui s'élevait, non loin d'eux.

— ... étonnée que vous vous rappeliez mon nom... disait la jeune comédienne. Vous m'avez clairement fait comprendre que je n'étais qu'une distraction passagère, pour vous...

William avait aperçu Arlyss, et il n'avait pas perdu de temps pour la rejoindre ! Julia vit le jeune homme regarder l'actrice d'un air provocant, tandis qu'elle-même le défiait du regard et que Michael Fiske se dirigeait vers eux à grandes enjambées décidées. Ils allaient se battre !

Julia se tourna instinctivement vers David pour implorer son aide.

— Je vous en prie, empêchez votre frère de créer des ennuis...

David semblait se désintéresser du sujet.

— Il n'y en aura pas si votre petite camarade cesse de le provoquer.

Julia pesta intérieurement. William risquait de gâcher l'idylle naissante entre Arlyss et Michael Fiske... Il allait la séduire de nouveau pour mieux l'abandonner dès qu'il en serait lassé. Et cette fois, Fiske ne voudrait plus d'elle. William, irrésistible dans le rôle du séducteur, adressait à la jeune femme un sourire plein de charme.

— Evidemment, je me souviens de votre nom, chère douce amie. Je me souviens de bien d'autres choses encore. D'ailleurs je suis venu à Bath parce que vous me manquiez.

Arlyss avait du mal à ne pas fondre de plaisir.

— Vous êtes ici juste pour moi ? demanda-t-elle d'une petite voix.

— Bien sûr !

Michael Fiske se mêla à la conversation avec un ton agressif.

— Arlyss est avec moi, désormais. Allez-vous-en et ne l'importunez plus.

Amusé, William ne quittait pas Arlyss du regard.

— Je vous importune, ma belle amie ?

Elle se tenait entre les deux hommes, ses boucles dansant autour de son visage tandis qu'elle regardait alternativement l'un et l'autre. Enfin elle fit un pas vers Fiske.

— Je suis avec lui, maintenant, dit-elle d'un ton peu convaincu.

C'était mince, mais Fiske n'en attendait pas davantage. Sautant sur ce maigre encouragement, il saisit Arlyss par le bras pour lui planter un baiser sur les lèvres. Elle éclata de rire, et il en profita pour l'attirer vivement loin du groupe. Tout le monde se tourna vers eux tandis qu'ils s'éloignaient à grand renfort de cris et de rires.

— Attendez ! protesta William en faisant mine de les suivre.

David le retint d'une main ferme.

— Trouve une autre distraction, Will, lui conseilla-t-il.

William hésita.

— Tu sais que j'adore les défis, dit-il à regret.

— Eh bien, laisse tomber celui-là. Tu as provoqué suffisamment de problèmes ces derniers temps. En outre, nous partons pour Londres ce soir… aurais-tu oublié ?

William hocha la tête avec un air boudeur, puis, sans transition, il reprit sa belle humeur et lança :

— Rappelle-toi, de ton côté, le conseil que je t'ai donné.

Et sur un clin d'œil ostentatoire, il disparut dans la foule.

Julia se tourna vers David.

— De quel conseil s'agissait-il ?

— Il m'a dit que les femmes aimaient être courtisées, séduites.

Julia eut un petit sourire amer.

— Votre frère a encore beaucoup à apprendre sur la gent féminine.

— Il semblerait que vos amis vous aient abandonnée. Voulez-vous que je vous accompagne quelque part ?

Julia secoua la tête négativement.

— L'hôtel est tout près, argumenta-t-elle.

— Vous me repoussez d'une main et m'attirez de l'autre... protesta David. On pourrait vous prendre pour une femme aguicheuse, madame Wentworth.

— C'est ce que vous pensez ?

— Je pense que vous êtes la personne la plus exaspérante que j'aie jamais connue, dit-il en la caressant du regard. Il faut vous décider, Julia. Et vite. Ma patience a des limites.

Il la planta là, au milieu des étalages de livres. Sous la voilette, le petit visage de la jeune femme était crispé de contrariété.

Malgré les articles qui avaient été écrits sur la catastrophique représentation de la pièce à Londres, il n'y avait pas un siège libre au New Theatre. Tout Bath était là, une foule enthousiaste qui attendait avec impatience le lever de rideau.

Julia s'avança dans les coulisses, souriant aux membres de la troupe qui passaient devant elle dans la pénombre. Elle s'efforçait de se concentrer sur sa tâche : contribuer à offrir à la pièce le succès qu'elle méritait. Toutefois, elle avait du mal à oublier les événements des derniers jours. Elle revenait sans cesse dans sa tête sur la paix retrouvée avec son père, sa dernière conversation avec David, la perspective de pouvoir se libérer de lui dès qu'elle le souhaiterait. David avait raison, elle devait se décider rapidement, ne serait-ce que pour sa propre tranquillité d'esprit. Elle adorait son métier, malgré les sacrifices qu'il exigeait, et l'idée d'abandonner les planches à jamais lui était intolérable. Mais ne plus voir David... Ou pis, le savoir marié à une autre alors qu'elle-même mènerait une existence solitaire... C'était tout aussi insupportable.

— Vous ne pensez pas à la pièce, dit une voix derrière elle.

Elle se retourna : Logan la regardait avec sévérité.

— A mille autres choses, en effet, avoua-t-elle. Comment l'avez-vous deviné ?

— Vous êtes tellement tendue que vos épaules remontent jusqu'à vos oreilles !

Julia lui adressa une petite grimace avant d'esquisser quelques mouvements pour se relaxer. Elle prit une longue inspiration, puis regarda Logan.

— C'est mieux, approuva-t-il.

Pensive, Julia observait le peu qu'elle pouvait voir de la scène à travers le rideau. Elle aimait tant cet instant, juste avant le début d'une représentation ! Tout son corps fourmillait d'impatience. Et pourtant, elle éprouvait une vague tristesse, comme une petite fille qui vient d'ouvrir un paquet enrubanné pour trouver une boîte vide.

— Combien de temps vais-je rester dans le milieu du théâtre ? murmura-t-elle plus pour elle-même que pour Logan. Dix ans ? Vingt ans ?

Logan vint se poster près d'elle.

— Davantage, à mon avis. Avec l'âge, votre talent

va se développer, vous obtiendrez d'autres rôles, plus graves, peut-être plus intéressants.

Elle lui adressa un sourire mélancolique.

— Cela me suffira-t-il ?

— Nul autre que vous ne pourrait répondre à cette question.

Ils attendirent en silence que le rideau se lève, que l'illusion prenne le pas sur la vie réelle.

La représentation fila comme l'éclair. Pendant deux heures, les tableaux se succédèrent, mêlés dans un tout harmonieux. Quand Julia n'était pas sur scène, quand elle changeait de costume, elle continuait cependant à suivre l'intrigue de loin. Dès qu'elle sortait des coulisses, elle sentait la magie qui régnait sur la salle, la façon dont les gens écoutaient chaque mot, suivaient chacun de ses gestes jusqu'au plus ténu.

Julia n'avait jamais aussi bien joué avec Logan, elle s'en rendait compte. Leurs duos vibraient d'émotion, d'humour, de tendresse. Pendant un temps, elle avait cessé d'exister, elle ne pensait plus qu'à la pièce, au plaisir qu'en tirait le public, en partie grâce à elle.

Quand le rideau tomba, elle sut qu'elle avait gagné la partie, qu'elle n'avait pas trahi ses admirateurs. Radieuse, elle laissa Logan l'amener sous les feux de la rampe pour recevoir avec grâce les acclamations qu'elle méritait. Elle salua tandis que les applaudissements crépitaient. Au bout de plusieurs minutes, elle se glissa en coulisses, mais Logan la saisit par la main et la ramena sur le devant de la scène tandis que l'ovation redoublait, que les fleurs tombaient à ses pieds. Logan se pencha pour ramasser une rose blanche qu'il lui offrit.

Elle salua une nouvelle fois avant de sortir définitivement, malgré les voix qui la rappelaient.

Toute la troupe se précipita pour la féliciter avec chaleur avant que Betsy l'accompagne à sa loge.

— Je vous ai préparé un citron pressé, dit-elle en se dirigeant vers la porte.

Elle savait que Julia aimait se retrouver un instant seule après les représentations.

— Je reviens dans un moment chercher votre costume.

— Merci.

Julia soupira en entreprenant de délacer son corsage devant la coiffeuse. Maintenant que l'excitation du succès retombait, elle était épuisée. Elle transpirait, son maquillage commençait à couler... Elle contemplait son image quand elle aperçut une forme fugitive dans le miroir. Elle se retourna d'un bond. David se trouvait derrière elle. Elle ne s'attendait absolument pas à le voir ce soir! Et quoi qu'il eût pensé de la pièce, il n'exprimait ni plaisir ni fierté... Les yeux gris brillaient de fureur. Il était en colère après elle... et il n'avait pas l'intention de l'épargner.

11

Elle bondit sur ses pieds, puis demeura pétrifiée quand il s'approcha d'elle pour la saisir par le bras, une main autour de son cou, la plaquant contre la glace de la coiffeuse.

— Je... je croyais que vous partiez ce soir pour Londres? parvint-elle à articuler.

— Il fallait d'abord que je vous voie.

— Vous avez assisté...

— Oh, oui! J'ai vu le plaisir que vous preniez à jouer, j'ai vu ce que représentait, pour vous et pour tous les autres, cet endroit maudit.

Julia secoua la tête, déconcertée par cette explosion de colère.

— C'est ça que vous allez choisir, n'est-ce pas? grinça-t-il. Vous serez incapable d'abandonner le théâtre. Dites-moi la vérité, Julia.

— Pas maintenant...

— Si! Tout de suite! J'ai besoin d'entendre les mots de votre bouche avant de m'en aller.

— Comment réagiriez-vous si je vous demandais de tout sacrifier pour moi? riposta-t-elle.

— C'est là votre réponse?

— Je ne sais même pas exactement quelle est la question! cria-t-elle en essayant de se dégager.

— Je vous veux.

— Mais seulement à vos conditions.

— Oui, à mes conditions. Je veux que vous portiez mon nom, que vous viviez dans ma maison, que vous dormiez chaque nuit dans mon lit. Je vous veux mienne sans limites... Je veux tout de vous, vos moindres pensées, chaque mot que vous prononcez...

Julia cessa de se débattre quand elle sentit ses lèvres sur les siennes, possessives, chaudes. Comme s'il voulait la marquer de son baiser, la marquer jusqu'à l'âme par la force de sa passion. Il l'écrasait contre lui et, malgré sa volonté de résister, le désir montait en elle, sauvage, incontrôlable. Elle se rendit avec un petit sanglot de désespoir. Les bras noués à son cou, elle l'attirait davantage à elle, et il la prit par les hanches, la hissa contre lui.

— Vous êtes à moi, dit-il. Jamais vous ne vous libérerez, quoi que vous fassiez.

Elle l'entendait à peine, toute concentrée sur le plaisir qu'il pouvait lui donner. Il dénoua d'un geste les lacets de son corsage, fit glisser la chemise de lin, chercha ses seins, et avec un petit cri, elle se tendit vers lui. Il la poussa contre la coiffeuse et caressa ses seins de la langue, tandis que Julia fondait de plaisir, les jambes nouées autour de ses hanches. Elle était prise au piège du désir, et pourtant elle savait que l'acte dont elle appelait l'accomplissement de toutes ses forces l'amènerait au regret d'avoir encore cédé.

— Arrêtez, je vous en prie... souffla-t-elle, la respiration saccadée. Je vous en prie, je... je ne veux pas.

D'abord, David ne sembla pas l'entendre tant il était perdu dans la douce promesse de son corps, alors elle le repoussa, brisa leur étreinte de force. Il plongea dans son regard, prit son visage entre ses mains.

— Je pars à Londres, dit-il d'une voix enrouée. Ensuite, je reviendrai vous chercher.

— Non...

— Je ne vous laisserai pas m'échapper. Sauf si vous êtes capable de me regarder dans les yeux et de me dire que vous ne m'aimez pas... que vous pouvez passer le reste de votre vie sans avoir besoin de moi.

Tremblante, elle ne pouvait prononcer un mot. Le bruit de la poignée de la porte qui tournait doucement les fit sursauter tous les deux. Betsy se tenait sur le seuil, un vaste panier d'osier sur la hanche.

— Oh, pardon!

Elle ouvrait de grands yeux, et David se mit devant Julia pour lui permettre de refermer son corsage.

— Excusez-moi, madame, murmura l'habilleuse avant de disparaître en refermant soigneusement derrière elle.

David se tourna vers Julia qui, rougissante, remettait de l'ordre dans sa tenue.

— Ne revenez pas, dit-elle en évitant son regard. Je préfère ne pas vous voir pendant un moment. Il faut que je réfléchisse.

— Vous voulez vous convaincre que la vie peut reprendre comme avant notre rencontre. Ce sera impossible, Julia. Vous ne serez plus jamais la même... Et moi non plus.

— Vous m'empêcheriez de jouer la comédie. Je n'aurais plus rien qui m'appartienne vraiment.

— Je reviendrai, promit-il, et nous mettrons les choses au point une bonne fois pour toutes.

Julia ne fit pas un geste pour le retenir. Elle avait perdu le contrôle strict qu'elle exerçait sur son existence depuis qu'elle avait quitté la demeure familiale... Elle pensa aux papiers que lui avait donnés son père, la clé de sa liberté. Aurait-elle le courage de s'en servir ? Elle détestait cette sorte de torpeur qui s'était emparée d'elle, cette angoisse de perdre David, presque aussi forte que la peur de se donner à lui. Elle se déshabilla lentement, laissa son costume tomber à terre.

Un coup timide fut frappé à la porte.

— Madame ?

— Oui, entrez, Betsy.

L'employée était rouge de confusion.

— Je suis désolée, madame, pour tout à l'heure, je ne savais pas...

— Tout va bien, déclara Julia. Aidez-moi à m'habiller.

Betsy ferma la rangée de petits boutons au dos de sa robe en soie verte tandis que Julia remontait ses cheveux pour se démaquiller. Ensuite, elle vérifia son apparence dans le miroir. Elle avait les lèvres légèrement gonflées, le teint animé, et quelques marques rouges sur la gorge. Elle arrangea le plissé de son encolure afin de les dissimuler. Elle s'interrompit toutefois en entendant la voix de Logan derrière la porte.

— J'aimerais vous dire un mot, madame Wentworth.

Julia fit signe à la servante d'aller lui ouvrir. Il s'était déjà changé et ses cheveux encore humides étaient plus brillants que jamais. Betsy ramassa son panier et prit congé, les laissant seuls dans la loge.

— Avez-vous été content de la représentation, attaqua Julia, ou bien êtes-vous venu m'assener vos critiques ?

Logan sourit.

— Vous avez dépassé mes plus folles espérances ! Vous avez permis à tous les comédiens de briller dans le reflet de votre gloire, moi inclus.

Ce somptueux éloge était tellement inattendu que Julia en resta bouche bée. Elle remit un peu d'ordre sur sa coiffeuse pour se donner une contenance.

— J'ai vu lord Savage se rendre dans les coulisses, reprit Logan. A en juger par son expression, ce n'était pas pour vous féliciter !

— En effet.

Julia, face au miroir, s'efforçait d'oublier ce qui venait de se passer.

Logan l'observa un moment, pensif, puis il secoua la tête comme s'il venait de prendre une décision.

— Accompagnez-moi, Julia, j'aimerais vous parler d'une idée qui m'est venue récemment.

Elle fit volte-face, surprise.

— Il est tard...

— Je vous ramènerai à l'auberge avant minuit. J'ai une proposition à vous faire concernant votre avenir, ajouta-t-il dans un grand sourire.

— Parlez...

— En privé.

Il la prit par le bras pour l'entraîner hors de la loge.

— Où allons-nous ? demanda-t-elle en saisissant son manteau au vol.

— J'ai une maison au bord du fleuve.

Stupéfaite, elle le suivit sans plus poser de questions. Allait-il lui montrer une autre de ses résidences, l'inviter à pénétrer plus avant dans cet univers qu'il tenait si jalousement secret ?

Après avoir franchi le barrage de la foule à la sortie du théâtre, ils prirent une voiture qui les mena jusqu'à une ravissante villa encadrée par de grands arbres. Comme dans la demeure londonienne de Logan, la luxueuse décoration était d'inspiration italienne.

Confortablement installée au salon, un verre de vin à la main, Julia se détendit enfin, tandis que Logan jouait distraitement avec les bibelots disposés sur une table au plateau de marbre : un vase chinois, une boîte en malachite, une pendulette dorée. Il la regarda de biais.

— On dirait que vous voulez me convaincre de quelque chose, commença Julia.

— C'est le cas, avoua-t-il franchement. Mais avant, dites-moi où vous en êtes, avec lord Savage.

Julia s'appliqua à retirer un minuscule morceau de bouchon de son verre, puis elle leva les yeux vers Logan, un peu mal à l'aise.

— Puis-je vous demander la raison de cette question ?

— Je ne voudrais pas gâcher vos relations... votre mariage.

— Il n'y aura pas de véritable mariage, déclara-t-elle d'un ton morne. Pour moi, il est clair que nous ferions mieux de choisir l'annulation. Malheureusement, lord Savage n'est pas de cet avis. Et il est plutôt têtu, quand il désire vraiment quelque chose.

— Or, il vous désire vraiment.

— Il veut une épouse conventionnelle. Il souhaite que je devienne lady Savage, et que je laisse toute trace de Jessica Wentworth derrière moi.

— Ce n'est pas possible. Pas pour quelqu'un qui possède un talent comme le vôtre.

— Si seulement j'étais un homme, murmura-t-elle, amère. Je pourrais tout avoir, mon travail, une famille, la liberté de prendre mes propres décisions... Et personne n'y trouverait rien à redire. Mais je suis une femme, et quoi que je choisisse, je serai malheureuse.

— Pendant un temps, sans doute. Pourtant la douleur s'atténue avec les années, quand on a perdu quelque chose... ou quelqu'un.

Logan était tellement froid, tellement maître de lui que Julia eut l'impression que son cœur était enchâssé dans l'acier, et elle ne savait pas si elle l'enviait ou si elle devait le plaindre.

— Vous parliez d'une proposition ? le relança-t-elle.

Il vint s'asseoir près d'elle, sur le sofa.

— Au cours des prochaines années, j'ai l'intention d'apporter quelques améliorations au Capital Theatre, commença-t-il d'un ton tout à fait professionnel.

— Vraiment ?

— Je vais faire de ma compagnie la troupe la

plus célèbre du monde, et j'ai besoin que vous y participiez.

— J'en suis flattée.

— Je ne flatte jamais, Julia, et surtout pas les gens que je respecte. Vous savez désormais que vous êtes un atout inestimable pour notre théâtre, et je veux que vous deveniez la pierre angulaire de son succès. Je suis prêt à vous offrir une part des bénéfices afin de m'assurer votre présence.

Julia n'en revenait pas ! Elle n'avait jamais entendu Logan parler ainsi à un autre comédien.

— Je ferai le nécessaire pour protéger mon investissement, continua-t-il, et pour vous aider, en tant qu'ami, à effectuer ce choix difficile.

Julia était encore perplexe.

— Vous m'offrez une sorte de... d'association professionnelle ?

— A peu près. Mais cette association irait au-delà du travail.

Au-delà du travail ? Julia observait attentivement Logan, dont le visage demeurait indéchiffrable. Que voulait-il dire ?

— Si vous acceptiez de m'expliquer un peu plus clairement...

Logan tiraillait une mèche de ses cheveux.

— Je vous ai déjà dit que je ne croyais pas à l'amour. Néanmoins, je crois à l'amitié... La vraie, celle qui implique respect mutuel et honnêteté. Jamais je ne me marierais par amour, mais pour des raisons pratiques, en revanche...

— Vous marier ? répéta-t-elle avec un petit rire incrédule. Vous voulez dire que vous et moi... Mais je n'épouserais pas un homme dont je ne sois pas amoureuse !

— Pourquoi ? demanda-t-il du même ton calme. Vous bénéficieriez de tous les avantages du mariage : protection, compagnie, centres d'intérêt communs... et vous n'auriez aucun des inconvénients. Pas de fausses promesses, pas de problèmes sentimentaux, rien d'autre que la sécurité que peuvent se procurer deux véritables amis. Songez-y, Julia. Ensemble, nous bâtirons une compagnie théâtrale qui éblouira le monde entier. Nous nous ressemblons plus que vous ne le croyez. Nous vivons tous les deux sur la frange d'une société qui nous regarde de haut... et qui a en même temps besoin du dépaysement que nous lui offrons.

— Mais est-il nécessaire pour ça de se marier ?

— En tant qu'épouse, vous m'accompagnerez partout, à Londres, à Paris, à Rome. Vous pourrez consacrer tout le temps que vous voudrez à votre métier, choisir vos rôles, m'aider à monter les pièces... Je ne connais pas de femme qui ait autant d'influence que vous dans notre métier.

— J'étais à mille lieues de m'attendre à une autre demande en mariage ! murmura Julia qui n'en revenait toujours pas.

— Il y a toutefois une différence, et de taille. Savage veut vous épouser dans le but de vous garder pour lui seul. Moi, je vous propose de m'épouser pour que nous devenions tous les deux les créateurs d'un théâtre de qualité dont le rayonnement sera international.

Julia but nerveusement son verre de vin, puis elle se leva pour arpenter la pièce en se caressant machinalement les bras.

— Et... en ce qui concerne les nuits ? demanda-t-elle enfin sans regarder Logan. Feraient-elles partie de cet arrangement ?

— Si l'idée nous tentait tous les deux, je ne verrais pas de raison de nous en priver. Tout en gardant notre liberté, évidemment. Je n'ai pas l'intention de vous posséder, Julia. Je n'aurais aucun droit sur vous... pas plus que vous sur moi.

Julia se retourna pour affronter directement Logan. Il était parfaitement détendu, comme s'il venait de l'inviter à prendre le thé...

— Pourquoi moi ? demanda-t-elle brusquement. Il y a beaucoup de jeunes femmes qui vous conviendraient, entre autres des filles dont la famille accueillerait votre fortune avec joie.

— Je ne veux pas d'une personne mondaine, je veux une compagne qui partage mon ambition théâtrale, ma passion. Vous êtes la comédienne la plus brillante que j'aie jamais connue. Et comme être humain... il se trouve que j'ai de l'amitié pour vous. Nous nous entendrions bien, j'en suis sûr. En outre, ajouta doucement Logan, cela vous aiderait à résoudre votre dilemme. Si vous devenez ma femme, Savage ne vous importunera plus jamais.

Brusquement, Julia ne vit plus les yeux bleus de Logan mais le regard d'acier de David. « Vous êtes à moi... Vous ne m'échapperez pas... » C'était en effet le seul moyen de mettre un terme à la menace qu'il représentait pour son indépendance, sa carrière. Si elle n'acceptait pas la protection de Logan, elle savait, tout au fond de son âme, qu'elle ne résisterait pas à David. Elle se laisserait séduire, convaincre... et elle le regretterait toute sa vie. Elle aimait David, certes, mais jamais elle ne deviendrait le genre d'épouse qu'il désirait. Elle était emplie de doutes, pourtant, parmi toutes les contradictions qui la déchiraient, elle ne semblait pas avoir d'autre choix.

— Je... Il faut d'abord que je règle quelques problèmes, dit-elle d'une voix lointaine, un peu perdue.

— Bien sûr!

Une lueur de satisfaction brillait dans le regard de Logan.

— Quand voulez-vous que j'organise le mariage? insista-t-il.

— Dès que possible, répondit Julia, raide. Je voudrais que ce soit déjà fait.

Logan vint à elle, l'air soudain inquiet.

— Si vous souhaitez revenir en arrière, Julia...

— Non! coupa-t-elle. C'est la bonne décision.

— Je suis bien de cet avis.

Il la prit gentiment par les épaules.

— Vous trouverez en moi un ami sincère, promit-il. Je résiste bien à l'usage, vous verrez.

Elle ne put retenir un sourire, malgré le poids qui oppressait son cœur.

Le lendemain matin, Julia reçut un petit mot de sa vieille amie, Mme Florence. Celle-ci venue à Bath pour raisons de santé et de détente, la félicitait chaleureusement pour sa prestation dans *Une ravissante tricheuse*, et elle lui proposait de la rejoindre à l'établissement de bains. Julia en fut ravie. Elle n'avait pas vu l'ancienne actrice depuis plusieurs mois, alors qu'elles habitaient dans la même rue à Londres. Le temps passait beaucoup trop vite, et Julia s'en voulait de sa négligence.

Julia aperçut de loin Mme Florence, assise devant un verre d'eau minérale. Elle fut heureuse de constater que la vieille dame était toujours aussi vive. Sa chevelure striée de gris était soigneusement coiffée en chignon et son visage rayonnait d'intelligence. Elle portait son âge avec grâce.

— Madame! s'exclama la jeune femme, sincèrement enchantée de voir son amie au moment où elle avait tant besoin de réconfort.

Elle s'assit près d'elle, prit entre les siennes la main fine ornée de bagues.

— Vous êtes superbe, comme toujours ! ajouta-t-elle.

— Il y a longtemps que vous n'êtes venue me rendre visite, lui reprocha gentiment Mme Florence. J'ai fini par me dire qu'il fallait que je vienne à Bath si je voulais vous voir !

— J'ai été extrêmement occupée. Vous ne pouvez imaginer…

— Oh, mais si, coupa Mme Florence avec humour. Je ne suis pas assez vieille pour avoir oublié les exigences de la vie de comédienne, tout de même ! Vous pouvez retirer votre voilette, ma chérie, poursuivit-elle affectueusement. Je tiendrai vos admirateurs en respect.

Julia obéit et un frémissement d'intérêt parcourut la salle. Deux dames bien en chair se levèrent immédiatement pour s'approcher de la table. Mme Florence s'empara de la canne qu'elle avait accrochée au dossier de son siège et la brandit comme si elle voulait les embrocher.

— Une autre fois, déclara-t-elle d'un ton décisif. Ma jeune amie et moi souhaitons être tranquilles.

Les deux femmes battirent en retraite en marmonnant, tandis que Julia réprimait un petit rire admiratif.

— Vous êtes une véritable tigresse, madame !

— Je bénis le jour où j'ai pu enfin brutaliser les gens et me faire pardonner grâce à mon âge… Mais revenons à votre prestation d'hier soir. Vous devenez une magnifique comédienne, Jessica. J'ai été si fière de vous, à cette représentation, fière aussi de penser que j'avais une petite part de responsabilité dans votre triomphe.

— Je vous dois tout ! Grâce à vos conseils, à vos cours, à la façon dont vous m'avez encouragée à entrer dans la troupe du Capital Theatre, j'ai pris ma place dans la grande famille du théâtre.

— Apparemment, vous avez réalisé vos rêves, constata Mme Florence avec un regard vaguement interrogateur. Pourquoi alors ne semblez-vous pas tout à fait heureuse ?

La vieille dame la connaissait si bien !... Julia soupira.

— Vous rappelez-vous le jour où vous m'avez dit que vous n'aviez pas épousé l'homme de votre vie parce qu'il voulait vous voir quitter le théâtre ? Vous sembliez penser que cela m'arriverait tôt ou tard, or, je ne vous avais pas crue.

— Et maintenant vous me croyez, enchaîna Mme Florence. Je n'éprouve aucun plaisir à avoir eu raison, Jessica. Jamais je ne vous aurais souhaité cette épreuve. C'est une douleur tout à fait particulière, n'est-ce pas ?

Julia acquiesça de la tête, la gorge serrée.

— Je suppose qu'il vous a demandée en mariage, poursuivit Mme Florence. Que lui avez-vous répondu ?

— Je... j'ai rompu. Et hier soir, j'ai reçu une nouvelle proposition, de la part de M. Scott.

Mme Florence ouvrit de grands yeux.

— Il est amoureux de vous ?

— Non, pas du tout. Il a parlé d'un mariage de raison.

— Oh, je vois... L'ambition de votre M. Scott est sans limites, on dirait. Si vous quittez le Capital Theatre, il sera difficile de vous remplacer. En revanche, avec vous à ses côtés, il fera de sa troupe une compagnie prestigieuse... et, dans ce but, il est prêt à vous épouser. La question reste entière : êtes-vous prête à sacrifier l'autre homme — celui que vous aimez — au bénéfice de votre carrière ?

— Vous l'avez bien fait, vous, lui rappela Julia.

Mme Florence se boucha le nez avant d'avaler avec une grimace une gorgée d'eau un peu nauséabonde.

— Je vous ai dit aussi que je le regrettais, précisa-t-elle en s'essuyant les lèvres.

— Si vous deviez choisir de nouveau...

— Non, coupa fermement la vieille dame. Une fois la décision prise, il est malsain de regarder en arrière. Continuez dans la direction que vous avez choisie et persuadez-vous que c'était la meilleure.

Julia lui lança un regard suppliant.

— J'aimerais que vous puissiez me conseiller, comme vous l'avez fait si souvent...

— Je vous donnerai tous les avis que vous voudrez sur votre façon de jouer, mais pas en ce qui concerne votre vie privée. C'est à vous seule de décider. Et je ne veux pas penser à ce que j'ai perdu, car le passé est le passé.

Julia lui adressa un sourire peiné. Elle avait sottement espéré que Mme Florence lui apporterait la solution !

— Je suis sûre d'une seule chose, dit-elle avec tristesse, j'ai tout intérêt à écouter plutôt ma tête que mon cœur.

— Certes, si vous recherchez la sécurité à tout prix, admit la vieille dame qui la regardait avec une compassion amusée.

William pénétra dans le salon de son appartement de St. James où le majordome venait d'introduire lady Ashton. Il n'était guère étonnant que Pauline se présente chez lui à cette heure tardive, car, dès son retour en ville, William avait fait savoir dans les cercles appropriés qu'il séjournerait dans sa résidence londonienne durant quelque temps, et il avait laissé entendre qu'il manquait cruellement de compagnie féminine. Pauline n'était pas femme à laisser passer une si belle occasion. Elle se tenait debout devant la fenêtre afin qu'il pût admirer sa silhouette parfaite et, à son entrée, elle se retourna avec une grâce étudiée, l'ombre d'un sourire flottant sur ses lèvres écarlates. Elle était absolument superbe, dans sa robe de velours bordeaux qui s'harmonisait parfaitement au chaud décor du salon. Le décolleté profond révélait la naissance de sa gorge blanche.

— Quelle surprise, lady Ashton! s'écria William en se dirigeant vers elle, les mains tendues.

— Lord William, roucoula-t-elle. Il fallait que je vous voie tout de suite, je suis affreusement angoissée.

Il prit l'air inquiet.

— Et pourquoi donc, lady Ashton?

— Appelez-moi Pauline, suggéra-t-elle, les yeux un peu humides. Nous nous connaissons depuis assez longtemps...

— Pauline, répéta-t-il avec docilité. Vous ne voulez pas vous asseoir?

A regret, elle lui lâcha les mains pour aller s'installer sur un sofa.

— Voulez-vous boire quelque chose? proposa William.

Comme elle acquiesçait, il servit du vin dans

deux verres et s'installa près d'elle. Pauline se mit à jouer pensivement avec le verre de cristal.

— J'espère que je n'ai pas bouleversé vos projets pour la soirée, dit-elle avec un regard langoureux.

— Je n'en avais pas, assura-t-il.

— Vous me semblez bien solitaire, mon pauvre ami. Je le suis, moi aussi, ajouta-t-elle dans un murmure en posant la main sur son bras.

— Lady Ashton... Pauline, ne me croyez pas indifférent à vos malheurs, mais on pourrait trouver cette situation plutôt compromettante. Je suis loyal envers mon frère et...

— Votre frère est la cause de ma détresse, coupa-t-elle en posant sa tête sur l'épaule du jeune homme. J'ai du mal à comprendre que l'on puisse se montrer loyal avec lui, alors que lui, de son côté, ne se soucie guère de ses responsabilités envers moi. Vous êtes le seul à qui je puisse confier mes pensées intimes. Vous n'auriez pas le cœur de me tourner le dos, j'en suis sûre.

William s'agita, mal à l'aise.

— Je ne puis me mêler de votre relation avec David...

— Je ne vous demande rien de tel, affirma-t-elle en se laissant aller à caresser le torse de William. Je cherche seulement un ami. Est-ce trop attendre de vous, William ? Votre frère ne s'est pas très bien conduit envers moi, ces derniers temps. Pouvez-vous imaginer ce que cela représente pour une femme dans ma situation ? J'ai besoin d'un peu d'affection.

— Mais vous avez certainement des amis...

— Aucun qui puisse m'aider vraiment.

— Mon frère...

— David est absent, et il se moque de ce que je

fais lorsqu'il n'est pas là, à condition que je me rende disponible quand il le souhaite. D'ailleurs il ne se prétend aucun droit sur moi, vous le savez. Voyons, William, vous n'êtes pas un enfant ! Il n'y a rien à redire si deux amis passent de temps en temps une soirée ensemble.

Avant qu'il eût pu répondre, elle s'était penchée pour l'embrasser, et déjà elle le caressait avec des gestes sensuels.

— Pauline ! s'insurgea-t-il quand il sentit ses mains entre ses jambes.

— Ne vous inquiétez pas, souffla-t-elle en se plaçant au-dessus de lui. Personne n'en saura rien. Vous ne vous êtes jamais demandé comment je faisais l'amour ? Je vous donnerai du plaisir au-delà de tout ce que vous pouvez imaginer. Et tant pis pour votre frère. Je suis sûre que vous êtes jaloux de lui. C'est l'aîné, il possède tout, l'argent, l'influence. Vous avez bien droit à un échantillon de ce qu'il a goûté... et je vais vous le donner.

Hardie, elle prit la main de William pour la poser sur son sein.

— Oui, touchez-moi, susurra-t-elle. Caressez-moi partout... emmenez-moi dans votre chambre... Oh, William...

Comme elle se pressait contre lui, elle perçut une présence à côté d'eux et, ouvrant les yeux, elle découvrit David qui se tenait près d'elle, debout, les dents serrées, le regard dur. Elle demeura un instant pétrifiée, puis elle repoussa William et tenta de mettre de l'ordre dans sa tenue.

— Je suis désolée que vous ayez assisté à cette petite scène, chéri, dit-elle d'une voix un peu tremblante. Vous devez être blessé de voir votre frère tenter d'abuser de moi.

David eut un sourire cynique.

— J'ai tout entendu, Pauline.

William bondit du canapé et rajusta sa cravate avec un air de vierge outragée.

— Je me demandais combien de temps tu allais laisser durer cette comédie, dit-il, mécontent.

— Vous l'avez fait exprès ? demanda Pauline qui sentait la rage monter en elle. Vous avez voulu me piéger, tous les deux ?

Elle se tourna vers David, rouge de colère.

— C'est malhonnête ! Je ne vous permettrai pas de me manipuler ainsi !

David éclata d'un rire sonore.

— Manipulée, vous ?

— Exactement. Vous m'êtes redevable des mois que nous avons passés ensemble, de l'usage que vous avez fait de mon corps, de la façon dont vous m'avez induite en erreur...

— J'ai payé pour votre corps, et suffisamment cher ! lui rappela David, une lueur d'amusement dans les yeux. Quant à vous avoir trompée, il faut vous expliquer, car ce n'est pas très clair pour moi.

— Vous m'avez laissée croire que vous prendriez la responsabilité du bébé !

— Mais il n'y a pas de bébé. Encore que, de votre côté, vous ayez tout essayé !

— Je le faisais pour nous ! protesta-t-elle, véhémente. Nous nous entendons bien, David. Vous savez que vous ne trouverez jamais une femme qui vous plaise autant, que nous sommes faits l'un pour l'autre...

— Je sais surtout que vous étiez prête à me faire endosser la paternité du bâtard de mon frère ! riposta David. Un coup de maître, certes, mais assez peu flatteur pour William et moi.

— J'y serais arrivée, s'il n'était pas à ce point sous votre coupe.

Elle regarda William avec mépris.

— Vous n'avez aucune personnalité, mon pauvre ami, poursuivit-elle. Vous passerez votre vie dans l'ombre du grand frère...

— Ça suffit! s'insurgea William qui vint la prendre rudement par le bras. Je ne supporterai certainement pas d'être insulté sous mon propre toit.

Il l'entraîna de force hors de la pièce tandis qu'elle soufflait et crachait comme un chat en colère.

Il revint un peu plus tard, avec une marque rouge sur la joue.

— Elle est partie? demanda David.

— Oui, après une gifle d'adieu. Mon Dieu, ajouta William, songeur, ce doit être une vraie sauvage, au lit. Je m'étonne qu'elle ne t'ait pas dévoré tout cru! Je ne t'imaginais pas si résistant! Pour ma part, je préfère les compagnes un peu plus soumises.

— Grâce au ciel, me voilà enfin débarrassé d'elle! déclara David en se laissant tomber dans un fauteuil.

William alla leur servir deux brandys.

— Tu vas avertir Julia sur-le-champ, je présume?

— Oui... Bien que je ne sois pas sûr que cela résolve nos problèmes.

— Quels problèmes peut-il subsister, maintenant?

Les sourcils froncés, David accepta le verre que lui offrait son frère.

— La dernière fois que j'ai vu père, il a déclaré qu'aucune femme ne serait assez collet monté à mon goût. Il avait raison. J'ai fait clairement comprendre à Julia que je voulais qu'elle change de personnage... qu'elle joue désormais l'épouse docile, dépendante, entièrement dévouée à ma personne.

— Quel mal y a-t-il à cela ?

David secoua la tête.

— Julia ne ressemble à aucune autre. Et malheureusement, les qualités qui la rendent unique sont aussi les obstacles à un mariage harmonieux.

— Tu voudrais qu'elle quitte le théâtre définitivement.

— Je ne vois pas d'autre solution. Je ne supporterais pas que mon épouse s'affiche devant des milliers de gens. J'ai essayé de l'imaginer...

David s'interrompit, se massant les tempes.

— Je n'y arrive pas. Et je n'arrive pas non plus à cesser de l'aimer.

— Cela passera sans doute, avec le temps, dit William, diplomate. Il ne manque pas de femmes, de par le monde, certaines aussi jolies et talentueuses que Julia... Des femmes qui seraient trop heureuses de sacrifier tout le reste pour épouser le futur duc de Leeds.

— Je ne veux personne d'autre.

— Toi et tes belles amies... se moqua gentiment William. Il faut toujours que tu choisisses les plus compliquées ! Dieu merci, j'ai des goûts plus simples. Je t'assure que mes petites conquêtes ne me posent jamais ce genre de dilemme !

David rentra chez lui avec l'intention de se rendre à Bath le lendemain, après une bonne nuit de repos. Cependant il fut réveillé avant l'aube par son valet de chambre qui frappait avec insistance à sa porte.

— Qu'y a-t-il ? grommela-t-il.

Le battant s'entrouvrit.

— Excusez-moi, monseigneur, mais on vient d'apporter un message du Warwickshire. Urgent, semble-t-il. J'ai pensé que vous aimeriez être prévenu tout de suite.

David secoua la tête pour chasser le sommeil.

— Prévenu de quoi ?

Le domestique entra, muni d'une lampe à pétrole qu'il posa sur la table de chevet avant de tendre à David une lettre cachetée. David l'ouvrit. Elle venait du médecin de son père. Il la parcourut, jura entre ses dents et, à sa grande surprise, vit la feuille trembler entre ses mains.

Le valet de chambre se détourna pudiquement, mais son visage exprimait la plus grande compassion.

— Voulez-vous que j'avertisse votre frère, monseigneur ?

Après une semaine de représentations d'*Une ravissante tricheuse*, saluées comme un triomphe par la critique, on ne parlait plus que du succès de la pièce dans toute l'Angleterre. De Bristol à York, tous les théâtres voulaient être inclus dans la tournée du Capital Theatre. On disait que le rôle de Christine était désormais signé Jessica Wentworth et que personne ne pourrait l'interpréter avec une telle maestria. Cependant, Julia était étonnée de constater que le succès dont elle avait tant rêvé ne lui apportait pas la plénitude espérée. Elle ne vivait pleinement que sous les feux de la rampe et tous les autres instants lui semblaient ternes, dépourvus d'intérêt. Elle commençait à comprendre ce qu'éprouvait Logan. Ayant sacrifié tout le reste, il ne restait plus dans sa vie que l'illusion de la scène.

Logan lui avait proposé un mariage en grande

pompe, mais elle refusa, le priant au contraire d'organiser une cérémonie intime dont ils garderaient le secret jusqu'au dernier moment. Elle n'était pas encore prête à affronter les questions que ne manqueraient pas de poser sa famille et ses amis quand elle leur annoncerait sa décision d'épouser Logan Scott. Celui-ci avait accepté sans difficulté. Entretemps, Julia avait consulté un notaire qui lui avait confirmé les dires de son père, et David ne tarderait pas à recevoir une lettre exigeant le remboursement de sa dot.

Après l'avant-dernière représentation à Bath, Julia était assise devant sa coiffeuse, occupée à se démaquiller, aussi mélancolique que d'habitude, quand Arlyss fit irruption dans sa loge, tout excitée.

— Jessica ! Il fallait que je te voie tout de suite, que tu sois la première à apprendre...

Julia eut un sourire las.

— La première à apprendre quoi ?

Arlyss, un peu intimidée, lui montra sa main gauche.

— Regarde ce que Michael vient de m'offrir.

Julia vit à son annulaire un petit diamant monté en bague.

— Mon Dieu ! souffla-t-elle. Cela signifie-t-il...

— Oui ! s'écria Arlyss, rayonnante.

— C'est rapide, non ?

— Cela peut te sembler précipité, mais pas pour moi. Jamais un autre homme ne m'aimera comme Michael, et je l'aime aussi.

Arlyss, toute fière, faisait jouer le bijou dans la lumière.

— Il est ravissant, n'est-ce pas ?

— Magnifique !

— Il m'a aussi donné ceci.

Arlyss montrait à Julia une pièce d'argent brisée.

— Dans sa famille, par tradition, quand un couple se fiance, on brise une pièce d'argent. Michael garde l'autre moitié. C'est merveilleusement romantique, tu ne trouves pas ?

Julia prit la pièce avec un sourire doux-amer.

— Tu as beaucoup de chance, Arlyss. C'est un don du ciel de pouvoir épouser l'homme que l'on aime.

Sentant la mélancolie de son amie, Arlyss vint s'asseoir sur le coin de la coiffeuse.

— Que se passe-t-il, Jessica ? Tu as des problèmes avec ton amoureux ? Il s'agit de lord Savage ?

— Il n'est pas mon amoureux. Enfin... il ne l'est plus. J'ai...

Julia s'interrompit, le temps de choisir soigneusement ses mots.

— Je me suis arrangée pour mettre un terme définitif à notre relation.

— Je ne comprends pas pourquoi ! Il est beau, riche, charmant...

— Je me suis rendu compte que je n'avais pas d'avenir possible avec lui.

— Même si c'est le cas, pourquoi ne pas profiter de cette aventure le temps qu'elle durera ?

— Parce que je vais...

Julia se mordit la langue. Il était fort imprudent de confier un secret à la jeune actrice. Malgré tout, il fallait qu'elle parle à quelqu'un.

— Oui ? insista Arlyss, inquiète. Tu peux tout me dire, Jessica.

Julia baissa la tête.

— Je vais épouser M. Scott.

Arlyss écarquilla les yeux.

— Comment ? Mais pourquoi fais-tu cela ?

Julia se contenta de hausser les épaules.

— Tu ne l'aimes pas, c'est évident ! continua

Arlyss. Alors... Tu as des ennuis financiers ou bien c'est pour ta carrière ?

— Non, je pense simplement que c'est le meilleur choix.

— C'est une bêtise ! décréta Arlyss, péremptoire. Vous n'êtes pas faits l'un pour l'autre. Et quand comptez-vous vous marier ?

— Après-demain.

— Dieu merci, cela laisse le temps de tout annuler !

Julia avait espéré se soulager de son fardeau en se confiant à une oreille amie, mais elle comprit bien vite que les commentaires ou les conseils ne changeraient rien.

— Je ne peux pas, dit-elle doucement en rendant la pièce brisée à Arlyss.

Elle prit un linge humide afin de finir de se démaquiller, tandis qu'Arlyss l'observait, l'esprit en ébullition.

— Oh, Jessica... tu n'es pas enceinte, au moins ?

Julia secoua la tête, la gorge serrée d'émotion.

— Mais non, seulement, je ne peux pas vivre avec l'homme que j'aime, pour diverses raisons. Alors si je ne dois pas vivre avec lui, autant que j'épouse M. Scott.

— Mais c'est toi qui me recommandais de choisir un homme par amour, et pour aucun autre motif. Tu disais...

— Et je le pensais, coupa Julia. Malheureusement certains rêves ne sont pas réalisables pour tout le monde.

— Je dois tout de même pouvoir t'aider, d'une manière ou d'une autre.

Les yeux brillants de larmes retenues, Julia prit la main de la jeune femme.

— Non. Mais je te remercie, Arlyss. Tu es mon amie la plus chère, et je suis très heureuse pour toi.

Il y avait quelque chose d'irréel dans les funérailles du duc de Leeds auxquelles assistaient seulement la famille et les proches. David avait du mal à accepter que son père soit parti à jamais. A voir son expression tendue, William était aussi triste et déconcerté que lui.

Une fois le cercueil descendu et recouvert des premières pelletées de terre, les personnes présentes retournèrent au château pour partager une petite collation. Les deux frères suivaient lentement, un peu en retrait. La brise d'automne jouait dans les cheveux de David tandis que son regard se perdait au loin sur le paysage gris-vert. Il fut réconforté par la vue du château, solide et imposant, et il ressentit une bouffée de fierté à l'idée d'avoir pu conserver ce bien dans la famille. Son père avait failli dilapider tout cela... Pourtant, malgré l'égoïsme du duc, ses caprices, son goût fatal pour le jeu, sa conduite inconséquente, sa mort restait douloureuse. David savait qu'il allait lui manquer... qu'il lui manquait déjà.

— Père a toujours su prendre du bon temps, n'est-ce pas ? murmura William. Il faisait ce qui lui plaisait avec une absence totale de sens moral. S'il ne monte pas au ciel, je parie qu'il est déjà arrivé à embarquer Lucifer dans une partie de cartes acharnée !

David esquissa un sourire.

— Je lui ressemble trop, continua William. Je finirai comme lui, seul, à faire des gorges chaudes de mes débauches passées et à pincer la taille des soubrettes.

— Non ! assura David. Je t'en empêcherai.

William poussa un gros soupir.

— Jusque-là, tes efforts n'ont pas été couronnés de succès. Il est temps que je me prenne en charge, que je cesse de courir le jupon et que j'arrête de dilapider mes revenus dans des dépenses futiles.

— Tu n'es pas le seul à être amené à changer, marmonna David.

William se tourna vers lui, surpris.

— Tu ne parles pas de toi, tout de même ? Que peux-tu te reprocher ? Tu es quelqu'un de si consciencieux, si raisonnable. Personne ne te connaît de mauvaises habitudes ni de vices...

— Je me rends compte à présent que je suis trop exigeant. Je veux à toute force que les autres entrent dans le moule que j'ai prévu pour eux.

— J'ai toujours pensé que c'était ton statut d'aîné qui t'y obligeait. Certains prendraient cela pour une qualité, tu sais.

— Julia ne fait pas partie de ces personnes.

— Elle n'est vraiment pas comme les autres, il me semble.

William leva les yeux vers le château, immense, avec ses arches qui se reflétaient dans le lac.

— Tu l'imagines vivant là, si loin des distractions de Londres ? reprit-il.

Oui, David l'imaginait. Il la voyait même fort bien chevauchant avec lui à travers bois et collines, les cheveux au vent... Ou présidant un bal dans le grand salon, sa mince silhouette soulignée par la lumière des lustres... Ou bien encore se réveillant près de lui au matin dans la vaste chambre baignée de soleil.

Ces images dansaient encore dans sa tête quand

les deux frères rejoignirent le château. Ils se dirigèrent directement vers la bibliothèque où les attendait le notaire, Me Archibald Lane. Au service de David depuis des années, Me Lane, malgré son attitude réservée, possédait une vive intelligence...

— Monseigneur... Pardon, Votre Grâce, dit-il en serrant la main de David. J'espère que vous allez bien, enfin, aussi bien que possible.

David acquiesça avant d'offrir au notaire un verre de brandy qu'il refusa.

— Je suppose qu'il n'y a rien d'extraordinaire dans le testament de père, dit-il.

— Rien que de très normal, en effet, Votre Grâce. Toutefois, avant que nous en arrivions là...

Le notaire toussota, l'air un peu ennuyé.

— J'ai récemment reçu copie d'une lettre qui traite de Mme Wentworth et des circonstances de votre... de votre mariage.

David l'écoutait attentivement.

— Il semblerait que cette union soit non valide depuis le début, continua Lane. Il faudrait la considérer comme des fiançailles qui n'ont pas abouti. Aussi lord Hargate réclame-t-il le retour de la dot qui avait été offerte aux Savage.

David avait du mal à comprendre.

— Selon Hargate, sa fille Julia vous considère désormais tous les deux libérés de vos obligations.

— Il faut que je lui parle, grommela David.

Julia voulait mettre fin une bonne fois pour toutes à leur relation, or, il devait absolument la convaincre d'y renoncer.

— Bon sang, c'est mon épouse !

Ce n'était pas tout à fait vrai, pourtant il ne pouvait penser autrement. Il l'aimait, il avait besoin d'elle.

— Vous n'avez pas d'épouse, Votre Grâce. Selon toute légalité, vous n'en avez jamais eu.

« Vous n'avez pas d'épouse. » Les mots résonnaient dans la tête de David, assourdissants. « Vous n'avez pas d'épouse. » Ce fut le moment que choisit William pour intervenir.

— C'est peut-être le moyen qu'a trouvé le destin pour te faire prendre un nouveau départ. Père n'est plus là, tu es libre, désormais, et il n'y a pas de raison pour que tu ne commences pas à jouir des plaisirs dont tu t'es privé jusqu'ici.

— Après tout ce temps... Après les années passées à essayer de la trouver, elle s'amuse à aller voir le premier notaire venu, et elle fait envoyer cette lettre ! Bon sang, je ne vais pas me priver de lui dire ce que j'en pense !

— Au contraire, tu devrais la remercier, coupa William. A mon avis, elle a pris la décision la plus sensée. Il est clair que vous n'êtes pas faits l'un pour l'autre, et elle a eu la sagesse de...

Le regard glacial de son frère lui imposa le silence.

— Tu ignores de quoi tu parles !

— Tu as raison, se reprit vivement William. Parfois ma langue fonctionne plus vite que mon cerveau, et c'est bien ennuyeux... Bon, je monte dans ma chambre.

Il se hâta de disparaître, non sans avoir lancé un coup d'œil d'avertissement au notaire qui s'agita sur son siège, mal à l'aise.

— Si vous préférez, Votre Grâce, je peux revenir plus tard, à votre convenance, afin de discuter des affaires de votre père...

— Nous verrons cela à un autre moment, en effet, dit David.

— Bien, Votre Grâce.

Le notaire se volatilisa plus vite encore que William.

David fut long à digérer sa colère. Il se retrouva enfin assis à son bureau, un verre dans une main, une bouteille dans l'autre. L'agréable feu de l'alcool commençait à l'apaiser.

Julia ne voulait pas de lui, ou plutôt de la vie qu'il avait à lui offrir. Si seulement elle était là, en ce moment, il lui assènerait quelques réflexions bien senties ! Elle était folle de préférer la scène à une existence de duchesse, n'importe qui le lui dirait... Et elle-même le savait certainement, malgré son entêtement à poursuivre sa carrière !

Des idées de vengeance le taraudaient. Il avait envie de l'obliger à lui céder par la force. Mais il n'y arriverait pas, elle avait trop de volonté. Ou alors il allait épouser une jeune fille fraîche et rougissante, et il l'emmènerait dans toutes les réceptions auxquelles il serait sûr de rencontrer Julia. Il la rendrait jalouse en exhibant sa jolie jeune femme, elle serait torturée d'envie et de regrets. Il lui laisserait croire que la parodie de mariage qui avait uni un Savage avec une Hargate ne signifiait plus rien pour lui et qu'il était bien content d'être débarrassé de ce pesant contrat...

David se servit un autre verre, à la recherche d'un bienfaisant oubli qui refusait de venir. L'amertume diminuait cependant quelque peu, et il fixa la lettre, devant lui, jusqu'à ce que les mots se brouillent sous ses yeux. Il entendait la voix de Julia. « Vous exigeriez que je quitte tout ce à quoi j'ai tant travaillé, ce dont j'ai besoin pour mon bonheur. Si j'étais votre femme, me laisseriez-vous aller où je veux, faire ce qui me plaît, sans poser de questions, sans reproches ? Ne revenez pas. » Et puis la question de Logan Scott lui faisait mal, encore maintenant. « Etes-vous capable de lui donner tout ce qu'elle désire ? »

Il revoyait Julia dans ses différents costumes. Jamais il n'avait connu de femme aussi fascinante. Pour la première fois, il comprenait qu'il faisait un mauvais choix en voulant l'emprisonner dans une cage dorée. Elle ne supporterait pas la vie qu'il imaginait pour elle.

— David ?

William fit irruption dans la bibliothèque. Il jeta une lettre scellée sur le bureau.

— Ce pli vient d'arriver de Bath.

David regarda l'enveloppe sans y toucher.

— C'est de Julia ?

— Curieusement, j'ai l'impression que la lettre est de son amie, Arlyss Barry. J'ai pensé qu'il valait mieux te l'apporter avant que tu ne sois trop ivre pour la déchiffrer.

— Je le suis déjà, grommela David en prenant une autre rasade de brandy. Lis-la-moi.

— Avec plaisir ! rétorqua gaiement William. Pourtant, tu sais comme j'ai horreur de me mêler des affaires des autres !

Il brisa le sceau et parcourut rapidement la missive. Son visage s'assombrit au fur et à mesure de la lecture.

— Que dit-elle ? s'impatienta David.

William se gratta la nuque, embarrassé.

— Compte tenu de ton état d'esprit, je pense qu'il vaut mieux en discuter plus tard.

— Parle, bon sang !

— D'accord. Mlle Barry écrit que, bien que ce ne soit pas son rôle d'intervenir, elle se sent moralement obligée de t'informer que Jessica Wentworth projette d'épouser Logan Scott… demain.

William sursauta violemment car son frère venait

de jeter son verre contre le mur. David se leva lourdement.

— Que vas-tu faire ? s'inquiéta William.

— Je pars pour Bath.

— Je t'accompagne.

— Non, tu restes ici.

— Je ne t'ai jamais vu dans cet état, David, et je préférerais... Tu devrais me laisser...

Mais David avait déjà quitté la bibliothèque en claquant la porte derrière lui.

12

La dernière représentation d'une pièce était toujours empreinte d'une espèce de magie. A Bath, ce soir-là, les acteurs rayonnaient et le public n'était avare ni de rires ni d'applaudissements. Pourtant, Julia se sentait un peu extérieure. Elle jouait bien, elle le savait, sans toutefois se fondre comme d'habitude dans son personnage. Peut-être parce qu'elle allait épouser Logan Scott le lendemain, unir son avenir au sien, même si c'était de façon impersonnelle. Elle ne pouvait cesser d'y penser.

David avait dû prendre connaissance de l'annulation du mariage. Qu'avait-il dit ? Qu'avait-il éprouvé ? Elle se demanda comment il réagirait la prochaine fois qu'ils se verraient, lorsqu'elle se présenterait comme l'épouse de Logan Scott. C'était mieux pour eux deux, se persuadait-elle... sans parvenir à refouler la peine qui la rongeait. Si seulement la situation était différente, si seulement...

Le rideau tomba au milieu d'un tonnerre d'acclamations, et les acteurs, à la demande des spectateurs, revinrent maintes fois saluer et remercier. Julia fut soulagée quand elle regagna enfin définitivement les coulisses.

Logan l'observait attentivement.

— Vous sembliez un peu tourmentée, ce soir. J'espère que vous allez passer une bonne nuit, vous en avez besoin, dit-il tout en sachant que la troupe essaierait de l'entraîner dans une soirée de fête pour couronner la dernière représentation. La cérémonie est prévue demain matin, avant notre départ pour Bristol, ajouta-t-il.

Julia parvint à esquisser un sourire.

— Tournée, représentations... N'est-ce pas une façon originale de passer sa lune de miel ?

Il eut l'air étonné, comme si une idée nouvelle venait de l'effleurer.

— Vous avez envie d'une lune de miel ?

Un quart de seconde, Julia fut tentée de répondre oui. Elle aurait aimé aller dans un endroit exotique, propice à la détente et à l'oubli, ne serait-ce que quelques jours. Cependant, la perspective de se rendre quelque part seule avec Logan la gênait. En outre, il n'avait guère envie de bousculer le calendrier de leur tournée alors qu'il devait superviser la rénovation du Capital Theatre.

— Non, murmura-t-elle. Non, nous n'avons pas le temps. Plus tard, peut-être...

— Rome ! promit-il. Ou la Grèce. Nous irons au festival d'Athènes et nous assisterons à des représentations en plein air.

Julia lui souhaita bonne nuit avant de se diriger vers sa loge. Les coulisses étaient surpeuplées, et elle dut se plaquer contre le mur pour laisser passer des machinistes.

— Madame Wentworth ? demanda l'un d'eux avec insistance.

Elle reconnut la voix grave d'un des accessoiristes, accompagné d'un autre homme qu'elle ne connaissait pas. La foule les pressait de toutes parts.

— Oui, dit-elle, nerveuse. On est un peu bousculés, n'est-ce pas ?

Elle attendit que le couloir soit un peu dégagé pour reprendre son chemin et fut étonnée de voir les deux hommes la suivre de près. Mal à l'aise, elle hâta le pas. Mais avant qu'elle ait pu franchir la porte de sa loge, elle se sentit attirée par-derrière et bâillonnée pendant que quelqu'un lui attachait les mains dans le dos. Comme elle se débattait, on lui jeta sur les épaules une cape et on rabattit le capuchon sur sa tête. Les deux hommes, la tenant chacun par un bras, l'entraînèrent rapidement vers la sortie.

— Désolé, madame Wentworth, marmonna l'un d'eux, mais il y a un monsieur, dehors, qui nous a payés pour vous amener à lui. Il dit qu'il veut seulement vous parler quelques minutes. J'espère que vous comprenez, n'est-ce pas ?

Paralysée de peur, Julia fut poussée dans une voiture. On l'assit sur la banquette, les mains coincées contre le dossier, la capuche toujours sur les yeux. Le silence le plus profond régnait dans le véhicule qui ne tarda pas à s'ébranler, l'emportant loin du théâtre.

Julia transpirait abondamment, et elle était sûre de se trouver seule dans la voiture quand une main ôta le capuchon. Elle releva lentement la tête pour se trouver face à lord Savage. Sa première réaction fut la colère, mais voyant dans quel état se trouvait David, hirsute, les yeux rouges, l'haleine chargée d'alcool, elle le dévisagea avec étonnement.

— Bonsoir, madame Wentworth, dit-il d'une voix pâteuse. Comme c'est aimable à vous de me consacrer quelques heures de votre précieux temps ! Je serais bien venu vous chercher moi-même, mais cela m'a paru plus facile ainsi.

Il lui caressa la joue, et elle rejeta vivement la tête en arrière. Du regard, elle l'implorait de retirer le bâillon.

— Non, marmonna-t-il. Je n'ai pas besoin d'entendre ce que vous avez à me dire. Vous avez été suffisamment claire en coupant tout lien entre nous et en acceptant d'épouser Scott. Oui, je sais cela aussi... Vous avez eu tort de mettre votre amie Arlyss dans la confidence.

Il écarta les pans de la cape et la couvrit d'un regard ouvertement concupiscent. Les seins de la jeune femme étaient mis en valeur par la position de ses bras. Elle se raidit.

— Est-il déjà votre amant ? demanda David. Avez-vous aimé sa bouche, ses mains sur vous ? Quel effet cela procure-t-il de coucher avec un homme qu'on n'aime pas ?

Julia le regarda avec horreur. Quel égoïste, quel triste individu ! Il se vengeait en la terrorisant. Il y avait en lui quelque chose de différent, ce soir, une brutalité qui lui donnait l'apparence d'un satyre. Il semblait capable de tout... comme une bête blessée qui attaque avec un dernier sursaut de férocité.

— Il ne vous aime pas, poursuivait David. Et je ne vous aimerais pas non plus, si je pouvais m'en empêcher. Je donnerais n'importe quoi pour vous chasser de mes pensées... pour oublier votre visage, votre corps.

Il posa la main sur un de ses seins, doucement d'abord, puis plus rudement, jusqu'à ce qu'elle pousse un petit gémissement étouffé.

— Votre corps est à moi, dit-il d'une voix rauque. Vous êtes encore ma femme, et vous le serez toujours. Aucune loi divine ou humaine ne vous enlèvera à moi.

Scandalisée, Julia tenta de se dégager, mais il l'appuya davantage contre la banquette, se pencha sur elle, la couvrit de ses lèvres, de ses mains... Désespérée, elle luttait pour le repousser mais déjà elle vibrait de tout son être sous ses caresses. Il cueillit de la langue les gouttes qui perlaient dans la vallée entre ses seins. Elle sentit son souffle brûlant contre sa peau. Comme elle geignait doucement, il releva la tête, triomphant. Puis il arracha le bâillon et prit ses lèvres avec une passion cruelle. Quand il s'éloigna, elle lui lança un regard furibond, tout en essayant de reprendre ses esprits.

— Détachez-moi, souffla-t-elle.

— Pas avant que nous ayons mis un certain nombre de détails au point.

— Je ne discuterai pas avec vous tant que vous êtes ivre.

— Je ne suis pas ivre. Mais j'ai bu, je le reconnais. C'était la seule chose qui m'empêchait de devenir fou durant le voyage jusqu'à Londres.

— Qu'avez-vous l'intention de faire ? demanda-t-elle. M'emprisonner ? Empêcher mon mariage ? Cela retardera seulement l'inévitable.

— Je vais vous rendre tout autre homme impossible, dit-il en effleurant sa gorge, ses seins. C'est peut-être lui que vous choisirez, mais jamais il ne vous donnera ce que j'ai à vous offrir.

— Un viol ? demanda-t-elle en s'efforçant d'ignorer le désir qui l'envahissait.

— Ce ne sera pas un viol.

Julia était exaspérée par sa mâle arrogance.

— Vous allez me faire regretter tout ce qui s'est passé entre nous.

— Vous le regretterez, en effet. Vous regretterez d'avoir connu l'amour, quand vous serez au lit avec un homme qui ne se soucie que de sa profession.

— C'est ce que je cherche, justement. Et je n'ai pas fait l'amour avec Logan. Il s'agit d'un mariage de raison.

Il ricana, méprisant.

— Vous finirez quand même dans son lit, vous êtes trop belle pour qu'il n'ait pas envie de vous. Mais vous vous réveillerez près de lui en pensant à moi.

— Croyez-vous que je n'en sois pas consciente ? dit-elle d'une voix soudain brisée. Imaginez-vous qu'il m'a été facile d'accepter un mariage sans amour plutôt que de rester avec l'homme que...

Elle s'interrompit, mais David ne la laissa pas en paix.

— L'homme que quoi, Julia ? Dites-le. Vous me devez au moins ça.

Elle serrait les dents, ses yeux brillaient de larmes contenues.

— Par Dieu, marmonna-t-il, je vous le ferai avouer avant la fin de la nuit !

— Qu'est-ce que cela changera ? demanda-t-elle tandis qu'une larme roulait sur sa joue.

Il en suivit la trace du bout du doigt.

— Il faut que j'entende ces mots, il faut que je comprenne.

Il était très près de Julia, ses cheveux tombant sur le front. Quand il glissa les mains derrière elle, elle sentit qu'il dénouait les liens de ses poignets. Une fois libre, elle le repoussa de toutes ses forces, mais il continuait à l'écraser, sa bouche contre son oreille.

— Je sais ce que vous voulez, dit-il. Et c'est exactement ce que vous redoutez le plus. Etre aimée, vous donner sans retenue. Seulement vous avez peur, vous pensez que je vais me servir de vos propres sentiments contre vous, comme votre père l'a fait avec votre mère.

Elle se débattait en vain.

— Et vous ? Vous voulez que tout se passe selon vos désirs, et peu importe ce que je devrais sacrifier pour vous satisfaire !

— Ce n'est pas obligatoire.

Ils étaient immobiles, guerriers prêts à revenir à la charge, quand la voiture s'arrêta. David tira Julia à l'extérieur, malgré ses protestations. Ils étaient devant la villa et les deux valets de pied, bien ennuyés, ne savaient comment se comporter vis-à-vis de leur maître qui obligeait une femme non consentante à le suivre. Julia envisagea de crier à l'aide, mais David le devina et l'en dissuada.

— Inutile. Ils ne bougeront pas.

Julia continua de résister, alors il la jeta sans ménagement sur son épaule pour monter l'escalier quatre à quatre jusqu'à la chambre où il la posa sur le grand lit à baldaquin. Puis il alla verrouiller la porte avant de lancer la clé sur le tapis.

Julia se leva, raide de colère.

— Est-ce que cette méthode donne des résultats avec lady Ashton ? Parce que ce n'est pas cette manière qu'il faut employer avec moi !

— J'ai rompu toute relation avec Pauline, rétorqua-t-il. Elle n'est pas enceinte, et elle n'a aucun droit sur moi.

Julia s'efforça de cacher l'éclair de joie qui la traversa malgré elle.

— Ironie du sort ! Vous voilà débarrassé en même temps d'une femme et d'une maîtresse.

— Je suis heureux que nous ne soyons pas mariés.

— Et pourquoi ?

Julia tentait de garder son calme tandis qu'il s'approchait d'elle. Il s'arrêta à quelques pas pour ôter sa veste qu'il laissa tomber au sol. Il entreprenait de déboutonner sa chemise lorsqu'il expliqua :

— Maintenant il n'y a plus que vous et moi. Le passé est derrière nous, tout ce qu'ont fait nos parents n'existe plus.

— Avez-vous parlé de la lettre à votre père ? demanda Julia qui, de son côté, ne s'était pas encore décidée à avertir ses parents.

Il se crispa.

— Non. Il est mort juste avant que j'en prenne connaissance.

— Oh, souffla-t-elle, c'est pour ça que vous n'êtes pas revenu. Je… je suis navrée…

David l'interrompit d'un haussement d'épaules agacé.

— Il était malade depuis longtemps.

Julia était toutefois prise de remords. Si elle avait su, elle n'aurait pas fait envoyer cette lettre quand le duc disparaissait.

— Je suppose que le moment était mal choisi, commença-t-elle, mal à l'aise.

— Je n'ai que faire de votre commisération, coupa-t-il en ouvrant sa chemise, révélant les muscles puissants de son torse. Je veux seulement vous voir nue dans ce lit.

Le sang de Julia se mit à bourdonner à ses oreilles.

— Vous dites n'importe quoi !

— Vous voulez que je vous aide ?

— Vous avez perdu la tête ? demanda-t-elle d'une voix qu'elle parvint tout juste à maîtriser.

— Je n'en suis pas loin.

Julia comprit, avec un frisson de peur, qu'il était sérieux.

— Je n'ai plus ma tête, d'ailleurs, depuis le jour où je vous ai rencontrée, poursuivait-il, un rictus aux lèvres. Je m'en voulais de ne pas pouvoir tomber amoureux de quelqu'un d'autre, d'une femme qui aimerait la vie que j'ai à offrir. Mais je n'avais pas le choix. Je vous ai aimée bien avant d'apprendre que vous étiez mon épouse. Et j'ai considéré cela comme un coup de chance, un lien qui vous attacherait à moi. Cependant, comme vous l'avez fait remarquer un jour, notre mariage n'a jamais eu de réalité, je ne pouvais vous obliger à respecter des vœux prononcés quand vous étiez enfant. Et vous étiez bien décidée à avoir le dernier mot, comme moi. Je crains que nous ne soyons ni l'un ni l'autre très portés sur les concessions, alors... Il me reste un seul désir. Pour une fois dans ma vie, je veux vous faire l'amour et vous entendre dire que vous m'aimez.

Ils s'affrontaient du regard, lorsqu'une voix tonitruante vint troubler le silence. Des cris montaient de l'escalier en même temps que les protestations des domestiques.

— Savage ! Je veux savoir où se trouve Jessica, bon Dieu ! Espèce de lâche... Je veux la voir immédiatement !

Julia était stupéfaite. C'était bien Logan, mais jamais elle ne l'avait entendu hurler ainsi en dehors de la scène. Il devait être fou de rage depuis qu'il avait découvert sa disparition !

Sans quitter David des yeux, elle parvint à articuler d'une voix haute et claire :

— Tout va bien, Logan.

— Où êtes-vous ? cria-t-il.

Il venait d'atteindre le palier.

David ne bougeait pas d'un pouce. De toute évidence, la perspective d'affronter la fureur de Logan Scott ne le dérangeait absolument pas, au contraire.

— Dans la suite qui se trouve à droite de l'escalier, répondit-elle.

Elle risqua un geste vers la clé qui était restée sur le tapis. David l'empêcherait-il d'ouvrir? Avant qu'elle pût en avoir confirmation, des coups violents furent frappés à la porte qui grinça sur ses gonds. Un autre, un autre encore, et le battant fut enfoncé. Logan fit irruption, l'air furibond, la chevelure en désordre. Il embrassa la scène d'un rapide coup d'œil : la tenue débraillée de Julia, la chemise ouverte de David, la clé par terre... Il eut une grimace de mépris.

— Quand j'en aurai fini avec vous, vous ne vous approcherez plus d'elle, dit-il d'un air menaçant.

David eut une expression de sombre jubilation.

— Elle n'est pas encore à vous.

— Je vais bien, intervint Julia, effrayée par la haine presque palpable qui régnait dans la chambre. Je vous en prie, Logan, emmenez-moi hors de cette maison et nous réglerons ce problème plus tard, entre personnes adultes.

— Vous n'irez nulle part, coupa David. Et j'attends que votre soi-disant « fiancé » quitte les lieux.

Cette fois, c'en fut trop pour Logan qui se rua sur David avec la rapidité de l'éclair et lui assena un coup de poing à la mâchoire.

Julia voulut intervenir, mais elle y renonça quand David se jeta à son tour sur son rival. Malgré les cris de la jeune femme, les deux hommes se rouaient de coups, le regard meurtrier. David parvint à faire reculer Logan de quelques pas. Julia en profita pour venir se placer entre eux. Un seul coup d'œil lui suffit pour constater qu'elle ne raisonnerait pas David, alors elle se tourna vers Logan et posa une main sur sa poitrine.

— Je vous en prie, dit-elle doucement. Ce n'est pas nécessaire.

— Alors, partez avec moi sur-le-champ, rétorqua-t-il, le souffle court.

Julia envisagea un instant d'obtempérer, mais un instinct plus fort que la raison la poussa à répondre :

— Je... je ne peux pas.

— Après ce qu'il vous a fait ? s'indigna Logan. Un des machinistes a vu la scène de votre enlèvement. Une vraie mascarade ! J'ai compris aussitôt qu'il s'agissait de Savage. Je n'en ai pas été étonné une seconde, d'ailleurs !

Il la prit aux épaules.

— Il croit qu'il vous possède, Jessica. Sauvez-vous tout de suite, finissez-en avec ce gâchis !

Elle baissa les yeux, incapable de soutenir plus longtemps son regard.

— Pas encore, répondit-elle. Nous n'avons pas tout résolu. Je vous en prie, essayez de comprendre...

— Oh, je comprends parfaitement !

Logan la lâcha.

— Voulez-vous que je vous attende en bas ? reprit-il.

— Non, mais... merci d'être venu jusqu'ici. Je suis très touchée que vous ayez cherché à me protéger.

— Si seulement je pouvais vous protéger contre vous-même, grommela-t-il avec une pointe de sarcasme.

Après avoir lancé un coup d'œil mauvais à David, Logan quitta la chambre en feignant de fermer la porte défoncée derrière lui.

Julia regarda David. Il semblait excédé.

— Allez-vous-en ! dit-il en se servant de la manche de sa chemise pour éponger le sang qui coulait de son nez.

Elle alla mouiller une serviette à la table de toilette. David s'assit sur le bord du lit, la tête en arrière, tandis qu'elle lui nettoyait le visage.

— Vous croyez qu'il vous a cassé le nez ? demanda-t-elle.

— Non ! lança-t-il en lui arrachant le linge des mains. Et cessez donc de jouer les infirmières. Je n'ai pas besoin de vous !

Julia était envahie d'une grande bouffée d'amour pour cet homme obstiné, arrogant, agressif. Elle s'assit près de lui et posa doucement la main sur sa joue pour l'obliger à la regarder.

— Moi, j'ai besoin de vous, murmura-t-elle.

David ne bougea pas, pourtant elle sentit un muscle se crisper sous ses doigts.

— Vous aviez raison, continua-t-elle. J'ai peur. Mais si je ne vous fais pas confiance, je ne ferai plus jamais confiance à personne. Je suis terrifiée à l'idée que vous vouliez plus que je ne serais capable de vous donner, cependant, si vous acceptez quand même...

David luttait en silence contre sa rage. La folie qui s'était emparée de lui depuis qu'il avait appris que Julia avait l'intention d'épouser Logan commençait à se dissiper. La main de la jeune femme était douce, et il y avait dans ses yeux bleu-vert une émotion qui le bouleversait. Il la désirait avec une telle violence qu'il étouffait, il la voulait à n'importe quel prix. Il y avait encore bien trop de non-dits entre eux, trop d'explications indispensables, trop de problèmes à régler... Mais il préféra les ignorer et il se tourna vers elle d'un geste vif et l'étreignit avec passion. Au lieu de protester quand il l'embrassa, elle s'ouvrit à lui, glissant les mains sous sa chemise. Combien de nuits avait-il rêvé d'elle ainsi abandonnée entre ses bras !

Il l'allongea sur le lit, ses cheveux répandus en cascade dorée sur l'oreiller, et il baisa son cou, sa gorge, ses seins qui durcirent sous le tissu de sa robe. Elle était merveilleusement offerte... et David comprit que cette nuit elle serait toute à lui. Le cœur battant au rythme de son désir, il dénoua les lacets de son corsage, le fit glisser de ses épaules. Elle souleva les hanches pour l'aider, puis elle s'agenouilla afin de faire passer la chemise de linon au-dessus de sa tête, mettant en valeur ses courbes harmonieuses. Il y avait dans ses yeux lumineux une tendresse déchirante.

— Tenez votre promesse, murmura-t-elle. Faites-moi l'amour... et laissez-moi vous dire combien je vous aime.

— Et demain matin ? ne put-il s'empêcher de demander.

Elle sourit, se penchant pour l'embrasser.

— Eteignez les lumières, chuchota-t-elle.

David s'exécuta, ne laissant qu'une toute petite flamme dans une des lampes, puis il revint vers le lit où la jeune femme, étendue sur les draps, était seulement vêtue de ses bas. Il se déshabilla, s'allongea près d'elle, la prit dans ses bras. Julia, avec une audace nouvelle, le caressa de ses mains douces, de ses lèvres, nymphe joueuse et cruelle. David luttait contre son envie de la prendre tout de suite, il voulait faire durer le plaisir, et il ôta une de ses jarretelles, roula son bas, couvrant de sa bouche chaque centimètre de peau dévoilée, de l'intérieur de la cuisse jusqu'au pied. Enfin il se coucha sur elle.

— Dites-le-moi, ordonna-t-il.

Julia ouvrit les yeux.

— Vous dire quoi ?

— Ce que vous avez promis de me dire.

— Plus tard...

Elle le prit dans sa main, le guida vers elle. David résista, mais Julia le caressait, tentatrice, lui murmurait des mots érotiques, nouait les jambes autour de ses hanches, et il eut un petit rire de gorge. Il jouissait pleinement de la réponse de Julia quand il se mit à la caresser.

— Maintenant, dit-elle, le souffle court en ondulant sous lui. Maintenant...

— Vous m'aimez ? insista-t-il.

— Oui ! s'écria enfin Julia en s'ouvrant pour lui, folle de désir.

Elle se lança dans une litanie de mots d'amour, de menaces, de prières, jusqu'à ce qu'il cède enfin et glisse un doigt en elle. Le plaisir ne se fit pas attendre et elle se cambra, parcourue d'un interminable frisson qui la secoua de la tête aux pieds.

Beaucoup plus tard, elle ouvrit les yeux sur un baiser tandis qu'il la pénétrait d'une poussée qui la fit gémir de bonheur. Il la prit lentement, profondément, et elle se hissait vers lui, s'accrochait à ses épaules. Il emprisonna ses poignets dans une main et de l'autre il caressa son sexe jusqu'à ce qu'elle en perde le souffle. Quand elle crut s'évanouir sous la douce torture, l'assouvissement vint, la submergea tout entière, et elle s'arqua encore pour recevoir David qui glissa à côté d'elle avec un grondement de félin. Enfin ils se tournèrent sur le côté. Julia souriait, une jambe de David sur sa taille, son torse contre le dos.

— J'adore être kidnappée, souffla-t-elle en prenant la main de David pour la poser sur sa poitrine.

— Je ne savais pas quoi faire. J'étais comme fou depuis ce matin.

Il dessinait le contour du petit bourgeon rose.

— Julia... Allez-vous épouser Logan Scott ?

— Quelle alternative me proposez-vous ?

David demeura longtemps silencieux, et elle craignait qu'il ne répondît pas.

— Epousez-moi, dit-il enfin, bourru. Pour de bon, cette fois.

Julia ferma les yeux.

— A quelles conditions ?

— Aucune. Je ne vous demanderai pas de quitter le théâtre.

— Et si les gens se moquent de vous parce que vous vous mariez avec une actrice ?

— Qu'ils aillent au diable !

Il l'aimait assez pour accepter une concession de cette importance ! Jamais elle n'aurait imaginé que David Savage, l'homme le plus exigeant, le plus orgueilleux qu'elle eût rencontré, serait capable de renoncer à ses propres exigences. Elle lui devait le même respect, la même générosité.

— Je pourrais me limiter, dit-elle, un peu hésitante. Choisir seulement les rôles qui m'intéressent le plus... et renoncer aux tournées.

— Scott le permettrait-il ?

— Il le faudra bien, s'il veut me garder.

— Mais votre carrière en pâtira.

— Peu importe, si je suis près de vous.

Elle rayonnait de bonheur et d'espoir, pourtant David restait grave.

— Je veux des enfants, Julia, dit-il, ému.

— Moi aussi. Je ne sais pas comment je me débrouillerai, mais... nous trouverons un moyen, même si c'est difficile.

— Ce sera de toute façon moins difficile que de vivre l'un sans l'autre.

Julia posa un tendre baiser sur ses lèvres.

— Et vos sentiments pour Scott? demanda David.

— Il n'y a pas d'amour entre nous. Il comprendra. En outre, je ne devais épouser personne, puisque j'étais déjà votre femme.

— Tant mieux! Je suis votre mari depuis si longtemps que je ne peux rien imaginer d'autre.

Elle sourit.

— C'est étrange... Pendant des années nous voulions être libérés l'un de l'autre, et maintenant que nous le sommes, nous n'avons qu'une envie, nous unir de nouveau.

— Alors vous allez reprendre la bague.

— La bague et tout ce qu'elle représente.

David lui serra la main si fort qu'elle fit une petite grimace de douleur, puis il déposa un baiser dans sa paume. L'émotion l'empêchait de parler. Joie et amour le submergeaient, et aussi la peur que ce ne soit qu'un rêve, que la femme qui était à son côté ne soit qu'un fantasme créé par la solitude. Il ne parla pas davantage quand Julia glissa une main sur sa nuque pour l'inviter à un baiser auquel il n'avait aucune envie de résister...

Quand Logan accueillit Julia à sa villa, de bonne heure le lendemain, il était imperturbable, hormis une petite ride entre ses sourcils. Il l'observait, et ne put manquer de remarquer la lumière qui brillait dans son regard.

— Bonjour! s'écria-t-elle.

Il comprit aussitôt qu'il n'y aurait pas de mariage ce jour-là. Ils s'installèrent au salon et demeurèrent silencieux pendant qu'on leur servait le café dans des tasses de porcelaine dorée. Enfin Logan fit signe au domestique de les laisser et il lança à Julia un coup d'œil résigné.

— Vous commettez une erreur, déclara-t-il.

Un petit sourire jouait sur les lèvres de la jeune femme.

— Possible. Mon mariage avec David sera peut-être un désastre. Mais si je n'essayais pas, jamais je ne me le pardonnerais.

— Je vous souhaite bonne chance.

— N'allez-vous pas me rappeler toutes les bonnes raisons pour que cette union ne marche pas, me dire...

— Vous connaissez déjà mon opinion sur les mariages d'amour. A présent, seules m'importent les conséquences de votre décision sur l'avenir de la troupe. De toute évidence, il va falloir envisager les choses différemment.

— Oui, dit Julia en adoptant le même ton professionnel. J'aimerais demeurer une des comédiennes du Capital Theatre. Cependant, je ne pourrai plus partir en tournée... et je devrai limiter le nombre de représentations auxquelles je participerai.

— Vous pouvez rester avec nous aussi longtemps que vous le souhaiterez. Seul un imbécile refuserait une actrice de votre qualité dans sa troupe, même si c'est à temps partiel.

— Merci.

— Cependant, j'envisageais un autre avenir pour vous, reprit Logan. Vous n'avez pas encore atteint les limites de votre talent. Vous auriez pu devenir la comédienne la plus célèbre de...

— Au lieu de cela, je serai une femme heureuse, coupa Julia. Toutes les ovations, toute la fortune du monde ne m'auraient pas empêchée d'être seule. Je veux être aimée, j'ai besoin de rire, de vivre... De vivre vraiment, et non pas au travers de mes personnages.

— Vous êtes certaine que Savage vous permettra de continuer à jouer ?

— Oh, oui ! Ça ne lui plaît guère, pourtant il est prêt à consentir ce sacrifice pour me garder comme épouse.

Elle but une gorgée de café et lui lança un sourire un peu contrit.

— Vous me prenez pour une folle, n'est-ce pas ? De votre côté, vous n'envisageriez jamais un compromis qui vous éloignerait tant soit peu du théâtre...

— Non, en effet.

Il y avait une lueur amicale dans le regard bleu de Logan.

— Mais je ne vous prends pas pour une folle. D'une certaine manière, je vous envie presque. Et ne me demandez surtout pas pourquoi... Dieu m'est témoin que je n'y comprends rien moi-même !

ÉPILOGUE

Le mariage fut célébré dans la chapelle du château. La mère de Julia était aux anges. Quant à lord Hargate, il goûtait visiblement toute l'ironie de la situation. Il félicita néanmoins les jeunes époux avec chaleur.

Durant les mois qui suivirent, Julia assuma ses devoirs d'épouse auprès de David avec une aisance qui les surprit tous les deux. Si elle avait redouté un instant que la vie de duchesse de Leeds fût morne et ennuyeuse, ses craintes s'évanouirent bien vite. David la gâtait, la couvrait d'extravagants cadeaux et passait le plus de temps possible avec elle lorsqu'elle n'était pas au théâtre. Il adorait la vie au grand air, et elle se mit à apprécier leurs longues promenades à pied ou à cheval dans la campagne environnante. Elle l'accompagnait même parfois à la chasse et à la pêche où, sans partager ses passions, elle admirait son habileté.

Un jour où David pêchait la truite, elle se percha sur un petit pont qui enjambait le ruisseau. Baignée de soleil, elle remonta sa jupe et balança ses jambes au-dessus de l'eau. Une grosse truite brune rôdait dans les parages, tandis que David lançait et ramenait la ligne avec la grâce élégante d'un pêcheur chevronné.

— Ne bougez pas, dit-il à voix basse quand il remarqua les jambes de sa femme.

Mais la truite, alertée par le mouvement inhabituel, disparut en un éclair.

— Bon sang ! pesta David.

— Je l'ai effrayée ? s'excusa Julia. Je suis stupéfaite qu'un simple poisson soit si sensible ! Vous savez, j'ai du mal à rester longtemps immobile.

Elle leva les mains, désolée, avant de s'allonger sur le rebord du pont.

— Très bien, je ne viendrai pas avec vous, la prochaine fois, dit-elle.

Une minute plus tard, David était près d'elle.

— Vous ne vous en sortirez pas si facilement !

Julia sourit sans ouvrir les yeux.

— Vous pêcherez mieux si vous n'êtes pas distrait.

Il se pencha, caressa son genou nu.

— Il se trouve que j'adore être distrait, murmura-t-il en déposant un baiser sur sa gorge.

Afin de plaire à sa femme, David l'escorta dans un tourbillon incessant de bals, de soirées, de concerts. Elle découvrit, enchantée, qu'il était excellent danseur et qu'il ne rechignait pas à passer des nuits blanches si elle le souhaitait. Et surtout il y avait les fins de soirée, quand ils rentraient et qu'il renvoyait la femme de chambre afin de déshabiller lui-même son épouse. Il lui faisait alors l'amour jusqu'à ce qu'elle s'endorme, épuisée et ravie.

David était le compagnon dont Julia n'aurait jamais osé rêver. Il l'écoutait toujours avec intérêt, tenait compte de ses opinions, argumentait lorsqu'ils n'étaient pas d'accord et saluait toujours au passage la finesse, l'intelligence de son épouse. Elle se sentait en confiance et s'aperçut bien vite qu'elle pouvait faire appel à lui pour n'importe quel problème, si insignifiant fût-il. Il la prenait toujours au sérieux. Lorsqu'elle avait besoin de réconfort, elle se blottissait entre ses bras, la tête contre son épaule, jusqu'à ce que ses ennuis lui semblent moins importants. Parfois elle était effrayée de constater à quel point elle était devenue dépendante de lui.

— Jamais je n'aurais cru pouvoir aimer quelqu'un aussi fort, dit-elle un soir qu'ils étaient au lit, dans les bras l'un de l'autre, à regarder le feu qui se consumait dans la cheminée. Et surtout pas un homme comme vous.

— Un homme comme moi ? répéta David, amusé.

— Oui, un homme d'affaires, l'esprit occupé par des problèmes de loyers, de fermages...

— Cela doit sembler bien terne, comparé au monde du théâtre.

— Avouez que nous avons des centres d'intérêt bien différents.

David éclata de rire en rabattant la couverture afin de découvrir ses seins qui se dressèrent aussitôt. Il caressa son corps dont la peau paraissait dorée à la lumière de l'âtre.

— Sur certains points, c'est vrai, reconnut-il. Mais nous avons aussi beaucoup de plaisirs communs.

Il l'embrassait et il la sentit frémir.

— Vous en voulez la preuve ? insista-t-il.

Plus que consentante, Julia glissa les bras autour de son cou. David était un amant merveilleux qui pouvait passer des heures à la caresser, ou au contraire la prendre avec une passion fougueuse. Julia, de son côté, se risquait à le séduire avec des tenues provocantes, des moues aguicheuses, jusqu'à ce qu'il la prenne dans ses bras pour lui offrir ce dont elle avait envie. Lorsqu'elle était avec lui, Julia oubliait tous ses soucis, elle devenait une autre personne, légère, heureuse.

Avec le mois de septembre et les répétitions plus fréquentes, Julia fit la navette entre le Capital Theatre et la résidence londonienne de son mari. Au début, ses camarades furent un peu gênés par son nouveau statut de duchesse, mais ils l'oublièrent rapidement en se plongeant dans le travail. Arlyss, pour sa part, était parfaitement épanouie depuis son mariage avec Michael Fiske. Quant à Logan Scott, il était toujours égal à lui-même, exigeant, arrogant, obsédé par l'ambition de faire de sa troupe la plus célèbre d'Europe. Son moral s'améliorait après chaque nouvelle réparation apportée au théâtre.

Un jour, Julia le trouva en train d'inspecter l'avant-scène que l'on venait de redorer.

— Votre seul grand amour, commenta-t-elle en riant. Combien de femmes donneraient tout ce qu'elles possèdent pour que vous les regardiez de cette façon ! N'oubliez pas cependant qu'un simple bâtiment ne vous rendra jamais votre amour !

— Vous vous trompez, lui répondit Logan avec un clin d'œil amusé. Tout cela me donne bien plus que n'importe quelle femme de chair et de sang ! ajouta-t-il dans un grand geste circulaire.

— Est-il possible d'assimiler le théâtre à une femme ?

— Comment pourrait-il en être autrement ? riposta-t-il.

Julia l'observait, les bras croisés, en se félicitant grandement de ne pas l'avoir épousé. Logan était — serait toujours — extrêmement limité sur le plan sentimental. Jamais il ne connaîtrait la confiance et l'intimité indispensables pour aimer vraiment, pour courir le risque d'une relation amoureuse.

Dès le début de la saison théâtrale, Julia se trouva en butte à une horde d'admirateurs, certains respectueux, d'autres franchement agressifs. Afin de s'assurer de sa sécurité, David la fit toujours conduire et rechercher au théâtre dans une voiture accompagnée de cavaliers et de valets de pied. Elle ne se déplaçait jamais sans escorte, même pour faire du shopping ou rendre quelque visite à une amie. Au début, elle trouva ces précautions excessives, mais elle s'aperçut bien vite qu'elles étaient nécessaires. Quand elle quittait le Capital Theatre après une représentation, elle était littéralement assaillie. Certains tentaient même de lui arracher un morceau de dentelle, voire quelques cheveux. Logan se félicitait de cette popularité qui apportait au Capital Theatre une bonne partie de ses revenus.

— Ce n'était pas une si mauvaise idée d'épouser Savage, finalement, dit-il un jour après avoir vu la foule assemblée qui guettait la sortie de Julia. Le public adore l'idée qu'une duchesse monte sur scène uniquement pour les distraire. Je regrette de ne pas être né titré... Imaginez quels sommets j'aurais atteints !

— Je suis heureuse que vous y trouviez un intérêt pour le théâtre, répliqua Julia. Ce « contretemps » aura au moins servi à quelque chose.

Logan sourit avec bienveillance.

— C'est vous qui avez choisi d'épouser un duc au lieu d'un simple acteur, lui rappela-t-il. Ce n'est pas ma faute si le Capital Theatre en a tiré profit !

— Certes... Mais êtes-vous obligé d'exulter à ce point ? lui reprocha-t-elle avant d'éclater de rire.

Une certaine tension s'était récemment installée entre eux. Lors d'une soirée mondaine, la semaine précédente, Logan avait tenté de prouver que, malgré son titre de duchesse de Leeds, Julia demeurait son employée, obligée à temps partiel de se plier à ses désirs. Comme on le priait de se produire devant les invités, Logan s'était approché de Julia, qui se tenait près de son mari.

— Votre Grâce me ferait-elle l'honneur de me donner la réplique ? suggéra-t-il.

Julia lui lança discrètement un regard d'avertissement. Elle l'avait prévenu qu'elle ne participerait pas, ce soir-là. Elle était venue à cette réception en tant qu'épouse de David, et non plus en qualité de comédienne chargée de collecter de nouvelles donations pour le théâtre. Les invités avaient beau la supplier, elle demeura inflexible.

— Je suis persuadée que M. Scott n'a pas besoin de moi pour donner un échantillon de son talent, répondit-elle dans un sourire un peu crispé.

Logan et elle s'affrontaient du regard.

— Venez, Votre Grâce, insista-t-il. Ne privez pas nos amis de ce plaisir.

David intervint, le visage fermé.

— Mon épouse sait que je tiens à sa compagnie exclusive, ce soir. Peut-être une autre fois...

Logan s'adressa alors aux invités.

— Le duc semble ignorer qu'il est tout à fait démodé de se montrer jaloux de sa propre épouse !

David passa un bras autour de la taille de Julia.

— Mais c'est tout à fait naturel quand il s'agit d'une femme comme la mienne.

Il baissa les yeux sur le petit visage inquiet de Julia et lui sourit, rassurant.

— Allez jouer la scène, si vous le souhaitez.

Elle lui rendit son sourire.

— Je la jouerai pour vous.

Plus tard, dans leur lit, elle l'embrassa, pleine de gratitude.

— Le comportement de Logan est inadmissible! dit-elle. Il ne se préoccupe que de ce qui peut profiter au théâtre. Vous avez été merveilleusement compréhensif. Dieu merci, vous ne faites pas partie de ces maris trop possessifs qui auraient provoqué un scandale.

David prit son visage entre ses mains.

— Je vous veux pour moi seul, dit-il avec gravité. Et ce sera toujours le cas. Je suis fou de jalousie pour chaque minute que Scott passe avec vous dans ce satané théâtre. C'est seulement parce que je vous aime que je ne me mets pas en travers de vos désirs. Mais ne vous y trompez pas, je suis bel et bien un mari possessif!

Julia acquiesça, un peu contrite, et elle entreprit de lui démontrer qu'il n'avait aucune raison d'être jaloux...

Jane Patrick, l'une des pièces qui ouvraient la saison du Capital Theatre, racontait l'histoire d'une brillante femme écrivain, ses triomphes, ses échecs et ses malheureuses aventures sentimentales. Elle représentait une des figures les plus complexes du monde littéraire. Jane Patrick était connue pour sa silhouette robuste et son tempérament masculin, aussi Logan avait-il eu quelques réticences à confier son personnage à la frêle et féminine Julia. Cependant elle aborda le rôle en compensant son manque de stature physique par une personnalité hors du commun, et il fut bien vite convaincu du résultat.

Lui-même incarnait un des amis les plus proches de la femme écrivain, un homme, secrètement amoureux d'elle depuis trois ans mais incapable d'exprimer son amour. L'équilibre était parfait entre Julia qui accentuait l'arrogance et la hardiesse de son personnage et Logan qui jouait sur un registre sobre et retenu.

La pièce fut accueillie avec enthousiasme par le public comme par la critique et, au début de la deuxième semaine, Julia eut le plaisir de se trouver devant une salle comble. Toutefois, elle avait hâte que les représentations prennent fin. Jouer un personnage si différent d'elle l'épuisait littéralement, et elle rentrait le soir trop lasse pour pouvoir parler ou se restaurer, tout juste capable de se coucher et de s'endormir aussitôt.

Le soir où David vint assister à la pièce, elle était prête à se surpasser. David ainsi que son frère et quelques amis se trouvaient dans une loge du premier balcon, et Julia se donna tout entière, se jetant dans des tirades passionnées et arpentant la scène avec beaucoup de panache. Le public était captivé, tour à tour hilare ou ému. Ils étaient presque à la fin du premier acte, lors d'une scène où Julia et Logan se disputaient âprement. L'ami de Jane tentait de la mettre face à ses responsabilités, cherchait à démontrer la folie de son mode de vie, et elle entrait dans une violente colère.

Julia se mit à transpirer dès qu'elle attaqua sa première tirade. Elle était en nage sous son costume, la tête lui tournait. Elle était mal et avait hâte que l'acte se termine pour pouvoir s'asseoir. Elle sentit soudain les planches tanguer sous elle, comme si elle se trouvait sur le pont d'un bateau. La voix de Logan lui semblait lointaine, bien qu'il fût juste à côté d'elle, son visage se brouillait, ses yeux si bleus n'étaient plus que des points lumineux dans la brume... Cela ne lui était jamais arrivé. «Je vais m'évanouir», songea-t-elle, paniquée, sentant ses jambes se dérober. Elle fut aussitôt maintenue debout par une poigne énergique. Elle se rendit vaguement compte que Logan improvisait quelques répliques appropriées à la situation, puis il la prit dans ses bras et la porta dans les coulisses. L'assistance, qui ne s'était rendu compte de rien, éclata en tonnerre d'applaudissements tandis que le rideau tombait.

Trempée de sueur, Julia se laissa emmener dans sa loge sans être capable de répondre aux questions de Logan. Il la déposa doucement dans un fauteuil avant d'aboyer des ordres aux membres de la troupe qui se massaient autour d'eux.

— Allez chercher de l'eau! Et ne restez pas là, laissez-la respirer!

Dociles, les curieux quittèrent la pièce, tandis que Logan prenait les doigts glacés de Julia entre les siens.

— Dites-moi ce qui ne va pas, exigea-t-il en l'obligeant à le regarder. Vous êtes blanche comme un linge. Avez-vous mangé, aujourd'hui? Voulez-vous du thé? Un alcool?

— Rien, merci, dit-elle en portant la main à sa bouche, prise d'une subite nausée.

Logan l'observait, les yeux plissés.

Comme quelqu'un entrait dans la loge, il fit place au nouveau venu.

— Elle va mieux, dit-il sèchement.

Julia adressa un sourire tremblant à son mari, mais David était grave quand il s'agenouilla près d'elle. Il lui releva le menton.

— Que s'est-il passé?

— J'ai eu un malaise, dit faiblement Julia. J'étais

tout étourdie, mais ça va bien, à présent. Je suis assez remise pour terminer la représentation, ajouta-t-elle à l'intention de Logan.

Avant que ce dernier pût répondre, David déclara calmement :

— Vous devez rentrer à la maison.

— N'est-ce pas à Julia de prendre la décision ? intervint Logan.

David fixait Julia avec insistance.

— Laissez votre doublure vous remplacer. A moins que vous n'ayez envie d'aller au bout de vos forces ?

— Je n'ai jamais quitté le théâtre au cours d'une représentation ! protesta-t-elle, alarmée.

— Mais vous ne vous étiez sans doute jamais évanouie au beau milieu d'une scène… rétorqua David dont Julia sentait percer l'inquiétude sous son calme apparent. Venez, Julia. Vous êtes décomposée.

Elle se leva pour se regarder dans le miroir et s'aperçut qu'elle tenait à peine sur ses jambes. David avait raison, elle avait une mine épouvantable. La perspective de jouer la pièce jusqu'au bout, avec ce qu'elle comportait de fatigue et d'émotion, lui semblait insurmontable. Logan fut bien obligé d'en convenir et il se passa la main dans les cheveux.

— Allez-vous-en, marmonna-t-il. Nous allons nous arranger. Donnez-moi des nouvelles demain.

Malgré les protestations de Julia, David la porta vers la sortie des artistes où il avait demandé à son cocher d'amener la voiture. Une fois devant la maison, elle monta les marches appuyée à lui, heureuse de sentir le bras puissant qui la soutenait.

— Je ne sais pas ce qui m'est arrivé, murmura-t-elle. La fatigue, sans doute... Ce rôle est absolument épuisant.

David, sans répondre, lui essuyait le visage de son mouchoir.

Sur le seuil de la chambre, le médecin s'arrêta pour s'entretenir quelques minutes avec David qui attendait devant la porte. Assise dans son lit, Julia s'amusa de voir les différentes expressions qui passaient sur le visage de son mari. Quand il revint s'asseoir près d'elle, elle sourit et il lui prit délicatement la main comme s'il avait peur de la briser.

— Vous ne vous doutiez de rien? demanda-t-il d'une voix un peu voilée.

— Je n'étais pas sûre, avoua-t-elle. Je voulais attendre encore quelques semaines avant de vous en parler. Etes-vous heureux?

— Dieu, Julia! Comment pouvez-vous poser cette question?

David prit ses lèvres dans un baiser tendre et plein de respect auquel elle répondit avec fougue. Puis il releva la tête pour la regarder dans les yeux, et Julia devina toutes les questions qui se bousculaient dans son esprit et avec quelle force il s'interdisait de les poser.

— J'ai beaucoup réfléchi, ces derniers temps, dit-elle enfin en prenant ses mains dans les siennes.

David, silencieux, attendait la suite. Il fallait que Julia choisisse ses mots avec soin, car il était important de lui faire comprendre exactement ce qu'elle ressentait.

Comme elle avait grandi dans une ambiance austère, entre une mère faible et un père trop autoritaire, elle avait fui la demeure familiale, n'accordant sa confiance à personne et persuadée que l'amour était une utopie. Or, David était arrivé à la faire changer sur ce point, il avait su la convaincre que ses sentiments pour elle ne se flétriraient pas avec le temps, et cela lui donnait le courage d'envisager sa carrière avec plus de sérénité, d'être moins obsédée par la réussite. Elle voulait désormais explorer d'autres aspects de la vie et s'abandonner enfin à l'amour avec une force égale à celle qu'elle avait consacrée à sa passion théâtrale. Elle s'était montrée trop prudente, évitant tout ce qui risquait de menacer son indépendance. En fait, elle avait érigé les murs d'une prison autour d'elle et à présent ces murs s'effritaient pour lui faire découvrir un paysage différent, un paysage qu'elle n'avait pas voulu envisager. Une aventure exaltante l'attendait, si elle osait finalement se libérer du passé !

Elle posa la main de David sur son ventre encore plat, sur cette promesse de vie. Elle l'imaginait dans son rôle de père, et un lumineux sourire vint éclairer son visage. C'était extraordinaire ! Elle avait cru qu'un mari et un enfant la priveraient de sa précieuse liberté, or, elle se sentait plus libre qu'elle n'aurait pu le rêver ! Ils seraient sa source d'énergie, et elle leur appartiendrait.

— J'ai décidé de cesser de jouer pendant quelque temps, dit-elle enfin. J'ai trouvé une alternative qui me conviendra mieux, je pense, en tout cas pour le moment. J'aimerais investir dans le Capital Theatre — un investissement substantiel — afin que mon nom reste lié à celui de la compagnie. Je deviendrais l'associée de M. Scott. Une petite associée, mais avec de l'influence.

— A quoi cela vous servirait-il ?

— Je pourrais participer à la gestion du Capital Theatre, travailler avec les auteurs dramatiques, m'occuper des décors, de la musique, du calendrier, de la distribution, des costumes... Oh, il y a mille choses à faire, dans un théâtre, et Logan n'a jamais assez de temps ! Cela me laisserait beaucoup de liberté, et je n'aurais pas besoin d'être sous les yeux du public. Ne comprenez-vous pas que c'est la solution idéale ? J'aurais toujours le théâtre, mais je disposerais également de plus de temps pour vous et le bébé. Je serais à la maison tous les soirs, au lieu de rentrer à des heures impossibles.

— Vous aurez à nouveau envie de jouer, objecta David.

— Peut-être de temps en temps, si je ne peux pas résister à un rôle...

— Et selon vous, comment Scott va-t-il réagir ? Supportera-t-il l'idée d'avoir une femme comme associée ?

— Pour une forte somme, il supportera tout, affirma Julia.

Ils se regardèrent un bon moment en silence, puis un sourire se dessina sur les traits de David. Il repoussa doucement Julia sur les draps et s'allongea près d'elle.

— Je veux que vous soyez heureuse, murmura-t-il en effleurant sa joue.

— Comment pourrait-il en être autrement ? Vous m'avez donné tant de choses que je pensais ne jamais posséder... l'amour, un foyer, une famille.

— Dites-moi ce qui vous manque encore. Dites-le-moi et j'irai vous le chercher.

— Je ne veux que vous, répondit-elle, les yeux brillants de bonheur. Pour toujours.

— Cela, vous l'avez depuis le premier instant, souffla-t-il en l'attirant à lui pour un baiser passionné.